文化叢刊

詩酒風流話太白

——李白詩歌探勝

王國瓔◎著

目次

緒說

李白(七〇一—七六二)在中國文學史上，不僅於李唐時期即以其詩歌奇才遠近聞名，也是令後世歷代讀者驚嘆、稱頌的大家。有關李白其人其詩的評論與研究，自宋代以降，即未嘗消歇。尤其是近二、三十多年來，「李白研究」，已經成爲漢學界的「顯學」[1]。甚至大凡從事唐代文學或專攻唐詩的學者，無論身居中國大陸、台灣、香港，乃至日本、韓國、歐美，均不乏研究李白的論著問世。

筆者撰寫本書，主要乃是以李白現存的詩歌作品爲關注重點，故以「詩酒風流話太白——李白

---

1 就筆者所知，自一九八七年在馬鞍山市成立「中國李白研究會」，定期舉辦全國或國際學術研討會，並出版《中國李白研究》學術刊物，收錄單篇論文無數。此外，其他各省市地區亦紛紛成立「李白研究會」，出版有關李白其人其文的論著或專書。

詩歌探勝」爲書名。且分別依其詩歌中流露的不同內涵旨趣，作爲各章節之標目，論析李白詩歌或繼承或創新諸方面的精彩表現，寄望與本書讀者分享一趟遊目賞心之旅而已。茲因篇幅有限，不可能將現存李白詩歌的作品全數納入，故而只能在探勝之際，精選其具有代表的佳作。至於精選的範圍，難免會有個人在學力方面的「局限」，或品味方面的「偏見」。

不過，在當今中國文學研究的領域裡，有一門爲學界所稱的「選學」，亦即專門研究作品編選的立場角度，討論編選者在哪些方面展示出對於入選作品的主張與觀點。實際上這也就涉及，因受近代西方文學批評理論影響，乃至盛行學界的所謂「讀者反應」或「讀者接受」的問題。的確，選錄哪些作品，有意或無意之間，往往會透露選者的某種文學「主張」，甚或某些「偏見」。這當然包括選者對作者及其作品的認知。就如：

現存最早的詩歌總集《詩經》，原先雖然乃是經由周代的采詩官，奉君命爲知曉民情，而從各不同地區收集而來；其後則可能又經過春秋時代孔子的意見，有所整理刪減，方編選成冊。故而自漢儒以降，幾乎都認爲，《詩經》即代表孔子的詩觀，或代表儒家的詩觀。倘若從漢儒對現存《詩經》中作品的解讀來觀察，似乎大凡入選的詩歌，均可以視之爲，或顯或隱皆含有政治倫理教化的意圖或功能。再者，又由於《詩經》中這些作品，在表情達意之際，又頗爲「溫柔敦厚」。換言之，敘事抒情述懷之際，並未過火，感情的流露亦未見失控之處，乃至言辭意境的「溫柔敦厚」，曾經成爲傳統詩評家所標榜的一種「儒家詩教」理想。

此後，又如當今所見的《楚辭》，則是由西漢劉向（約前七七—前六）編錄，其後又經東漢王逸（約八九—一五八年間在世）章句者。故而其中不但收錄戰國時期，荊楚一帶的作品，還加上漢初一些帶有楚腔之篇。惟因《楚辭》作品中流露的旨趣，大多是抒發作者在政壇或仕途中的不遇情懷，以及個人追求政治理想的幻滅，而引發了悲愁怨忿。乃至學界一般或認爲，此即「楚辭」這種詩歌類型的特色，顯示荊楚地區偏好個人抒發哀怨之情的文學特點。然而，不容忽略的是，《楚辭》作品的選錄，亦難免並不排除，其選錄輯集多少也反映選錄者劉向個人，對楚文學的文學觀，或許至少可代表劉向的「楚辭觀」。

再看《昭明文選》，乃是在南朝時期梁代的昭明太子蕭統（五〇一—五三一）主導之下，由其幕僚中一些文士所編選者。其選錄雖不乏令後世讀者因闕漏某些自己偏愛的作品，而感遺憾，畢竟展示了蕭梁時期重視辭藻駢麗，強調審美趣味的文學觀點。就看其中西晉太康詩人陸機（二六一—三〇三），入選之詩達五十二首之多，其後劉宋詩人謝靈運（三八五—四三三），則有四十首，即使並未在文學史上以詩歌著稱的顏延之（三八四—四五六），也有二十首入選；可是，簡淨無華的陶淵明（三六五—四二七）作品，卻僅入選了八首。這當然難免引起後世一些偏愛陶淵明者的不滿。惟不容忽略的則是，《昭明文選》之選錄，正好展現蕭梁時期對文學作品特別重視詞藻華麗的審美觀點；也可說是，因選者品味或時代潮流，乃至在後世某些讀者心目中，出現對文學作品的「偏見」。

倘若綜覽唐宋以後的各種詩選、文選諸本，甚至是當今各地區大學院校所開設、講授的「歷代文選」，多少均難以避免，選講者個人對歷代作家作品某種程度的看法與觀點。故而本書《詩酒風流話太白——李白詩歌探勝》，主要乃是以所選作品，依內涵情境分類分章論析，不過是代表筆者個人對李白詩歌的看法與觀點而已。

當然，大凡研究李白其人其詩的相關資料，除了李白同輩、晚輩，以及後世論者的觀察與評述之外，最重要的還是李白自己存留下來的作品。以下姑且從現有資料，簡略介紹李白詩文在其生前、身後的輯集歷史過程[2]。

一、李白生前詩文抄本的輯集概況

中國發明印刷術且正式運用之前，大凡作者撰寫的詩文作品，均須依靠筆墨的輾轉傳抄，以「手抄本」的面貌，方得以保存。李白的作品當然也不例外，亦難免是先經人收集各類的手抄稿本，再加以編錄、輯集，才不至失傳。其實李白生前即頗珍惜自己的作品，可是他一生遊蹤不定，天涯飄泊，似乎總擔心其詩文手稿會流散佚失。據現存資料，李白生前，就曾經幾度將自己身邊的

2　詹鍈先生〈《李白集》版本源流考〉一文，對李白詩文的輯集過程，有詳細考辨。收入其《李白全集校注彙釋集評》，第八冊，頁四五三七—四六七二。

詩文手稿，分別托付予不同友人，且寄望友人能為之編輯成集，以免失傳。例如：

(1)依據現存魏顥(亦名魏萬，惟生卒年不詳)〈李翰林集序〉文中所述。大約於天寶十三載(七五四)，亦即李白遊金陵之際，曾將其身邊手稿交予崇拜他的晚輩魏顥，並囑其為之編次成集。可惜隔年(七五五)安史之亂爆發，戰亂中魏顥手邊的李白文稿遺失了。直至上元二年(七六一)，魏顥偶然又尋獲一些尚流傳於世的李白詩文抄本，遂收集起來，終於編成《李翰林集》，並為之序[3]。可惜此集已無存，目前僅存〈李翰林集序〉一文，交代其輯集之大概經過而已。

(2)則根據李白於其〈江夏送倩公歸漢東序〉文中所記。大約於乾元二年(七五九)，亦即李白獲悉判刑流放夜郎遇赦之後，返回江夏散心，就在於當地友人交遊往來中，趁送別隋州(今屬湖北)僧人倩公打算返鄉探親之前，曾將其「平生述作，罄其草而授之」。惟交予此倩公的詩文手稿，業已不知所終。甚至倩公是否曾經編輯過李白之平生述作，亦不得而知。

(3)又據李陽冰〈草堂集序〉。寶應元年(七六二)，李白已屬垂暮之年，且貧病無依，遂前往投靠時任宣州當塗(今屬安徽)縣令的同宗李陽冰。就是在病榻上，「枕上授簡」，將其身邊所存手稿交予李陽冰，惟「當時著述，十喪其九，今所存者，皆得之他人焉。」蓋李陽冰不但尊囑為李白詩

3　魏顥，〈李翰林集序〉：「……因盡出其文，命顥為集。……解攜明年，四海大盜，……經亂離，白章句蕩盡，上元末，顥於絳偶然得之，沈吟累年，一字不下。今日懷舊，援筆成序。……」

文手稿編輯整理，輯為《草堂集》，並為此集作序，敘述來龍去脈。可惜《草堂集》也已失傳，幸虧其序文尚存，且視為現今李白研究的珍貴資料。

李白去世之後，爰及中、晚唐期間，其詩文作品的各種輯集成卷的手抄本，還曾經一度流傳於世。如范傳正於元和十二年(八一七)所撰〈唐左拾遺翰林學士李公新墓碑〉一文即稱，李白有「文集二十卷，或得之於時之文士，或得之於宗族，編輯斷簡，以行於代……。」可惜此文集也不存了。當今所存見者，已屬宋代以後的各種刊行本。

二、李白身後詩文作品之輯集刊行

(一)今傳最早的詩文合集

今傳最早的李白詩文合集之刊行本，當屬宋刻本《李太白文集》三十卷。乃是由宋敏求(一〇一八—一〇七九)多方搜求輯集整理，經曾鞏(一〇一九—一〇八三)考訂其作品先後，繼而由時任蘇州太守的晏處善(即晏知止)，於元豐三年(一〇八〇)，將此本交予毛漸，經毛漸校正之後，方刊刻而成。這是目前所知李白詩文集最早的刊刻本，世稱「蘇本」，或「晏處善本」。其後北宋末年至南宋初期，又有根據「蘇本」翻刻的「蜀本」。可惜所稱「蘇本」，至今已不傳，幸好北宋蜀刻本尚存，現藏於北京國家圖書館(惟卷一五—二四闕)，另外還存有日本靜嘉堂文庫所藏《李太白文集》宋刊本[4]。惟不容忽略的是，此靜嘉堂蜀刊本乃是依作品體式與內容分類排版[5]。

(二)現知最早的詩集注本

現今所知最早爲李白詩集作注者，當屬元刻本《分類補注李太白詩》二十五卷。乃是由宋人楊齊賢(宋寧宗元年：一一九九進士)集注，又經宋、元之際蕭士贇(宋理宗淳祐年間：一二四一—一二五二進士)補注。今存元至大四年(一三一一)建安余氏勤有堂刊本，乃屬當今所見最早的李白詩集注的刊刻本，世或簡稱「蕭本」。

(三)現存最早的全集注本

現存最早的李白詩文全集注本，當屬清代王琦輯注的《李太白文集》，亦稱《李太白文集輯注》，其書成於乾隆二十三年(一七五八)。按，王琦此輯注本，主要乃是在宋、元、明三代各刊行本的基礎上，重新整理編次，再增添各類箋注、補遺，共輯爲三十卷，並附以：碑傳、贈答、題

4　按，日本靜嘉堂文庫所藏宋刊本《李太白文集》的影印本，以及有關其本之來龍去脈，見平岡武夫主編並爲之序的《李白的作品》(上海：上海古籍出版社，一九八九)。

5　平岡武夫爲序的靜嘉堂本，已列示即點出，其中「詩」二十卷，分二十一類；「文」十卷，分十類。同上注，頁四—六。

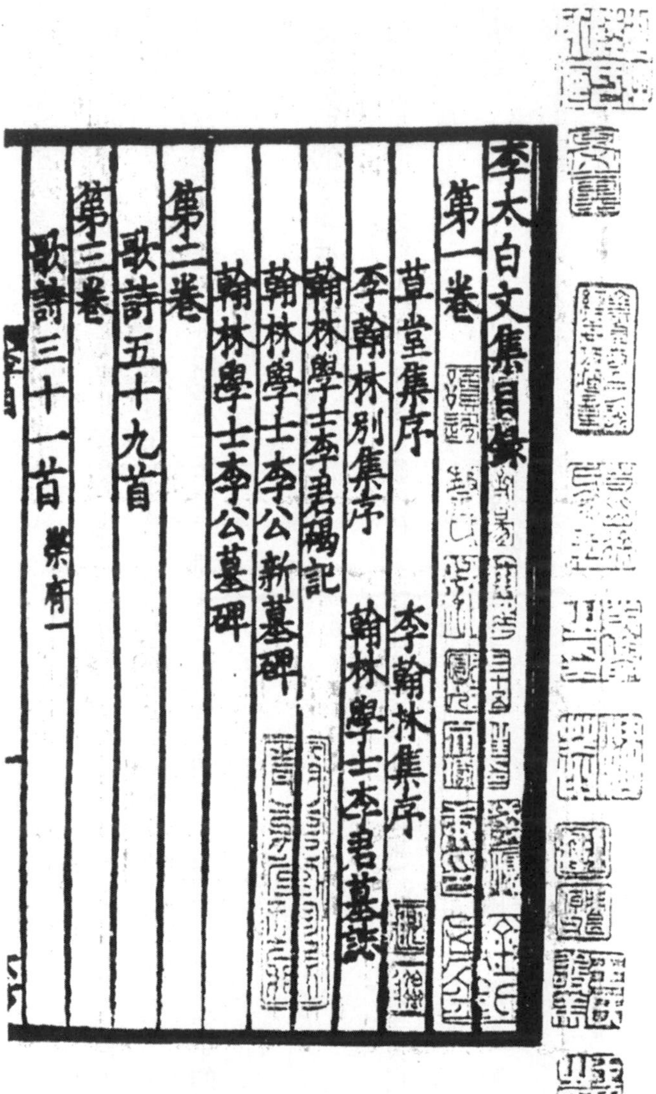

李太白文集目錄

第一卷

草堂集序　李翰林集序

李翰林別集序　翰林學士李君墓誌

翰林學士李君碣記

翰林學士李公新墓碑

翰林學士李公墓碑

第二卷

歌詩五十九首

第三卷

歌詩三十一首　樂府一

宋刻本《李太白文集》，日本靜嘉堂藏。

詠，以及詩文評語、年譜等六卷。遂成爲李白詩文集輯注最完備的刊本；兩百多年來廣爲流傳，影響深遠。北京中華書局於一九七二年，則依據此刊本，另加以標點排印，且更名爲《李太白全集》，不但對研究李白的學者和讀者，增添不少便利，且成爲當今學界重新編錄李白全集校注本的主要依據。

(四)當今李白全集校注本

依各本的出版先後，當今所見李白全集之校注本，包括：

瞿蜕園、朱金城，《李白集校注》四冊(上海：上海古籍出版社，一九八〇)

安旗主編，《李白全集編年注釋》三冊(成都：巴蜀書社，一九九〇)

詹鍈主編，《李白全集校注彙釋集評》八冊(天津：百花文藝出版社，一九九九)

以上三部當今學者致力於李白研究的詩文全集校注本，均屬耗時費神之力著。其中無論相關考證、校勘、集注，以及所收錄後人之評語，均爲研究李白的學者，提供可貴的參考資料，筆者無論在教學或研究方面，均獲益良多。

當然，在進入本書各章對李白詩歌內涵旨趣分類的詳細論析之前，對李白其人其詩之大概，尚須提供一些初步的背景認識。

姑且藉以下〈李白生平簡介〉、〈李白詩歌概覽〉兩章，分別簡略介紹。

李白生平簡介

李白（七〇一—七六二）[1]，乃是中國文學史上少見的，無論生前或身後，均享有盛名的詩人[2]。按，李白字太白，自號青蓮居士。可能出生於西域，成長於四川[3]。大約在二十五歲左右出蜀，從此各處干謁漫遊，飄泊以終。

李白一生扮演的角色與經歷的遭遇，實可謂是多采多姿。他曾以隱逸之名見稱，也曾是接受道

---

1 有關李白的生卒年，雖然曾經出現各種不同說法，惟筆者於此書，則取當今一般學界的傳統公論。亦即生於武則天長安元年（七〇一），卒於肅宗寶應元年（七六二）。

2 正史中的新、舊《唐書》，即先後分別將李白歸類於〈文藝傳〉、〈文苑傳〉。

3 有關李白的出身地，主要有「西域說」、「蜀中說」兩派。惟本書仍然取大概之「舊說」：亦即「出生於西域，成長於蜀」。

錄的道士，亦嘗以身爲俠客自許，據說還曾經「手刃數人」[4]。其平生之中，嘗漫遊大江南北，干祿謁見，以求賞識、得大用。當然，最令李白自己引以爲榮且終生難忘的則是，曾受唐玄宗之詔入宮，供奉翰林，近侍君王。可惜不久即被玄宗「賜金放還」，萬不得已而出宮離京。其後又在李唐皇室的政權爭奪中，或許由於判斷錯誤，入幕永王，復因永王李璘兵敗，乃至以「附逆」之罪，坐過大牢，甚至還以附逆之罪證據確鑿，遭受判刑流放夜郎之災。其生平際遇乃是大起大落，高歌痛哭都經歷了，眞可謂渡過了充滿戲劇化的傳奇一生。

不過，李白生平事跡的詳情細節，卻並不容易確切考核。或許由於他一生輾轉流徙，行蹤飄忽不定，交遊廣泛複雜，更何況其生前的詩文手稿，雖經有心人士之收集輯錄，畢竟又大多佚失不全。再加上，李白自述其家世生平之際，往往或誇大其言，或語焉不詳，或辭意閃爍。雖然經過歷代讀者以及當今學界不斷的努力挖掘、考核，也只能覽其大概而已。

一、家世淵源：不詳

歷來研究考核李白的家世淵源，主要乃是依其友人與後輩的記錄，以及李白詩文中的自述，再

4　據李白的年輕友人魏顥《李翰林集・序》，即指稱李白曾「少任俠，手刃數人。」

加上流傳坊間的一些傳說聽聞故事爲依據[5]。

（一）友人與後輩的記錄：

試先看李陽冰〈草堂集序〉：

> 李白字太白，隴西成紀人。涼武昭王九世孫。蟬聯珪組，世爲顯著。中葉非罪，謫居條支，易姓與名。然自窮蟬至舜，五世爲庶，累世不大曜，亦可嘆焉。神龍之始（七〇五），逃歸於蜀，復指李樹而生伯陽[6]……。

李陽冰於〈草堂集序〉所言李白的家世淵源，乃是寶應元年（七六二），李白因貧老無依，投奔時任安徽當塗縣令的李陽冰之際，於臥病中「枕上授簡」，將其身邊所存詩文手稿，交予李陽冰，囑咐爲之編集，且「俾予爲序」。上述有關李白家世淵源的內容，應當得自李白本人。

此外，又據李白友人范倫之子范傳正〈唐左拾遺翰林學士李公新墓碑並序〉：

---

5 按，近年學界有關李白家世淵源的探討，仍然眾說紛紜，甚至出現因李白出身西域，乃是「胡人」之說。惟因論點舉證尚欠明確，筆者仍取傳統觀點，亦即其先人乃是因故而移居西域者。

6 按，伯陽即老子李聃。相傳李聃出生時，其母即當指李樹爲姓。李陽冰此處所言，當指李家「恢復李姓」。

公名白，字太白，其先隴西成紀人，絕嗣之家，難求譜牒。公之孫女搜於箱篋中，得公之亡子伯禽手疏十數行，紙壞字缺，不能詳備。詢而計之，涼武昭王九代孫也。隋末多難，一房被竄於碎葉，流離散落，隱易姓名。故自國朝以來，漏於屬籍。神龍初潛還廣漢，因僑爲郡人。父客以逋其邑，遂以客爲名。高臥雲林，不求祿仕……。

蓋范傳正所撰李白〈新墓碑〉文，作於唐憲宗元和十二年（八一七），時李白已逝世五十五載。碑文中所述李白的家世，主要乃是根據李白的孫女，於箱篋中搜得李白亡子伯禽之手疏，則其資料來源或亦當出自李白本人。惟値得注意的是，上引二文均以李白的家世非同尋常，乃屬西涼武昭王之後。

(二)李白詩文中的自述：

先看李白〈贈張相鎬二首〉其二所云：

本家隴西人，先爲漢邊將；功略蓋天地，名飛青雲上。苦戰竟不侯，當年頗惆悵。……

李白於此贈張鎬詩中，明確指稱，其祖籍隴西（今甘肅），乃是漢武帝時期每每擊敗匈奴的名將「飛將軍」李廣之後。可惜的是，李廣未得封侯之賞[7]。

又據李白〈上安州裴長史書〉：

白本家金陵，世爲右姓。遭沮渠蒙遜難，奔流咸秦，因官寓家，少長江漢……[8]。

明確表示，他李白乃屬西涼開國君主武昭王李暠（三五一—四一七）之後裔。按，西涼於南朝劉宋永初元年（四二〇），爲北涼建國者沮渠蒙遜（三六八—四三三）所滅。據《晉書·涼武昭王李玄盛傳》（卷八十七），涼武昭王李暠，字玄盛，乃是李廣的十六世孫……。李暠於東晉安帝隆安四年（四〇〇），在敦煌一帶經其部眾擁戴爲「涼公」，死後由其子李歆繼位。惟李歆則因舉兵攻打沮渠蒙遜，戰敗而死，西涼國亡，諸弟奔逃，李歆之子李重耳遂投奔江左劉宋……。李白〈上安州裴長史書〉所謂「遭沮渠蒙遜難」當即指此事。

從以上資料，包括李白的自述：他乃出身隴西望族，是漢代名將李廣之後，且是西涼建國者武

---

7 司馬遷《史記·李將軍列傳》引李廣嘗自嘆曰：「自漢擊匈奴而廣未嘗不在其中……然無尺寸之功以得封邑……」。

8 惟據郭沫若《李白與杜甫》書中的考證，李白此上裴長史書中所謂「金陵」，乃指李暠在西涼所設的「建康郡」，地在酒泉與張掖之間。其所謂「咸秦」，乃「碎葉」之訛。按，「碎葉」在中亞（今哈薩客一帶），亦即傳統稱爲「西域」地區，屬「條支」都督府。

昭王李暠的後裔。惟其先祖，或因罪而謫居條支，或因避難而自行流亡碎葉，故而隱姓埋名，直至唐中宗神龍初（七〇五），才返回蜀地，且恢復李姓。值得注意的則是，李唐皇室也自稱是涼武昭王之後。這樣一來，李白乃屬李唐皇室的「同宗」，也就是唐玄宗李隆基的親戚了。不過，經過近代以來學者專家的努力考證與不斷討論，幾乎都認爲，李白自述的顯赫家世淵源，並不十分可靠[9]。當今學界，對李白家世淵源的大概認識則是：

李白實際上並非官宦家世出身。其父，名不可考，僅知時人稱其爲「李客」，也就是說，那個姓「李」的外來客，並非本地人，而是「外地人」，屬來此「客居者」。關於李客的生平事跡雖不可知，不過，郭沫若根據李白自述出蜀後能以「萬金助友人」的推測，李客可能從商，乃是一個生

9　據筆者所知，近代學者最早對李白身世的傳統舊說提出質疑者，或屬李宜琛〈李白底籍貫與生地〉（《晨報副刊》一九二六年五月十日）。繼而有陳寅恪〈李太白氏族之疑問〉（一九三五）；接著胡懷琛〈李太白的國籍問題〉（一九三六）；俞平伯〈李白的姓氏籍貫種族的問題〉（一九五七）；郭沫若《李白與杜甫》（一九七一）……等，均認爲，過去僅只根據李白自述家世的舊說並不可靠。先後提出的理由，包括：首先，天寶元年（七四二），玄宗李隆基曾下詔，令凡屬涼武昭王之後者，「隸入宗正寺，編入屬籍」，其中並無李白。其次，李白於詩文標題上，雖然每喜標出對方乃是從兄、從弟、或叔祖、叔侄，有意表示自己與李唐皇族的同宗關係，惟經學者的精心核對，往往出現時代並不相符，甚至有自相矛盾之處。

意人，何況李白的兄弟中亦有從商者[10]。按，在傳統中國社會的士人心目中，就因爲商人重利，故而社會地位一向不高，是不受士人尊敬的。至於有關李家先祖曾經移居西域，或屬實情。不過，到底是由於犯罪而謫居條支，或是爲避難而自行流亡碎葉，甚或爲了逃避仇家追殺才匿居西域……，至今則仍屬推測，實際情況已不可確考。總之，李家直到李白出生前後數年，方從西域地區遷回四川。李白即是在四川長大，乃至於其現存詩文中，往往以蜀地爲故鄉。

二、事跡遊蹤：不定

李白一生的事跡遊蹤，飄忽不定。不過，當今學界主要根據李白現存詩文作品，大概可將其生平事跡分爲「居蜀時期」與「出蜀之後」兩個階段。

(一)居蜀時期

有關李白居蜀時期的事跡，亦即其青少年時期的概況，主要還是必須依據李白於其詩文中的追述。其中包括：

10 見郭沫若《李白與杜甫》（北京：人民文學出版社，一九七二），頁一九。

1. **蜀中讀書：**

李白於蜀中讀書時期的事跡，應該是其人格情性形成的根源。試看李白〈上安州裴長史書〉中的追述：

> 五歲誦六甲，十歲觀百家。軒轅以來，頗得聞矣。常橫經籍書，製作不倦。

又如〈贈張相鎬二首〉其二的回顧：

> 十五觀奇書，作賦凌相如。

上引所言蜀中讀書事略，均明確表示，他大約五歲啓蒙，十歲即遍讀先秦諸子，十五歲開始喜讀「奇書」（當指有異於正統的儒家經典著述），且自負博覽群書，下筆作賦則可比司馬相如。

2. **好劍任俠：**

除了好讀群書，頗富知識學問之外，在行爲舉止上，李白亦自稱其少年時期即已初露「好劍任俠」的本色。就如於〈與韓荊州書〉中所稱：

十五好劍術，遍干諸侯。……三十成文章，歷抵卿相……。

亦如〈贈從兄襄陽少府皓〉詩中所云：

結髮未識事，所交盡豪雄。……託身白刃裡，殺入紅塵中……。

又見多年後〈留別廣陵諸公〉之回顧：

憶昔作少年，結交趙與燕。金羈絡駿馬，錦帶橫龍泉。寸心無疑事，所向非徒然。

按，李白自述少年時期即好劍任俠之情懷舉止，將會繼續不斷延伸至其往後追憶的詩歌中，且一再表露爲君王社稷服務效忠的俠客濟世之心。

當然，除了好劍任俠之外，李白亦每每標榜其自少年時期即有好仙學道的行徑。

3. **好仙學道：**

如〈感興八首〉其五即自稱云：

十五學神仙，仙遊未曾歇。

其實，李白是否因宣稱其「十五學神仙……」，而能證明他實際上有煉丹求長生的學道行爲，已無可考。不過，觀其現存詩歌中，經常描述的遊仙之趣，予讀者的一般印象，的確顯得「仙遊未曾歇」。

4.隱居養名：

李白追述自己尚未出蜀之前的人生經歷，除了好仙學道的興趣，還包括隱居岷山，以隱者自居的形跡。試再看其〈上安州裴長史書〉中的追憶：

昔與逸人東岩子隱於岷山之陽[11]，白巢居數年，不跡城市，養奇禽千計，呼皆就掌取食，了無驚猜。廣漢太守聞而異之，詣盧親睹。因舉二人以有道，並不起。此則白養高忘機，不屈之跡也。

---

11 南宋計有功《唐詩紀事》引楊天惠《彰明逸事》，謂李白「隱居戴天大匡山，往來旁郡，依潼江趙君蕤。蕤亦節士，任俠有氣，善爲縱橫學，著書號《長短經》。太白從學歲餘。……」

上述其早年居蜀時期，嘗與著名的隱士趙蕤同隱岷山，即已修煉至「無心」的境界，就連飛禽奇鳥對自己均可「呼皆就掌取食，了無驚猜」。當然，此處所言，除了因「無心」而臻至「物我無猜」之高境，更重要的乃是，其後曾經不願接受地方官員廣漢太守之推舉，婉拒參加朝廷科舉取士中「有道」科的考試，以此標榜其人格之「養高忘機，不屈之跡」。然而，就目前所存李白詩文，即使其於蜀中時期曾經表現的這些隱者行爲舉止，畢竟難以按奈年輕的李白，在其內心深處意欲出人頭地，以求賞識的意圖。

5. **投刺求賞：**

開元八年（七二〇），時禮部尚書蘇頲出任益州（今四川成都）大都督府長史。年輕的李白聞訊後，曾經親自攜其詩文作品，於途中拜謁，向蘇頲請教，或以圖賞識。姑看其〈上安州裴長史書〉中的追敘：

> 前禮部尚書蘇公，出爲益州長史。白於路中投刺，待以布衣之禮。因謂群僚曰：「此子天才英麗，下筆不休；雖風力未成，且見專車之骨。若廣之以學，可以相如比肩也。……」四海明識，具知此談。

上文所記蘇頲對當時年輕的李白，在詩文創作方面「可以相如比肩」的稱讚，李白終生難忘，並以此作爲尋求裴長史知賞的資歷。

綜觀以上李白自述其早年居蜀時期的諸般形跡，即使出蜀之後亦將貫穿他一生。

(二)出蜀之後

據當今學界考證的共識，李白乃是於開元十三年(七二五)，亦即大約二十五歲左右出蜀。從此投入無止無休的羈旅生涯，足跡遍及大江南北，且經歷無數的人生悲喜。爰及寶應元年(七六二)，則在既老且病的困頓中，於安徽當塗縣令李陽冰府中過世。實可謂以異鄉遊子終生，再也沒有回到「匡山讀書處，頭白好歸來」(杜甫《不見》)的四川。據現存資料，有關李白出蜀之後的諸般形跡，大略可分爲以下幾個階段：

1. 漫遊初期之形跡

李白文中追述自身「大丈夫必有四方之志，乃仗劍去國，辭親遠遊」之後，如何在漫遊生涯中，面對現實人生，實際上就是始於寄居安陸時期。蓋李白此時乃因受「許相公家見招，妻以孫女」[12]，於是才會「酒飲安陸，蹉跎十年」(〈秋於敬亭送從姪耑遊廬山序〉)。惟其平日之任俠尚

12 當今學界一般均認爲，此乃是李白出蜀後，在安陸曾「入贅」嘗任高宗朝宰相的許圉師家爲孫女婿。可惜有關李白身爲「許圉師家孫女婿」之經驗感受，並無其他相關資料留存。

義，散金好施，即已儼然展現他不同於一般世俗之人的行爲面目。其中包括：

(1)任俠尙義自許

李白詩文中自述的「任俠尙義」形跡，不僅有大俠風度，更且爰及對個人交遊之間友情義氣的承諾。據其〈上安州裴長史書〉中的回顧，自從爲伸展雄心抱負而辭親遠遊，其任俠尙義之人格情性的確可觀：

曩昔東遊維揚，不踰一年，散金三十餘萬，有落魄公子，悉皆濟之。此則白之輕財好施也。又昔與蜀中友人吳指南同遊於楚，指南死於洞庭之上，白禫服慟哭，若喪天倫，炎月伏屍，泣盡而繼之以血。猛虎前臨，堅守不動。遂權殯於湖側，便之金陵。數年來觀，筋骨尙在。白泣雪持刀，躬身洗削，裹骨徒步，負之而趨，寢興攜持，無輟身手，遂丐貸營葬於鄂城之東。故鄉路遙，魂魄無主，禮以遷窆，式昭朋情。此則是白之存交重義也。……

上引所言明確表示，李白其平日爲人，如何不惜散萬金，乃是爲了救濟當世的落魄公子，則其輕財好施儼然可證。更何況，因爲同鄉友人吳指南，不幸「死於洞庭之上」，他李白又如何「若喪天倫，炎月伏屍……丐貸營葬……」，亦可證明其存交重義的形跡，曾何等感人肺腑！

據當今學界的一般共識，李白大約在二十五歲左右「仗劍去國，辭親遠遊」，開始到處干謁漫遊，且滿懷雄心壯志，尋求賞識，意圖在朝政上有所作爲。可能在三十歲左右（開元十八、十九年：西元七三〇、七三一）曾經首度前往長安，謀求發展，卻沒甚麼結果，不久便失意而去，此即學界所謂李白之「一入長安」。惟其詳情已不可確考[13]。總之，此後李白則繼續各處漫遊，或求仙學道，或隱居養名……。爰及天寶元年（七四二）秋，終於以其隱逸高士之名，獲得玄宗之詔赴京，得以入宮供奉翰林。不過，值得注意的是，李白雖然懷著從政發揮壯志的理想，力圖擠進朝廷官宦之營，但是，卻始終不曾參與唐朝舉辦的科舉考試，則是不爭之實。

(2) 科舉考試缺席

一般唐代文人士子，爲實現「學而優則仕」從政爲官的人生理想，絕大多數均須通過地方與朝廷先後舉辦的科舉考試，方得獲聘官職。但是，李白則缺席了。

至於李白何以不曾參加科舉考試，東西方的學者分別提出幾種不同的說法：（一）海峽兩岸學者的觀點大致相同：一般均認爲，李白是何等自負其才者，當然不屑於參加考試。（二）西方漢學界的見解則有異。如英國著名漢學家Arthur Waley（韋理），就認爲李白可能是「不敢」去考。理由是：李白寫詩，往往隨意揮灑，難免會不守嚴格的平仄韻律規矩，且自知名落孫山的機會很大，所以採

13　按，自一九七〇年代稗山先生發表〈李白兩入長安辨〉一文（《中華文史論叢》第二輯），學術界大致已接受李白曾兩入長安之說。其〈與韓荊州書〉所云：「三十成文章，歷抵卿相」，或即指其一入長安而言。

取逃避的方式[14]。(三)日本學者如松浦友久，則認爲：倘若李白眞的如郭沫若所稱，其出生乃是商人之子，那就連參加地方「鄉貢」的資格都沒有，遑論京城的科舉試[15]。當然，由於確實證據欠缺，這些只能是代表學界各自言之成理的不同「說法」而已。惟李白不曾參加科舉考試，則是不爭之實。

2. 漫遊後期之悲憫

值得注意的是，李白和其他唐代著名詩人一樣，均懷著「入仕問政」的抱負；可是，其採取的途徑卻迥然不同，所設想的人生理想藍圖，也大異其趣。

按，李白自己設想的人生理想則是，既然「天生我材必有用」（〈將進酒〉），單憑他個人天生之才，應該可以「一鳴驚人，一飛登天」（范傳正〈唐左拾遺翰林學士李公新墓碑并序〉）。倘若一旦受君王朝廷的賞識，就可以趁此機會發揮他個人的政治奇才。而他李白，當然不願像一般文人士子那樣，從芝麻小官做起，然後一步一步爬升。因爲李白自認爲，其乃是「輔弼之才」（宰相之才），能輔佐天子「濟蒼生，安黎元」；等到「寰區大定，海縣清一」，天下大治之後，就會功成身退，決不戀棧，從此隱居山林，浮桴江海，逍遙度日，恢復其自由自在之身(見〈代壽山答孟少

---

14 見Arthur Waley, *The Poetry and Career of Li Po (710-762 A.D.)* (London: George Allen & Unwin; New York: The Macmillan, 1958), pp. 98-99.

15 松浦友久，《李白的客寓意識及其詩思——李白評傳》（北京：中華書局，二〇〇一），頁四——六。

府移文書〉）。

或許由於李白不僅詩才高，口才佳，且酒量好，據說人也長得俊美，望之若仙風道骨；乃至頗受時人矚目，經常周旋於社會名流或高官顯貴之間。其聲名漸漸響亮了，即使朝廷當局也聞知其盛名。天寶元年（七四二），就連唐玄宗也聽聞有這麼一個奇特人物李白，遂下詔，令李白入京[16]。李白於是「仰天大笑出門去，我輩豈是蓬蒿人」（〈南陵別兒童入京〉），趾高氣揚的到長安。經過玄宗親自召見於金鑾殿，遂將李白安置在翰林院，任翰林學士待詔（此即所謂：二入長安）。惟唐朝的「翰林學士」，實際上並非朝廷官僚體系中的正式官職，當然亦無政治實權，不過是皇帝身邊的私人秘書，僅只是在宮中「供奉」，等候天子有用時，隨即應詔而已[17]。既然身為翰林學士，有時奉命為天子草擬詔書，有時則為天子后妃於宮廷遊宴取樂之際，在場侍候，或當場揮毫寫詩作賦稱頌，為宮廷的消閒娛樂場合，點綴一些風雅氣氛。或許由於李白不僅詩寫得好，又寫得快，經常當眾揮毫，表現才華，頗得玄宗的賞愛。但是，又或許由於李白自視甚高，自負其才，加上玄宗的賞愛，難免會在言行間對其他當朝權貴，表示輕蔑之意，乃至得罪了一些權貴人士，逐漸有人在玄宗

16　有關李白經人推薦而受玄宗詔入京之事，居功者傳說不一。按《舊唐書》以為是吳筠「薦之於朝」；《新唐書》則認為乃是賀知章「言于玄宗」；魏顥〈李翰林集序〉則云：「與丹丘因持盈法師（玄宗妹，玉眞公主）」達，白亦因之入翰林」。諸說不一，或許李白之受詔玄宗，這些相識者皆曾出過力？

17　唐代翰林院的組織，及其學士之職責，見《新唐書．百官志》（北京：中華書局，一九七五），卷四十五，頁一——八三。

面前說他的壞話，玄宗聽信之餘，遂開始疏遠他。據李白的自述，乃是由於「讒惑英主心，恩疏佞人計」（〈答高山人〉）；「爲賤臣詐詭，遂放歸山」（〈爲宋中丞自薦表〉）……。

至於李白到底得罪了當朝哪些權貴，歷來的傳說故事不一。最著名的包括：首先，就歸罪於深受玄宗寵信的宦官高力士。據說，李白又喝醉了，得意忘形之際，居然當眾要高力士爲他脫靴子！乃至高力士深以爲恥，從此懷恨在心，於是開始在玄宗面前進讒言……。其次，則歸罪於玄宗的寵妃楊貴妃。乃是因爲，李白曾在其詩中，公然刻意稱美漢武帝的寵妃趙飛燕。按，趙飛燕以體態輕盈苗條見稱，而楊貴妃則偏偏體態圓潤豐滿。楊貴妃但感憾恨之餘，也開始在玄宗跟前表示對李白的不悅……。

這些當然只屬野史筆記小說家之言，並不可信。學術界能夠確定的，就是唐玄宗對李白的興致減弱。或許認爲李白實「非廟堂之器」，何況在朝中的人緣欠佳。李白當然也自知已經「失寵」，於是上疏求去。原以爲玄宗或許會挽留，沒想玄宗立即答應，並且慷慨的「賜金放還」。換言之，給他一筆錢，打發他出宮離京。李白只得懷著悲涼、怨忿、又戀戀不捨的心情，揮淚離開了長安。自天寶元年秋到天寶三載暮春(七四二—七四四)，李白前後在宮中供奉，其實還不到兩年。

離京之後，李白既不甘心亦未死心，又開始在大江南北四處漫遊，繼續干謁求賞識。其間曾經拜師學劍，想當劍客；也曾請北海高天師受道籙，加入道士行列；又與一些著名的隱士交往過從，一起悠遊山林……。儘管如此，李白始終身在江湖、心存魏闕，難忘君王與長安，並且從未放棄要東山再起的念頭。天寶十四載(七五五)冬，安祿山叛變，爆發了驚天動地的安史之亂。天寶十五載，叛軍攻陷長安，玄宗匆忙奔蜀，太子李亨暫時繼位，是爲肅宗，且在靈武(今屬寧夏省)組成臨時政府，並尊玄宗爲「太上皇」。李白當時已經離朝在野，且因避時亂，正隱居廬山。這時肅宗之弟「江陵大都督」永王李璘，則正好屯軍江南，聽說奇人李白就在附近，乃於天寶十五載(七五六)，徵召李白入幕。李白天眞的以爲，這正是他東山再起，報國立功的大好時機！可惜在永王幕中幾個月，雖曾自比謝安，高唱「但用東山謝安石，爲君談笑靜胡沙」(〈永王東巡歌七首〉其二)，也只留下一些歌頌永王及其軍威的詩篇而已。正由於永王在江南擁兵自重，甚至不服肅宗的命令，肅宗遂下令出軍討伐。至德二載(七五七)正月，永王兵敗，且於戰亂中被殺，其幕下部屬，紛紛四處奔亡，李白也只得匆忙逃命。可是就在彭澤一帶被捕，並繫獄尋陽。這下可慘了，闖下這麼大的禍，該怎麼辦？……雖然經不少友人設法營救，結果還是因爲「附逆」之罪確鑿，判刑「長流夜郎」(貴州東部)，當時屬於蠻荒之地。李白只得以獲罪之身，遠赴夜郎服刑。

當然，或許基於唐朝刑法對文人士子的寬厚，李白奉命自行赴夜郎服刑途中，居然還能夠一路順便遊覽山川，甚至以其盛名，經常接受沿途各地方官員的款待，接風送行，飲酒賦詩，悲歎自己的命運……。乾元二年(七五九)春，茲因全國大旱，肅宗朝廷爲安定民心，遂發佈大赦天下，李白當時正在巫山一帶的白帝城附近，獲赦的消息傳來，眞是喜出望外。其著名的〈早發白帝城〉詩，當即寫於此時。

按，李白自出蜀後，雖留下不少思念故鄉的作品，不過，一旦得知已經獲赦朝廷之後，卻並沒有立即歸鄉回蜀，而是率先返回江夏一帶，繼續他的漫遊流浪生涯，且不時在其詩中表示，如何難忘玄宗，懷戀長安。甚至在六十一歲高齡，還曾上疏李光弼，請纓從軍，寄望能參與討伐安史叛逆的餘黨，立功報國。可惜就在半途中，因病而作罷。

此時李白畢竟年歲大了，且身體漸衰，何況生活也相當拮据。終於在寶應元年(七六二)，前往安徽當塗，依附時任當塗縣令的同宗李陽冰。不久，即在老病交迫中去世，結束了他傳奇式的一生。按，李白臥病當塗之時，曾將其身邊所存的詩文手稿，交付予李陽冰(見〈草堂集序〉)。學界一般認爲，可能就是當今所見北京國家圖書館以及日本靜嘉堂所藏宋刊本「李太白文集」三十卷的依據[18]。

關於李白之死，根據傳聞，乃是因爲：李白酒醉之後，在一隻小舟上，想要伸手撈水中月亮，不幸落水溺斃。惟這樣的傳說故事，並不可信，只不過爲李白傳奇的一生，更增添一分浪漫的傳奇色彩而已[19]。

---

18 關於日本靜嘉堂所藏《李太白文集》三十卷宋刊本之形成與出版，見平岡武夫主編，《李太白的作品》(上海：上海古籍出版社，一九八九)，頁一—一一。

19 清代王琦〈李太白年譜〉已經指出，《唐摭言》所稱，李白「因醉入水中捉月而死」，並不可信。按，李白嗜酒，當屬實情。惟據李陽冰《草堂集·序》，李白最後乃是以「疾亟」而終，並非因酒醉落水撈月而死。見王琦，《李白集校注》，頁一七七六。

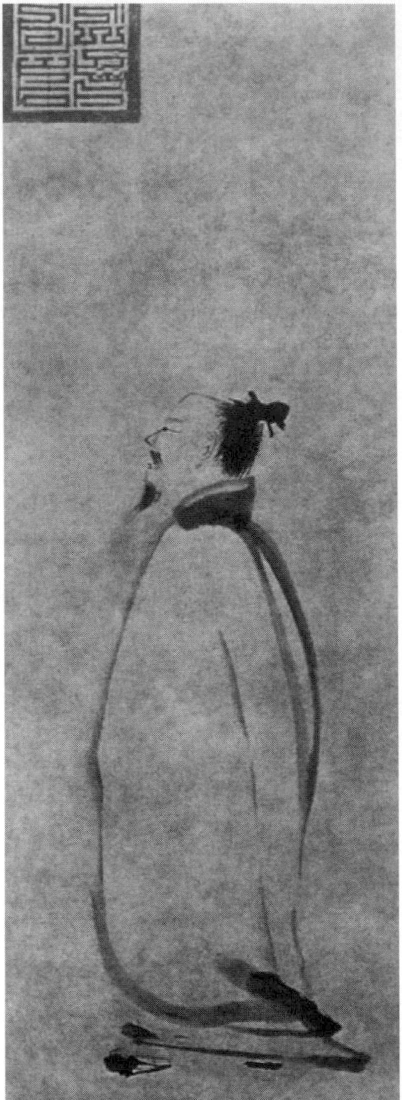

梁楷，南宋寧宗嘉泰年間（1201-1204）曾任宮廷「畫院待詔」，「李白行吟圖」。

李白詩歌概覽

李白是中國文學史上公認的詩壇奇葩，筆落驚風雨的罕見天才，也是站在盛唐詩壇最高峰的代表詩人。按，綜觀李白現存詩歌，展現的主要乃是依循「詩詠懷、歌言志」的傳統，以其宏放的氣魄、奇絕的才情，加上不羈的人格特質，唱出盛唐詩壇的最強音符。唐代庶族寒門詩人追求功名、表現自我的精神，在李白筆墨下清楚的流露，充分的發揚。乃至中國古典詩歌中，個人抒情言志抒懷的傳統，自《詩經》、《楚辭》、漢魏六朝詩以來，在李白的筆下，幾乎提升至前所未有的高度。倘若從中國詩歌發展史的角度來觀察，李白可說是爲他之前的時代，展示出一份光輝燦爛的回顧，而比李白年輕十來歲的杜甫，則代表另一個新時代的開啓[1]。

1 美國漢學家Burton Watson論及盛唐詩時，曾提出令人深思的觀點：認爲李白在詩歌創作所表現的，基本上是「回顧的」

李白現存的詩篇約九百多首，乃是自唐宋以來經過多方收羅、輯集、整理，方刊刻而成。綜觀李白詩歌的個人特色，雖然不乏沿襲傳統之處，惟主要乃是以其個人的才情稱勝，氣勢見長。或當屬「天才」的詩，雖不容易模仿，卻十分討喜，引人入勝，令人激賞。予讀者的一般印象是：情懷飄逸瀟灑、雄奇豪邁，構思想像豐富，且語言流轉自然，彷彿揮筆即成，脫口而出；但也並不缺少委婉含蓄，令人低回吟詠之章。

以下試先從幾個方面，概覽歷來讀者對李白詩歌的評語。

一、生前友人及身後論者之評語

李白生前即擁有不少對其詩作之仰慕者。其中最引人矚目的，當屬杜甫。

1. 杜甫（七一二—七七〇）〈春日憶李白〉：

白也詩無敵，飄然思不群。清新庾開府，俊逸鮑參軍。……

（續）

（backward-looking），杜甫則是「前瞻的」（foreword-looking）。見Burton Watson, *Chinese Lyricism* (New York & London: Columbia University Press, 1971), pp. 138- 168.又，有關杜甫在文學史上，如何經其詩歌創作，將盛唐之音導向中唐、晚唐詩歌，見王國瓔，《中國文學史新講》（台北：聯經出版公司，二〇〇六）上冊，頁四六三—四七八。

又見〈寄李十二白二十韻〉：

筆落驚風雨，詩成泣鬼神。聲名從此大，汩沒一朝伸。文采承殊渥，流傳必絕倫。……

再如〈不見〉：

敏捷詩千首，飄零酒一杯。……

杜甫對李白的詩歌，推崇備至，對李白一生的飄零，滿懷憐惜。值得注意的是，杜甫乃是從詩歌傳統角度，認爲李白詩乃是繼承了庾信(五一三—五八一)的「清新」與鮑照(四一四—四六六)的「俊逸」；李白之所以贏得聲名，且受到玄宗之「殊渥」，乃是因其「文采」。顯然杜甫對李白的認知，特重其詩才，並非如李白自我標榜的有「輔弼」之才。

2. 任華〈雜言寄李白〉：

古來文章有奔逸氣，聳高格，清人心神，驚人魂魄。我聞當今有李白。……多不拘常律，振擺超騰，既俊且逸。或醉中操紙，或興來走筆，手下忽見片雲飛，眼前劃見孤峰出。……

年輕的任華，當屬李白的「粉絲」，在仰慕中寫此雜言詩，遙寄給李白。其中對李白寫詩「不拘常律」，且能「醉中操紙」、「興來走筆」，往往出人意表，成就非凡，欽佩折服無比。

3.李陽冰《草堂集・序》：

其言多似天仙之辭。凡所著述，言多諷興。自三代以來，〈風〉〈騷〉之後，馳驅屈、宋，鞭撻揚、馬，千載獨步，唯公一人。

李陽冰乃是李白老病無依之際，伸出援手的同宗友人。對李白詩歌「多似天仙之辭」，且「言多諷興」，頗具慧眼。且對李白繼承前代佳作之表現，稱頌不已。其編錄的《草堂集》，雖已無存，惟當今學界一般推測，可能就是現存李白詩集版本的最早依據。

4.范傳正〈唐左拾遺翰林學士李公新墓碑並序〉：

在長安時，秘書監賀知章號公爲「謫仙人」。吟公〈烏棲曲〉云：「此詩可以哭鬼神矣！」

范傳正乃是李白友人范倫之子。按，碑文標目中所稱「左拾遺」，並非李白實有的官職，或當屬朝廷於李白死後所追封者。上舉引文中所言賀知章語，流傳甚廣，或許即是杜甫所稱「筆落驚風雨，詩成泣鬼神」的來源。

5. 殷璠《河嶽英靈集》（選錄序於天寶十二載－七五三）

> 李白性嗜酒，志不拘撿，常林棲十數載，故其爲文章率皆縱逸。至如〈蜀道難〉等篇，可謂奇之又奇，自騷人以來，鮮有此體調也。

殷璠《河嶽英靈集》乃屬盛唐人選唐詩的珍貴資料。其中收錄李白詩凡十三首，中唐以後始引人矚目的杜甫詩，卻並無一首入選。殷璠稱李白〈蜀道難〉等篇「奇之又奇」，正好點出李白詩之所以引起盛唐讀者驚艷的特色。

6. 皮日休（八三四－八八三？）〈劉棗強碑文〉中論及李白詩：

> 言出天地外，思出鬼神表，讀之則神馳八極，測之則心懷四溟，磊磊落落，眞非世間語者，有李太白。

晚唐皮日休論李白詩，實與前人觀點相似，同樣稱讚其言、其思，均超出天地外，乃世間罕有，換言之，非一般世俗詩人能臻至者。

7.蘇軾（一〇三六——一一〇一）《蘇東坡集》：

> 太白詩飄逸絕塵，而傷於易，學者又不至……。

宋代蘇東坡對李白詩，雖稱「飄逸絕塵」，卻指出其「傷於易」，換言之，亦即彷彿是未經深思熟慮，就脫口而出者，乃至想學李白詩，而又欠缺其天賦者，則難以臻至。

8.嚴羽（一一九七?——一二四一）《滄浪詩話》：

> 太白天才豪逸，語多率然而成者。學者於每篇中要悟其安身立命之處可也。太白發句，謂之開門見山……。

嚴羽所云，實與東波類似。惟近一步清楚勸告那些意欲學李白詩者，當須領悟其「安身立命之處可也」，何況李白乃屬「天才豪逸，語多率然而成者」。

9.王世貞（一五二六－一五九〇）《藝苑卮言》：

五七言絕，太白神矣！七言歌行，聖矣！五言次之。……太白古樂府杳冥惝恍，縱橫變幻，極人才之致，然自是太白樂府。……七言絕句，王少伯（昌齡）與太白爭勝毫釐，俱是神品。

清人王世貞特別推崇李白的五、七言絕句與七言歌行，且認爲已臻至「神」與「聖」的境地，並稱其古樂府的表現，業已「極人才之致」。這樣的觀點，實際上幾已成爲當今學界研究李白詩歌者之一般共識。

10.胡應麟（一五五一－一六〇二）《詩藪》：

李才高氣逸而調雄，杜體大思深而格渾。……太白〈蜀道難〉、〈遠別離〉、〈天姥吟〉、〈堯祠歌〉等，無首無尾，變幻錯綜，窈冥昏默，非其才力學之，立見顛跛。

胡應麟在比較李、杜詩歌各顯不同特色之際，特別重視李白在舊題樂府與雜言歌行的旨趣內涵方面，「無首無尾，變幻錯綜，窈冥昏默」的特色。

11. 方東樹（一七七二——一八五一）《昭昧詹言》：

太白當希其發想超曠，筆落天縱，章法承接，變化無端，不可以尋常胸臆摸測。

方東樹所言，主要是針對讀者於解讀李白詩之際的困擾，遂建議須重視其想像、筆墨、章法諸方面的表現。

12. 龔自珍（一七九二——一八四一）〈最錄李白詩〉：

莊、屈實二，不可以併，併之以爲心，自白始；儒、仙、俠實三，不可以合，合之以爲氣，又自白始也。

龔自珍特別點出李白詩的獨創，乃在於：竟然能將不可能並存的莊子之思與屈原之心，以及難以融合的儒、仙、俠之行徑氣質，並存融滙於其詩中，均「自白始也」。這的確是李白詩之所以引人矚目，且最具魅力之處。尤其是莊子呼籲的超越人間俗世，以求一已之逍遙自在的人生哲學，屈原則終其一生難以忘卻世情的纏綿情懷，竟然可以併存於李白的詩歌中[2]。

2　當今學界有關李白詩歌「併莊、屈以爲心」之探討，首見王運熙，〈併莊屈以爲心——李白詩歌思想內容的一大特

13.劉熙載（一八一三—一八八一）《藝概》：

海上三山，方以爲近，忽又是遠。太白詩言在口頭，想出天外，殆亦如是。李詩鑿空而道，歸趣難窮，由風多於雅，興多於賦也。……太白詩以莊、騷爲大源，而於嗣宗之淵放，景純之俊上，明遠之驅邁，玄暉之奇秀，亦各有所取，無遺美焉。

劉熙載所言，實可視爲綜合前引諸人對李白詩歌既有繼承亦有創新之總結。

從以上諸評語，或可看出，評者對李白在詩歌創作方面的體認大概：李白詩基本上乃是沿襲前人傳統，不過在沿襲傳統的同時，卻以其曠世的才華，超人的想像，加上傳奇的經歷，強烈的感懷，創作出一篇篇才情縱橫，氣勢壯闊，撼人心魂的詩章。換言之，乃是打上李白個人獨特的烙印，後人難以模仿之作。

繼而姑且綜合前人的論述，配合現今學界的觀察，進一步分別從李白詩歌在體裁、內涵、意境諸方面之表現，整理介紹如下：

（續）

色〉，收入李白研究學會編，《李白研究論叢》第二集（成都：巴蜀書社，一九九〇），頁一—六。亦見陶道恕，〈略論莊屈對李白歌行詩的影響〉，同上，頁七—一六。

二、從體裁、內涵、意境諸方面概覽：

(一)就格式體裁視之：

現存李白詩，基本上大凡古體、近體，五言、七言，乃至樂府、歌行，皆沿襲傳統。惟在沿襲傳統之際，亦不乏有所創新，乃至清楚展現其個人的風貌。

1. 樂府詩

李白詩歌成就最吸引歷來讀者矚目者，首當屬樂府詩。現存李白詩集中，樂府詩約占全集的四分之一。倘若概覽歷代諸唐詩選本，其中入選的李白詩，也以其樂府詩居多。按，「樂府」乃屬配樂演唱的古體，沒有字句的限制，亦無平仄韻律的刻板要求，的確頗適合李白寫詩往往隨意揮灑自如的才情。當然，李白樂府詩亦可分舊題與新題之詠：

(1) 舊題樂府(或稱古樂府)

李白的舊題樂府，大多沿襲漢魏六朝樂府舊題。在章法方面，主要繼承前人作品；於題材內涵方面，基本上亦與古辭近似。諸如其〈陌上桑〉、〈戰城南〉、〈白頭吟〉、〈玉階怨〉、〈烏棲曲〉、〈蜀道難〉、〈將進酒〉、〈行路難〉、〈梁甫吟〉、〈遠別離〉等，均屬沿襲舊題傳統，筆墨重點或寫厭戰、閨情、宮怨、飲酒、思鄉、失意……。惟在李白筆下，往往變換語意辭藻，或另用典故以示己意。尤其值得注意的是，現存漢魏六朝舊題樂府，通常以第三人稱角度，敘述某人物事件的發生或感懷，可是李白則會將原屬第三人稱的客觀敘事體，注入其主觀情緒，有時甚至乾脆改爲個人的抒情，以第一人稱自己的經歷，加上對當前現況的觀察與感懷入詩，且揮灑自如；不但擺脫舊題樂府的傳統束縛，甚至擴大了舊題樂府的傳統範疇，在舊題傳統中另外創出新意，在舊題中煥發出獨特的感染力，遂爲舊題樂府開拓了新天地。

(2) 雜言歌行（包括新題樂府）

現存李白樂府詩中成就最高，且最受歷代評論推崇者，當屬雜言歌行。其實「歌行」與「樂府」，在詩歌的形式上，原無分別。如果以樂府曲調爲題目，就屬「樂府詩」，倘若屬作者自己另造新題，無須譜入任何樂府曲調，就歸於「歌行體」。按，就現存唐代歌行，一般以七言爲主，其間或夾雜以長短句，且篇幅長短不拘，語式自由靈活，聲韻可隨意變化，而且可以在抒情之際，雜以敘事，甚至議論。因此，「雜言歌行」，可謂是中國古典詩歌中最自由，最能「發人才思」的一種體式[3]。

其實這種雜言歌行，主要乃是中國詩人從楚辭、古歌謠、以及古樂府，發展起來的一種新形

3　胡應麟（一五五一——一六〇二）《詩藪》即嘗云：「古詩窘於格調，近體束於聲律，惟歌行大小長短，錯綜闔闢，素無定體，故極能發人才思。」

式。漢魏六朝時期即已開始零星出現，爰及唐代詩壇，方逐漸流行，而且就是在李白筆下則發展成高峰。此外，所稱雜言歌行，實亦可包含「新題樂府」，亦即雖依傳統，題稱「某某行」或「某某吟」，卻並不依前人作品的內涵題旨爲範本，乃屬「即事名篇，無所依傍」之作。就如李白的〈江夏行〉、〈襄陽歌〉、〈夢遊天姥吟留別〉等即是。其他唐代詩人也不乏提筆寫新題樂府者，如王維〈洛陽兒女行〉、杜甫〈兵車行〉等。然而，不容忽略的則是，一般唐人寫的這些新題樂府，題目雖可自定，主要還是依循傳統歌行，以第三人稱客觀角度敘事或寫人爲主調。惟李白的新題樂府，則會以自我情懷意氣爲筆墨重點，因此個人的風格更爲顯著。

2. 五言古詩——〈古風五十九首〉為代表

李白詩題所稱「古風」，即指無須依近體格律而寫的古詩或古體詩。如現存李白詩集中的〈古風五十九首〉，就其內涵題旨，情境感懷不一，當非一時一地之作，已屬共識。惟整體視之，實際上與現存阮籍〈詠懷八十首〉、左思〈詠史八首〉、郭璞〈遊仙十三首〉、陶淵明〈飲酒二十首〉、陳子昂〈感遇三十八首〉……等，均可歸類於五言詠懷組詩。綜觀李白此「古風」組詩之內涵，主要也是指言時事，感傷己遇，抒寫懷抱之作。可視爲乃是集魏晉以來五言詠懷古詩之大成者，也是李白詩集中比較不明顯逞才，不刻意使氣的作品[4]。

4　關於李白〈古風五十九首〉的組合編次，到底屬誰所定，已不可考。最早可能是李陽冰《草堂集》，將李白一些五言詠

3. 律詩——約一百多首

現存李白詩集中，到底有多少「律詩」，則往往因讀者或論者對律詩格律要求的標準，寬嚴不一，乃至難以確定。或從一百一十多首，到一百三十多首，不等。惟現存大多爲「五律」，而「七律」僅存八首，則已是不爭之實。其中堪稱工整的五律，展示平仄對仗皆合律者，並不算少。當然其間亦偶而難免出現「犯規」的律詩：或是詩中只有一聯對句，或全詩均用散句，甚至出現平仄未能嚴謹合律之處。不過，一般詩評家既然多視李白爲「天才」詩人，遂寬容以待，容許李白可以不受格律、對偶之嚴格束縛。甚至還稱讚李白某些作品未能符合嚴格要求的律詩規格，乃出乎自然，格調高古俊逸，有古詩之遺音。

4. 絶句——現存約九十三首

李白現存可歸類爲「絶句」之作，其中五絶有四十八首，七絶四十五首。歷來詩評家幾乎都公認李白乃是絶句聖手。當今所見各種的唐詩選本中，所收錄的五、七言絶句，往往是以李白之作入選爲多。按，李白現存其五、七言絶句的代表作品，諸如：〈峨眉山月歌〉、〈望天門山〉、〈望廬山瀑布〉、〈春夜洛城聞笛〉、〈早發白帝城〉……等，皆屬意境幽美，韻味深長之佳篇；而且

（續）懷古詩手稿組合起來。但是，《草堂集》所收〈古風〉，是否已有五十九首？或爰及宋代編輯者方逐漸增爲五十九首，已不可知。

予人的印象彷彿是脫口而出，率然成章，自然天成之作。

(二)就內涵題旨視之

如果以詩歌的內涵題旨來區分李白詩，則隱逸、遊仙、山水、懷古、詠史、行旅、送別、飲酒、閨怨、述志、詠懷等，大凡漢魏以來的傳統詩歌類型，均不欠缺。其中或寫仙隱之企、山水之怡，或抒懷古幽情、羈旅愁腸，或訴孤寂之感、不遇之悲，或言離別之苦、飲酒之趣、閨中之怨……。換言之，基本上也都是一些前人作品中已經出現過的內涵題旨。不過，卻是在李白筆下，爲這些傳統的內涵題旨展現出更令人激賞的情懷意境。

(三)就情懷意境而言——最能顯示李白作品獨特風格

1. 以表現自我宣洩己情為宗旨

李白最善於在詩歌中表現自我以宣洩己情。現存其大部分詩歌作品，幾乎都是以表現自我，宣洩己情爲宗旨。其間展現的，往往是一個不同凡響、超乎尋常、卓然獨立的自我形象。或以《莊子》書中的神鳥「大鵬」自喻，一出場就會「使五嶽爲之震盪，百川爲之崩奔」（〈大鵬賦〉）；或以蔑視權貴，任誕不羈的名士自居，展現其如何不同凡俗、不拘常調的種種姿態；或以濟世拯物，功成身退的大俠自許，強調自己不作小官，願爲輔弼，卻毫不戀棧的宏偉大志；或以繫心君國，不忘欲返的宗臣自任，傳達其對君王朝廷的無限忠愛之情；或以「筆落驚風雨，詩成泣鬼神」（杜甫〈寄李十二白二十韻〉），「興酣落筆搖五嶽，詩成嘯傲凌滄州」（〈江上吟〉）的天才詩人自負……。

撫讀李白詩，不僅覺得他傲岸不羈，飄逸瀟灑，且自負其才，自信其能；又覺得他似乎深懷一分無以擺脫的孤寂之感，不遇之悲；卻又彷彿天眞爛漫，不懂人情世故……。這些都是令歷代讀者疼惜賞愛的人格情性。

雖然近代以前的中國詩人，大多以表現自我，抒發一己之情懷爲其創作主要目的，乃至中國詩歌中流露個人經驗感受的抒情述懷傳統，自《詩》《騷》以來，即未曾中斷[5]；不過，李白並不單單是繼傳統詩意而抒情述懷，更多的則是個人情懷意念的宣洩。其詩中宣洩的，往往是一個既傲岸世情又功名心切，既眷戀生命又厭棄人間者的複雜情懷。其中或可以包括：

建功立業之豪情與壯志

懷才不遇之激憤與憂傷

5 有關西方漢學界對中國文學作品（包括：詩歌、戲曲、小說）中表現「自我」的傳統特色，見Robert E. Hegel & Richard C. Hessney (ed.) *Expressions of Self in Chinese Literature* (New York, Columbia University Press, 1985).

人間情緣之纏綿與癡頑
超世脫俗之飄逸與瀟灑

惟不容忽視的是，上列這些情懷意念，並不互相排斥，可以同時出現在李白詩歌中，甚至有時會重疊交錯在一首作品裡。展現的往往是：一個極為錯綜複雜的感情世界。予讀者的印象彷彿是：通過其詩歌中個人感情的宣洩，以圖在心靈上獲得一次洗滌，詩人的情緒方得以臻至暫時的平靜。

正由於李白寫詩通常是表現其不同凡響的自我，以宣洩一己之情懷志趣為宗旨，即使抒發的是傳統詩歌題材，屬前代詩人早已反覆吟詠的詩情，可是在李白筆下，卻浮現著李白獨特的人格情性，展示李白詩歌的獨特風格，為中國詩歌開拓了新意境。其中最顯著的表現，或則在以下兩方面：

2. 以神奇幻境、豐富想像眩耳目

就古今讀者的觀察，李白詩歌予人的一般主要印象是：意象神奇、比喻誇張，甚至情節跳躍；加上其間現實與超現實的世界相互揉雜，今日與往昔的時空彼此交錯。當然，或許這主要由於李白寫詩，經常藉助虛構的神奇幻境與超乎尋常的豐富想像，以抒發情懷，乃至流露的宛如其錯綜複雜的內心世界。因此，讀者但感其詩篇彷彿塗抹著超現實的瑰麗繽紛之神奇色彩，眩人耳目。

其實李白不僅於抒寫其神遊仙境之作如此，即使詩中吟詠涉及的乃是針對現實的政治社會人

生，然而在其筆下，也往往會化爲幻境，變爲神奇，遂令人覺得光怪陸離、迷離恍惚起來。或許因爲李白寫詩的目的，並不在於寫實，而是抒發他個人的主觀感受，傳達他對現實人生的感慨，以及在感慨人生的過程中，難以壓抑、無法紓解的種種錯綜複雜的情緒。諸如：〈蜀道難〉、〈將進酒〉、〈夢遊天姥吟留別〉、〈梁甫吟〉、〈遠別離〉……等篇。其中客觀現實世界並非其吟詠、描述的對象，不過是寫詩之際運用的素材而已。因此，無論歷史事件、傳說故事，乃至神靈鬼怪、天仙傳聞，彷彿均能受其支配使喚，且可隨興渲染，任意改變。目的就在於：宣洩己情。

讀者撫讀之際，面對的往往是一系列無比神奇的意象、誇張的比喻，以及迅速跳躍的情節。宛如目睹一場，道士當眾作法，呼喚在座者的想像，可以上天下地，古往今來，任情馳騁……。乃至歷史人物或天仙神靈鬼怪，均可以紛紛湧現，遂構成一種瑰麗繽紛、繁富熱鬧、虛幻神奇的意境。這樣的詩歌意境，明顯流露出受楚辭、莊子想像文學的影響痕跡，同時與李白本身的道教信仰，可能亦不無關係。因此予讀者的一般印象，也就是前面所引殷璠《河嶽英靈集》所謂令唐人驚訝的：「奇之又奇」。

3. 以感情奔放、氣勢豪邁動心魂

李白詩中往往洋溢著高昂奔放的情緒，蕩漾著長風萬里的氣勢。反映的，不僅是其個人一己人格情性的詩歌特色，或許也正巧符合唐代開元、天寶年間的時代精神，亦即一般詩評家所謂的「盛唐氣象」。

其實，「盛唐氣象」原先是針對盛唐文人士子對其面臨的空前繁榮時代的一份自豪感，源自一份強大的自信心，積極的入世精神。轉藉爲詩評用語，則意指作品中涵蘊流露的雄渾壯闊氣勢，蓬勃昂揚精神，這是「盛唐之音」的本質，也是在李白筆下臻至最高峰。當然，這與李白個人強烈的功名慾望，始終自負其才，自信其能的人格情性亦相關。

倘若從詩歌表現的藝術風貌來觀察，或許與李白寫詩通常不受格律所拘，偏愛樂府歌行體有關。按，李白的樂府歌行，句式變化多端，往往藉助長短句之交錯，且聲韻不時轉換，展示其感情的奔騰起伏，心境的迅速變化。加上於其詩中，會不時運用散文句式，甚或不避虛詞，「之乎者也」的語助詞均可一併攬入，乃至顯得語意如話，流轉自然，如水之長瀉，彷彿脫口而出，率然成章。此外，李白偶而亦會打破以「二句一聯」爲基本單位的詩歌傳統，化整爲散，破偶爲奇，甚至以單句結尾，遂導致整首詩之語意未盡，情懷迴盪不已。同時又似乎特別偏愛壯大浩闊的意象，奔騰跳躍的情節，以增添氣勢，助長波瀾，抒發鬱積其內心深處揮之不去、激盪洶湧、複雜多變的情思意懷。

以上概覽李白詩歌之諸般特色重點，將會不斷出現在本書諸章分別論述的不同題旨內涵中。

第一章
傲岸不羈之態

李白詩歌予讀者的一般印象，往往是以表現自我，宣洩己情爲宗旨，乃至讀其詩，如聞其聲見其人，作者個人的形象特別鮮明。當然，傳統中國詩歌，一向以抒發作者個人情懷爲主流，每個詩人的作品，多少總會浮現一些詩人的個別形象，顯示他的人格情性。比方說，從陶淵明（三六五—四二七）詩中，讀者感受到的是，一位固窮的君子，曠達的隱士；撫讀杜甫（七一二—七七〇）詩，我們面對的是，一位忠君愛國的人臣，具有悲天憫人胸懷的儒者。惟不容忽略的則是，無論陶淵明或杜甫，在他們的詩篇裡，即使面對自我生命意義之際，流露懷才不遇之悲，或抒發功業無成之憾，大體上也是溫柔敦厚的。可是，李白詩中展現的自我形象，卻彷彿是經過放大，經過激情衝擊，高聲呼喊出來的。強調的通常是其人如何不同凡響，如何不拘常調，彷彿有意在詩篇中擺出傲岸自負、放蕩不羈的姿態，以說服讀者，他如何與眾不同。而李白自視的與眾不同，當然也就表示，他乃高人一等的意思[1]。

其實，中國歷史上，並不缺少以言行傲岸不羈見稱的人物。其中著名者，如春秋時期的楚狂接輿，曾嘲笑孔子，身處危殆亂世還執迷於從政；又如魏晉之際公然在言行上藐視儒家禮教，以任誕不羈行爲見稱的竹林七賢。不過，這些人物展示的傲岸不羈之言行，所以傳聲名於後世，主要還是經過旁人或後代對他們生前言行的記錄。如楚狂事，載於孔門弟子所錄《論語・微子》篇[2]；竹林七賢事，則見於南朝劉義慶（四〇三—四四四）所編《世說新語・任誕》篇。當然，李白予人以傲岸不羈的印象，一方面或許可歸因於他在時人之間傳聞的言行表現，但更重要的則是，源自李白詩文中的自述。

且先看杜甫（七一二—七七〇）〈飲中八仙歌〉，幽默風趣地分詠以飲酒見稱於世的八名「酒仙」，其筆下描繪的李白，就特別稱許其藐視帝王權貴，我行我素，狂傲不羈的人格表現：

---

1 宇文所安論李白詩即云，李白於其詩歌中扮演的角色，無論神仙、俠客、酒徒，皆不同於常人者。而李白之不同於常人，實乃高於常人之上的意思。見Steven Owen, *The Great Age of Chinese Poetry: The High Tang* (New Haven & London: Yale University Press, 1981), pp. 135- 136. 中譯本：宇文所安，《盛唐詩》（聯經，二〇〇七）。

2 《論語・微子》：「楚狂接輿歌而過孔子，曰：『鳳兮鳳兮，何德之衰！往者不可諫，來者猶可追。已而已而，今之從政者殆矣！』」

> 李白一斗詩百篇，長安市上酒家眠。天子呼來不上船，自稱臣是酒中仙。

再看較爲年輕的晚輩任華，因久聞李白盛名，嘗作〈雜言寄李白〉，遙寄仰慕之意，其中形容李白，乃是：

> 平生傲岸，其志不可測，數十年爲客，未嘗一日低顏色。八詠樓中袒腹眠，武侯門下無心憶。……

以後新、舊《唐書》皆爲李白立傳，雖然分別將其歸類於〈文苑傳〉、〈文藝傳〉，然而並不詳言其詩文創作，卻集中筆墨敘述李白一生任俠、隱居、縱酒、浪跡江湖等，種種不拘常調之形跡，且津津樂道其受詔玄宗時，如何酣醉不醒，入宮後需以水灑面……[3]。這些記錄顯然來自時人或後代對李白言行人格特質的傳聞印象。不過，從現今讀者的角度觀察，李白以其傲岸不羈之態留名後

---

3 有關傳統中國正史中人物傳記的筆墨重點，主要僅提供個別人物在言行方面表現的某種類型特徵，見Denis Twitchett的經典作：“Problems of Chinese Biography,” in Arthur F. Wright & Denis Twitchett (ed.) *Confucian Personalities* (Stanford: Stanford University Press, 1978), pp. 24-39.

世，實主要源自其詩歌中有意勾勒的自我形象[4]。以下試從不同層面，舉例論析其內涵及意趣。

一、大鵬自喻

先舉一首七言古詩〈上李邕〉爲例：

大鵬一日同風起，扶搖直上九萬里。
假令風歇時下來，猶能簸卻滄溟水。
時人見我恒殊調，聞余大言皆冷笑。
宣父猶能畏後生，丈夫未可輕年少。

蓋詩題中所稱李邕（六七八？—七四七），即是嘗爲《昭明文選》作注的李善（六三〇？—六八九？）之子。根據史傳記載，李邕其人，頗有文才，且工書法，名重一時，更以其善於提拔後進見稱於

4　按，本章論及李白「傲岸不羈之態」的主要論點，多有沿襲筆者所撰〈李白的名士形象〉一文之處。見《漢學研究》九卷二期（一九九一．一二），頁二五七—二七三。

世。惟因李邕自負其才，又爲人耿直，仕途並不順遂，乃至數次遭受到朝廷「下放」，迫使離開京城，遠赴各地方任職[5]。據學界的考核，上引此詩，可能是李白被玄宗「賜金放還」之後，於天寶四、五載（七四五—七四六）左右，與高適、杜甫諸友人同遊山東期間，某日拜見北海太守李邕的明志之作。其中展現的傲岸不羈之態，昭然若揭。

此詩令人矚目的是，首聯一發端：「大鵬一日同風起，扶搖直上九萬里」，即以《莊子．逍遙遊》篇所述寓言故事中，一隻由鯤變化而成的神鳥大鵬自喻[6]。按，《莊子．逍遙遊》中的大鵬，代表的乃是一種精神絕對自由逍遙的生命境界，而李白於此則活用典故，取大鵬能旋風擊浪，展翅高飛，直干青雲的特色，比喻其個人志向之宏偉，才能之卓越，以及無與倫比的磅礴氣概。認爲自己有朝一日必定如大鵬一樣，能隨風而起展翅高飛，直干雲霄。即使天有不測風雲，二聯於是點出：「假令風歇時下來，猶能簸卻滄溟水」，意指即使風忽然停息了，遂令大鵬從萬里雲霄高處飛落下來，惟其繼續鼓舞的翅膀，仍然能激揚起大海巨浪。李白於此，顯然是藉神鳥大鵬抒發宏志，

---

5 李邕於武后時曾任左拾遺，中宗時爲殿中侍御史，玄宗開元七至九年間（七一九—七二一）外放爲渝州（四川重慶）刺史，開元十四年（七二六）前後，爲陳州（河南淮陽）刺史，天寶四載（七四五）則爲北海（山東益州）太守。惟於天寶六載（七四七）爲李林甫陷害，乃至杖刑至死。事見《新唐書．李邕傳》，卷二〇二，頁五七五七。

6 《莊子．逍遙遊》：「北冥有魚，其名爲鯤，鯤之大也，不知其幾千里也。化而爲鵬。鵬之背，不知其幾千里也。怒而飛，其翼若垂天之雲。……鵬之徙於南冥也，水擊三千里，摶扶搖而上者九萬里。……」

表明心跡，強調自己的才能抱負，如何不同凡響。繼而於三、四聯：「時人見我恒殊調，聞余大言皆冷笑；宣父猶能畏後生，丈夫未可輕年少」，則順勢將筆端轉向自己當前面對的現實境況。句中所稱「時人」，乃指一般凡夫俗子，對我李白品味格調不同凡響的大言高論，竟然報之以冷笑；而你李邕，也須知道，就連尊爲「宣父」的孔老夫子，都會敬重後生晚輩[7]，身爲大丈夫者，是不應該怠慢我李白的！

回顧此詩的語意，應該並無干謁之意，並非向李邕求職或要求援引。其筆墨重點主要乃是藉《莊子》書中的神鳥大鵬自喻，且順筆以時人對他的高論，竟然報之以「冷笑」，更以此反襯自己如何與眾不同的「殊調」。同時也藉此向李邕「言志」，標榜己身之不同凡響，流露對凡俗的蔑視。目的似乎是通過其「自我評價」，要求李邕，對此時尚「不知何許人也」的李白，解除疑慮，認識李白，甚至賞識李白。不容忽略的是，整首詩，在筆墨間對當前社會的俊豪名流李邕，且年長自己二十餘歲的長輩，竟然語如平交，全然無視尊卑長幼之殊，其狂放自大的口氣，貫徹全篇，傲岸不羈之態，宛然可見。

其實大鵬的形象，曾伴隨李白一生。按，李白在出蜀不久，流連江陵一帶期間，因偶遇當時著

7 按，「宣父」即指孔子。據《新唐書・樂志》：「貞觀十一年（六三七），詔尊孔爲宣父。作廟於兗州，給户二十以奉之。」又據《論語・子罕》：「子曰：『後生可畏，焉知來者之不如今也。』」

名的隱士司馬承禎，且受其賞識，遂提筆寫〈大鵬賦〉述志，其中即以大鵬自許[8]。就看李白於此賦中描寫大鵬如何鼓翼而飛的情景，乃是：「一鼓一舞，煙朦沙昏，五嶽爲之震盪，百川爲之崩奔……」，語意間彷彿他李白一旦出場，即能轟動五嶽、影響百川。即使李白一生飄泊流離，於垂暮之年所寫的〈臨終歌〉[9]，還是以大鵬自居，試看：

大鵬飛兮振八裔，中天摧兮力不濟。
餘風激兮萬世，遊扶桑兮掛左袂。
後人得之傳此，仲尼亡兮誰爲出涕！

此詩乃是以楚辭體述懷，當屬暮年回顧平生往事，在無限感慨中之作。首聯：「大鵬飛兮振八裔，中天摧兮力不濟。」乃是以曾經「飛兮振八裔」的大鵬自居，卻不幸就在飛翔途中，卻遭受摧折，欲飛無力了。可是，接著第二聯：「餘風激兮萬世，遊扶桑兮掛石袂。」語氣間仍然充滿自負自

8 李白，〈大鵬賦并序〉：「余昔於江陵，見天台司馬子微，謂余有仙風道骨，可與神遊八極之表。因著《大鵬遇稀有鳥賦》。此賦已傳世，往往人間見之。……」

9 一般版本，皆題作「臨路歌」。惟根據李華（七一五—七六六）〈故翰林學士李君墓誌〉所云：「賦〈臨終歌〉而卒」，則各版本均另加注稱，當爲「臨終歌」。

信，強調此大鵬，即使已經無力再飛揚騰越了，或許猶如當初在朝廷任職翰林院時受到牽制，有志不得施展了[10]，然而其影響，卻還能餘風震盪，久久不息，直到千秋萬世。繼而第三聯：「後人得之傳此，仲尼亡兮誰爲出涕！」可憾的是，後人即使得知大鵬的故事，以此相傳，畢竟再也不會出現像孔仲尼那樣的人物爲他惋惜流涕了[11]。整首詩表露的是，李白即使已經自知生命旅程即將接近尾聲之際，仍然繼續擺出其傲岸不羈之態。當然，李白詩中展示的傲岸不羈之態，還可以從其他一些記述日常生活場景的描述來觀察。

二、縱酒狂飲

縱酒狂飲，也是李白詩歌展示其傲岸不羈的標誌。按，李白的縱酒，不僅在時人眼中遠近聞名，他本身也頗以其縱酒之名自詡。雖然李白偶而亦「花間一壺酒，獨酌無相親。舉杯邀明月，對影成三人」（〈月下獨酌〉），流露一份獨酌之清幽雅趣，但其筆下的飲酒，更多的是喧鬧狂蕩情境

10　按，「遊伏桑兮掛石袂」一句，頗難確解。此處的解讀，乃根據郁賢浩《李白選集》（上海古籍出版社，一九九〇），頁四五六。

11　據《史記．孔子世家》記載：魯國人狩獵，獲麒麟。孔子因感嘉瑞無應（國運將盡）而流涕，其《春秋》之著即寫至「西狩獲麟」而絕筆。

的描述。或自稱「酒中仙」（〈金陵與諸賢送權十一〉），或誇言「三百六十日，日日醉如泥……」（〈贈內〉）；甚至刻意展現自己「昨日東樓醉，歸來倒接䍦，阿誰扶上馬？不省下樓時……」（〈魯中都東樓醉起作〉），以唯酒是耽的晉代名士山簡自許[12]；或與同座友人一起豪飲：「高談滿四座，一日傾千觴」（〈贈劉使都〉）；甚至在酒宴中與人行棋賭酒作樂：「連呼五白行六博，分曹賭酒酣馳暉」（〈梁園吟〉）……。像李白如此不惜筆墨描述自己如何縱酒狂飲的諸般狀況，在中國詩歌中，實屬罕見。

試看其著名的雜言歌行〈將進酒〉：

君不見黃河之水天上來，奔流到海不復回。
君不見高堂明鏡悲白髮，朝如青絲暮成雪。
人生得意須盡歡，莫使金樽空對月。
天生我材必有用，千金散盡還復來。
烹羊宰牛且爲樂，會須一飲三百杯。

---

12 如此刻意勾畫自己倒臥馬背而歸之醉態，顯然是與當年唯酒是耽的晉代名士山簡（二五三—三一二）鎮襄陽時，「每大醉於高陽池」的行徑認同。有關山簡唯酒是耽之故事，見《世說新語．任誕》篇。按，本文大凡引述《世說新語》之處，皆以楊勇《世說新語校箋》本（香港：大眾書局，一九六九）爲據。

岑夫子！丹邱生！將進酒，君莫停。
與君歌一曲，請君爲我傾耳聽：
鐘鼓饌玉不足貴，但願長醉不用醒。
古來聖賢皆寂寞，惟有飲者留其名。
陳王昔時宴平樂，斗酒十千恣歡謔。
主人何爲言少錢，徑須沽酒對君酌。
五花馬，千金裘，呼兒將出換美酒。
與爾同銷萬古愁！

此詩自宋代以來即引發讀者持續不斷的評論[13]，甚至亦是當今大凡中學以上學校各種國文課本的選

---

13 前人評此詩，如：嚴羽（一一九七？—一二四一）《評點李太白詩集》：「一往豪情，使人不能句字賞摘。蓋他人之作詩，用筆想，太白但用胸口一噴即是，此其所長。」按，關於嚴羽此著，或懷疑可能是明代人冒名編成者。另外蕭士贇（淳祐年間一二四一—一二五二進士），《分類補注李太白詩》：有深一層的體味：「此篇雖似任達放浪，然太白素抱用世之才而不遇合，亦自慰解之辭耳。」

讀作品。按，觀其通篇之格局體式，當屬一首「雜言歌行」，乃是以七言爲主，其間夾雜三、五、十言，故而顯得句式參差不齊，節奏抑揚頓挫，且與作者感情的起伏變化相互配合。詩中文辭淺白易懂，其語意間之情懷意念，則顯得激盪洶湧，氣勢宏偉壯闊，宛如「黃河之水天上來」，具有排山倒海的撼人動力。其實除了語意顯得狂放豪縱之外，詩中頻用巨大的數目字來作形容，亦值得注意，諸如「千金散盡」、「一飲三百杯」、「斗酒十千」、「千金裘」、「萬古愁」等，都增強語氣的豪壯，助長撼動人的力量。惟其不容忽略的是，最後竟然突破以兩句一聯爲基本單位的詩歌傳統，而以一單句結尾：「與爾同銷萬古愁！」這孤另另的最後一句，遂使得整首詩的情懷意境延展開來，彷彿餘音繚繞，久久迴盪不去，令讀者低回吟詠，品味無盡。

當然，〈將進酒〉原屬漢樂府舊題，後世的文人擬作，大略均以「飲酒放歌爲言」[14]。李白此詩基本內涵上亦沿襲樂府舊題傳統，但卻明顯以第一人稱「我」之立場宣洩己情，表達的主要是一分對時光流逝的強烈焦慮，以及懷才不遇的濃郁悲哀。惟值得注意的是，時光流逝的焦慮與懷才不遇的悲哀，自屈原〈離騷〉「老冉冉其將至兮，恐修名之不立……」以來，即是文人士子反覆吟詠的情懷，流露的通常是作者在功名追求中，受挫的焦慮與悲哀，以及無奈與惋嘆。可是在李白筆

14 據宋代郭茂倩編輯《樂府詩集》中對樂府舊題〈將進酒〉的解釋：「古辭曰：『將進酒，乘大白』大略以飲酒放歌爲言。」

下，通過此詩中「飲酒放歌」的發洩，諸如：「人生得意須盡歡，莫使金樽空對月……烹羊宰牛且爲樂，會須一飲三百杯……」，卻清楚展現其筆墨下，似乎有意標榜個人放蕩不羈，傲岸自負的人格情性。尤其是高唱「天生我才必有用，千金散盡還復來」的自信自負，對權貴生活「鐘鼓饌玉不足貴」的蔑視，以及無奈中「但願長醉不用醒」的忿恨，還有「古來聖賢皆寂寞，唯有飲者留其名」流露的感慨與無奈，再加上即使已「千金散盡」，也要令僮僕將「五花馬、千金裘……將出換美酒」的痛快豪氣。遂令李白詩中的「縱酒狂飲」，顯得不單純起來。或許藉其縱酒狂飲的不羈之態，可以暫時作爲心中縈繞不去的「萬古愁」之慰藉吧。

三、散髮裸袒

其實「散髮裸袒」與「縱酒狂飲」，同樣曾經是身處亂世的魏晉名士刻意展現他們反禮法、尚自然的任誕行爲之一環。當然，李白是否有實際之散髮裸袒行徑，無以考證。不過，於其詩篇中，則屢次以「散髮」的姿態示意。諸如：「何如鴟夷子，散髮棹扁舟」（〈古風五十九首〉其十八）；「人生在世不稱意，明朝散髮弄扁舟」（〈宣州謝朓樓餞別校書叔雲〉）……。按，由於束髮戴冠乃是一般官員儒生之典型裝扮，李白詩中之「散髮」，與張華（二三二—三〇〇）「散髮重陰下，抱杖臨清渠」（〈答何劭詩〉）相若，主要顯示作者選擇棄世隱居之逍遙自在，以及不爲禮俗所拘，傲岸世情的人生態度。李白詩中自繪之「裸袒」形跡，其實亦與「散髮」旨趣相同。
試看一首有趣的小詩〈夏日山中〉：

懶搖白羽扇，裸袒青林中。
脫巾掛石壁，露頂灑松風。

此詩寫作年代不可考。惟據《世說新語．任誕》所記，如：「（劉伶）縱酒放達，或脫衣裸形在屋中。」又如：「魏末阮籍嗜酒荒放，露頭散髮，裸袒箕踞，其後貴遊子弟……皆祖述於籍……」。乃至「散髮裸袒」一時成爲魏晉名士間流行的風尚，其他江左名士亦相繼模仿。如《世說新語．品藻》劉孝標（四六二—五二二）注，引鄧粲《晉記》即云：「（謝）鯤與王澄之徒，慕竹林諸人，散首披髮，裸袒箕踞，謂之八達」。蓋魏晉士人通過散髮裸袒的形跡，目的是強調不受禮法束縛，任性放達，恣情任性的人生態度。李白於〈夏日山中〉展示的散髮裸袒自畫像，不僅遙接魏晉名士不拘禮法的傳統，並顯現其在夏日山中，已經臻至「人與自然」相即相融的愜意情景。宛如其六言古詩〈友人會宿〉所云：

滌蕩千古愁，流連百壺飲。

良宵宜清談，皓月未能寢。
醉來臥空山，天地即衾枕。

詩中描繪的，與友人會宿縱飲，月夜清談，醉臥空山，儼然是魏晉名士風流，追求自然，標榜通達的寫照。其間雖然並未明言「散髮裸袒」之跡，然而其以「天地即衾枕」之胸臆，遂令人回想起「肆意放蕩，以宇宙爲狹」的劉伶，對自己脫衣裸形之舉，嘗自稱是「以天地爲棟宇，屋室爲幝衣」[15]。

李白詩中自繪的脫巾露頂，裸袒搖扇之逍遙自在形象，一如其縱酒狂飲，或可視爲其恣情任性，不拘常調，刻意展示自己傲岸世情、放蕩不羈的姿態。惟不容忽略的是，就在這姿態的背後，縈繞不去的乃是「滌蕩千古愁，流連百壺飲」的慨嘆。

15　據《世說新語．任誕》：「劉伶常縱酒放達，或脫衣裸形在屋中，人見譏之，伶曰：『我以天地爲棟宇，屋室爲幝衣，諸君何爲入我幝中？』」

四、攜妓遨遊

攜妓遨遊其實乃是唐代士風放浪不羈之一環。大凡舉子士人與妓女交往，達官貴人與歌妓舞孃宴飲作樂，甚至以詩相贈，一般均視為風流佳話[16]。李白詩中即不乏有醇酒美人相伴的生活寫照。有的顯然是在交際酬酢場合與人同樂之歌詠，目的是稱頌宴飲之樂，聲色之美。諸如，往幽州之前經邯鄲時，有：「歌舞燕趙兒，魏姝弄鳴絲。粉色豔日彩，舞袖拂花枝，把酒領美人，請歌邯鄲詞」（〈邯鄲南亭觀妓〉）；避安史之亂於吳中扶風豪士家杯酒言歡時，有：「雕盤綺食會眾客，吳歌趙舞香風吹」（〈扶風豪士歌〉）；在永王幕中，則「詩因鼓吹發，酒為劍歌雄，對舞青樓妓，雙鬟白玉童，行雲且莫去，留醉楚王宮」（〈在水軍宴韋司馬樓船觀妓〉）；羈旅東魯時期，回憶當初，亦有：「興來攜妓恣經過，其若楊花似雪何；紅妝歌醉宜斜日，百尺清潭寫翠娥」（〈憶舊遊寄譙郡元參軍〉）……這些詩作中展現的，彷彿是一個只顧以聲色為娛者的形象。但不容忽略的是，李白詩中還有更多場合是描述自己的攜妓遨遊，不僅標榜其風流瀟灑，還展示其個人不可一

16　見臺靜農師〈唐代士風與文學〉，收入羅聯添編，《中國文學史論文選集》（台北：學生書局，一九七九），頁七六八—七八二。又見孫菊園，〈唐代文人和妓女的交往及其與詩歌的關係〉，《文學遺產》一九八四年第三期，頁一〇五—一一二。

世，傲岸不羈之態。

試看一首七古〈江上吟〉：

木蘭之枻沙棠舟，玉簫金管坐兩頭。
美酒樽中置千斛，載妓隨波任去留。
仙人有待乘黃鶴，海客無心隨白鷗。
屈平辭賦懸日月，楚王臺榭空山丘。
興酣落筆搖五嶽，詩成笑傲凌滄洲。
功名富貴若常在，漢水亦應西北流。

此詩當作於江夏（今湖北武昌）遊漢水時期，主要是寫其泛舟江上之際，有美酒當前，且載妓隨波的經驗感受。由於李白一生曾多次漫遊江夏，乃至寫作時間，學者有不同的看法[17]。惟就詩論詩，寫其在攜妓遨遊生活中，展示傲岸不羈之態，則頗爲明顯。整首詩顯得感情激昂，氣勢豪邁，傳達的

17 詹鍈《李白詩文繫年》繫於開元二十二年（七三四），亦即出蜀後第一次遊江夏時所作。郭沫若《李白與杜甫》則認爲是李白流放夜郎遇赦後，流連江夏時所寫，大約是乾元二年（七五九）左右。

是，蔑視功名富貴，只欲在生活上享受逍遙自適，在文學上追求永垂不朽的意願。值得注意的是，詩中標榜的逍遙自適，乃是「美酒樽中置千斛，載妓隨波任去留」，並以這種縱酒攜妓，自由自在，無拘無束，猶如海客隨白鷗之遊的「無心」[18]，遠勝仙人之「有待乘黃鶴」。且自信其能「興酣落筆搖五嶽，詩成笑傲凌滄州」，換言之，自己在世俗政壇已臻至「無心」、「無待」之境，何況他乃是文學上的曠世奇才，當然看不起豪華奢侈的王公貴族，蔑視短暫無常的功名富貴。他李白追求的乃是，永恆的成就，不朽的聲名。

不容忽略的是，李白在面對政治抱負受挫折之際，實際上視其攜妓遨遊生活，並非一般單純的縱情聲色，而是寄望和當初謝安(三二〇—三八五)高臥東山時期之形跡相若。換言之，乃是其應邀出山，輔佐朝廷，建功立業的前奏曲。因此於詩中每以謝安自居，諸如：「謝安正要東山妓，攜手林泉處處行」（〈示金陵子〉）；或「安石東山三十春，傲然攜妓出風塵」（〈出妓金陵子呈盧六〉四首其一）。甚至被玄宗「賜金放還」之後，仍然於〈憶東山二首〉其二中，高唱：

> 我今攜謝妓，長嘯絕人群。

18　據《列子・黃帝》篇：「海上之人有好鷗鳥者。每旦之海上，從鷗鳥遊。鷗鳥之至者，百住而不止。其父曰：『吾聞鷗鳥皆從汝遊，汝取來吾玩之。』明日之海上，鷗鳥舞而不下也。」

欲報東山客，開關掃白雲。

儼然如當初謝安高臥東山時期攜妓遨遊的重現。一方面擺出不願與當朝權貴合流的高姿態，同時又表示自己隨時準備東山再起。

綜觀以上所舉諸例，李白於其詩中擺出的傲岸不羈之態，甚爲明顯。或可從以下兩個層面作一整體觀察。

首先，以《莊子》書中寓言故事的神鳥大鵬自喻：

李白詩中屢次以「扶搖直上九萬里」的大鵬自喻，目的是宣稱自己志向之宏偉，才能之卓越，氣慨之不凡。即使遭受挫折，或時運不濟，也「猶能簸卻滄溟水」，仍然能有所作爲。甚至於垂暮之年，臨終之際，回首平生往事的無限感慨中，已經自覺「中天摧兮力不濟」，壯志未酬，欲飛無力了，還大言其能「餘風激兮萬世」，久久不息。自以爲其影響之遼闊超遠、無邊無際，可想而知。當然，李白終其一生，自我標榜的「天生我材必有用」，主要是經世濟民的政治才能，也就是能使「寰區大定，海縣清一」（〈代壽山答孟少府移文書〉）的輔弼之才，其次才是他的文才。惟李白自視其文才也非比尋常，乃是「興酣落筆搖五嶽，詩成笑傲凌滄州」！換言之，可以驚天地、動鬼神，而且就像司馬遷《史記·屈原列傳》中稱揚屈原辭賦一樣：「雖與日月爭光可也！」他的文學創作，也將光輝常照，永垂不朽。

其次，以魏晉名士縱酒狂飲、散髮裸袒、攜妓遨遊自許：

主要乃是以縱酒狂飲，散髮裸袒、攜妓遨遊的姿態，強調自己如何恣情任性，不拘常調的生活意趣與行爲態度。當然，縱酒狂飲、攜妓遨遊，甚至散髮裸袒，原是魏晉時期名士風流的標誌，是身逢亂世，目睹政局黑暗動盪，但感無能爲力之際，不得已方選擇不受禮教束縛，追求逍遙自適來委婉抗議。再者，魏晉名士生活中的醇酒美人，或展示自己裸袒箕踞的形跡，乃是時代風氣影響下，文士階層的「族群文化」之一環，屬於一個特定的社會階層，共同風行的生活意趣和行爲態度。可是李白，身逢開元天寶盛世，卻於詩中頻頻展示其縱酒、攜妓、散髮裸袒種種生活狂態，主要目的乃是標榜己身如何與眾不同之「殊調」，刻意表示其乃有別於傳統循規蹈矩、刻板無趣的文士儒生。再者，文學史上予人以詩中「篇篇有酒」的印象，當始自陶淵明。但陶詩中的酒趣，乃是溫柔敦厚的書生之飲、隱士之飲，追求的是藉此忘憂無我的精神境界；而李白詩中的飲酒，雖然遙接陶詩，但卻更強調其如何縱酒狂飲、放蕩不羈，乃屬豪士之飲、狂夫之飲；是誇大的，刻意擺出的姿態，是有意引人矚目以凸顯自我如何不同凡響的姿態。此外，「攜妓遨遊」，原是唐代士風之一環，屬唐代文人士子展現其風流倜儻的標誌。不過，李白詩中標榜自己攜妓遨遊，卻並不單純表示其風流倜儻、恣情任性而已。因爲其間往往浮現著東晉大名士兼政治家謝安的影子。按，謝安早期曾高臥東山，且屢辟不就，只顧悠遊山水，縱情聲色，「每遊賞，必以妓女從」[19]。可是一但應召出山，內則輔佐朝政，外則大破苻堅秦軍於肥水。如此由布衣而重臣，既風流瀟灑，又能輔國濟民的人物，對身爲布衣且「雄心萬丈」的李白，自然大爲傾倒。乃至在其攜妓遨遊詩篇的自畫像裡，每每以當今謝安自居，諸如：「謝安正要東山妓，攜手林泉處處行」（〈示金陵子〉）；「安石東山三十春，傲然攜妓出風塵」（〈出妓金陵子呈盧六四首〉其二）……。

總而言之，李白詩中刻意展示其傲岸不羈之態，或許與他終生不渝的宏偉政治抱負，卻又出身社會主流圈外的自我意識有關。按，李白一向自信其能，自負其才，總認爲「天生我才必有用」，其抱負當然也非同凡響，可以「申管、晏之談，謀帝王之術」。換言之，可爲宰相，輔佐君王治理天下。如此自認爲「懷經濟之才，抗巢、由之節，文可以變風俗，學可以究天人」者，卻「一命不沾，四海稱屈」（〈爲宋中丞自薦表〉）。然而，李白畢竟既無官宦家世的背景，亦無應舉上榜的資歷，卻偏偏又身處重門第、高科舉的唐代社會，其意圖以一介布衣，躍登龍門，則必須努力爲自己製造聲譽，引人矚目，令人相信，李白此人乃非同凡響者。因此，李白筆下之以大鵬自喻，甚至擺出其縱酒狂飲、散髮裸袒、攜妓遨遊的姿態，或許是刻意誇示他李白乃是大異於一般循規蹈矩的官宦儒生。其中寄寓的是，一個身處社會主流圈外者，明知其處於不利的環境條件，卻迫切盼望機

19　據《晉書·謝安傳》：「安雖放情丘壑，然每遊賞，必以妓女從。」

遇，以展其立功建業鴻志的複雜心情。同時涵蘊一份要以個人一己之力，與沈重的傳統和環境相抗衡的意圖。

最後再看一首有趣的小詩〈答湖州迦葉司馬問白是何人〉：

> 青蓮居士謫仙人，酒肆藏名三十春。
> 湖州司馬何須問，金粟如來是後身。

顯然是一首自道身世之作。從詩題可知，乃是答人所問而寫。問者是一名來自湖州，姓迦葉的司馬。按，「迦葉」本屬西域天竺（古印度別稱）之姓，故而大凡以此爲姓者，多與佛門有關。有趣的是，據詩題：迦葉司馬問的是：「白是何人」。這一問，無疑給狂放不羈，好爲大言的李白一個好機會，遂擺出一付傲岸自負，放蕩不羈的姿態。這首詩雖然短小，卻涵蓋李白自述的生平與人生態度。就看：「青蓮居士」，乃李白自號，同時點出籍貫鄉里，亦即四川綿州（今屬江油）青蓮鄉。從「青蓮居士」到「謫仙人」，又勾勒出離開四川後，初到長安的行蹤[20]。繼而「酒肆藏名」，則是李白尚未受詔之前，流連長安的生活態貌，亦即杜甫〈飲中八仙歌〉中形容的李白。所謂「三十

20　據李白〈大鵬賦序〉，其初到長安時，賀知章即以李白有「仙風道骨」，稱其爲「謫仙人」。

春」，則暗示出年齡：自二十五歲左右出蜀算起，至今已五十五、六歲。再者，「金粟如來」乃是維摩詰大士之前身。李白此處直言「金粟如來是後身」，居然以如來佛自比，既詼諧幽默，又狂放自大之形象，已宛然可見，更何況且乘此機會自我得意的表示，他李白，乃是亦仙、亦隱、亦佛集於一身者。

當然，李白詩中傲岸不羈之態的背後，與其終生揮之不去的「濟蒼生、安黎元」之雄偉抱負密切相關。姑且試看本書下一章「俠客濟世之心」之論述。

第二章

俠客濟世之心

所謂「俠客」，乃指好義任俠之士，亦稱「俠士」，或稱「遊俠」。按，俠客行俠仗義，居無定所，原是春秋戰國時代，周室既微，社會結構急劇變革情況下崛起的一類特殊人物[1]。「俠」的名稱最早見於韓非(前二八〇？—前二三三)《韓非子・五蠹》：「儒以文亂法，俠以武犯禁。」[2]韓非顯然視「俠」與「儒」爲兩種截然不同的人物；且將「儒」與「俠」對舉，一文一武，並自法家立場論之，認爲「俠」乃是以武力違法犯禁，擾亂治安者。不過，綜觀歷史上以任俠見稱之士，

1 據班固(三二—九二)《漢書・遊俠傳》：「周室既微，禮樂征伐自諸侯出。桓、文之後，大夫世權，陪臣執命。陵夷至戰國，合縱連橫，力政爭強，繇是列國公子，魏有信陵，趙有平原，齊有孟嘗，楚有春申。皆藉王公之勢，竟爲游俠，雞鳴狗盜，無不賓禮。」見《漢書》(北京：中華書局，一九七〇)，卷九十二，頁三六九七。

2 見周勛初等《韓非子校注》本(南京：江蘇人民出版社，一九八二)，頁六七〇。

卻並非均會武功，亦不一定隨身帶劍。「俠」在中國文化史中，實際上是一種精神風貌，一種行爲態度。司馬遷（前一四五？—前九〇？）《史記・遊俠列傳》爲漢代閭巷布衣之俠所下之定義，大概可視爲中國歷史上大凡俠客的共同精神風貌與行爲態度：

> 其行雖不軌於正義，然其言必信，行必果，已諾必誠，不愛其軀，赴士之阸困，既已存亡生死矣。而不矜其能，羞伐其德，蓋亦有足多者焉。[3]

用現在的話來說，就是俠客的言行舉止，不拘常調，不受社會禮法的規範，然而重承諾，講義氣，輕生死，以助人爲業，卻又不居功，不受賞。具有如此捨己爲人的精神，俠客自然會成爲諸侯爭霸，群雄逐鹿之際，備受禮遇，值得爭取利用的對象。這就促成俠客的交遊往來，不受特定社會階層的局限，即使出身寒微、混遊漁商的一介布衣，亦可平交王侯權貴，且仍然保持其獨立自主之人格。甚至因其俠行義舉，遂能建功立業，聲聞天下，乃至留名青史。因此，歷來不僅史家爲俠客

3 《史記・遊俠列傳》（北京：中華書局，一九六九），卷一二四，頁三一八一。近代學者論「俠」，亦多以太史公所言爲依歸。諸如：勞榦，〈論漢代的俠〉，見台灣大學《文史哲學報》第一期（一九五〇・六），頁二四一。James J.Y. Liu（劉若愚）, *The Chinese Knight-errant*(Chicago: University of Chicago Press,1967), pp. 4-7。張英，〈中國古代的俠〉，見《文史知識》一九九〇年第一期，頁六〇—六五。

立傳，詩人亦每每歌詠其俠情。

歌詠俠客的詩篇，其實在魏晉南朝樂府詩中已屢見不鮮，爰及唐代，詠嘆稱美俠客之行俠事跡，已成為一種文學傳統。李白的詠俠詩篇，基本上亦沿襲前人的詠俠之作，主要是表達對俠客如何仗義行俠，建功立業，以及行為不拘常調之欽慕與賞愛。不過，李白詠俠詩之有異於前人的詠俠者：首先，往往藉俠客之詠，推崇俠客、貶抑儒生，強調他不同於一般文士儒生之傳統價值觀。其次，甚至於詩中現身說法，以當世俠客自居，標榜己身之俠行義舉，展示其輕財重義、濟世振物之壯志豪情[4]。以下試分別論之。

一、揚俠抑儒

李白詠俠詩中，不乏沿襲前人詠嘆俠客的武功非凡，且如何慷慨負氣，重然諾、輕生死，仗義任俠之章。諸如〈結襪子〉、〈結客少年行〉、〈白馬篇〉、〈少年行〉等樂府詩作即是。其意旨主要是表達對俠客仗義任俠，追求功名，以及形跡不拘常調之欽慕與賞愛，從中不難體會出李白所

4 本章所論「俠客濟世之心」，其中主要論點，多有取自拙文〈李白的俠客形象〉之處。見《中國文哲研究集刊》第三期（一九九三年三月），頁三三五—三六〇。

寄寓的理想人格風範。但是，李白之有異於前人詠俠之作，乃在於往往藉俠客之詠，會近一步將俠客與儒生對舉，不但指出二者之相異，且更特意推崇俠客，貶抑儒生。

試先看一首〈俠客行〉：

趙客縵胡纓，吳鉤霜雪明。
銀鞍照白馬，颯沓如流星。
十步殺一人，千里不留行。
事了拂衣去，深藏身與名。
閒過信陵飲，脱劍膝前橫。
將炙啖朱亥，持觴勸侯嬴。
三杯吐然諾，五嶽倒爲輕。
眼花耳熱後，意氣素霓生。
救趙揮金槌，邯鄲先震驚。
千秋二壯士，烜赫大梁城。
縱死俠骨香，不慚世上英。
誰能書閣下，白首太玄經！

蓋〈俠客行〉原屬樂府舊題。李白此作大抵亦沿襲魏晉以來歌詠俠客仗義任俠之精神不朽、聲名永垂。惟不容忽略的則是，李白於此的筆墨間，已經另翻新意。當然，其內涵主要乃是藉戰國時期魏國的俠士侯嬴和朱亥，如何義助信陵君「竊符救趙」的故事，頌美二者好義任俠，百世留香的精神與行為[5]。前四聯，可視為全詩之序曲，屬俠客形象的總介紹，不僅展示俠客瀟脫英武的風貌，以及不凡的氣慨，且強調俠客以助人為業，卻「事了拂衣去，深藏身與名」，亦即不居功、不圖賞的人格風範。進而則概述戰國時期魏國的朱亥、侯嬴，如何重然諾、輕生死、義膽包天的俠行，之後並讚嘆「千秋二壯士，烜赫大梁城。縱死俠骨香，不慚世上英」。如此稱頌，其實與前人詩作中對俠客捨身取義，雖死猶榮，英名永垂，表示欽慕的旨意相若[6]。不過，值得注意的是，李白此詩於第五、六聯，卻出人意表的，將筆墨轉向特選的歷史鏡頭，刻意描繪朱亥與侯嬴二俠客，當初如何與王侯平交的場景：

5 侯嬴是魏都大梁夷門的守門者，朱亥乃是市井中一介屠夫，二人如何義助信陵君「竊符救趙」事，詳見《史記・魏公子列傳》，卷七十七，頁二三七七—二三八一。

6 如張華（二三二—三〇〇），〈博陵王宮俠曲二首〉其二：「生從命子遊，死聞俠骨香……」；陶淵明（三六五—四二七），〈詠荊軻〉：「其人雖已沒，千載有餘情……」；王維（六九九—七五九），〈少年行〉：「孰知不問邊庭苦，縱死猶聞俠骨香」。

閒過信陵飲，脫劍膝前橫。
將炙啖朱亥，持觴勸侯嬴。

這樣的場景，不僅展現俠客坦蕩落拓的英雄氣概，同時顯示信陵君居高不傲，親手持肉勸酒，禮賢下士的風範。這是前人詠俠詩篇中所罕見者，乃是李白心目中，俠客的形象與應受的禮遇。尤其令人矚目的還是最後一聯，突然大聲呼出以下的感慨：

誰能書閣下，白首太玄經！

此處乃是以漢代的揚雄(西元前五三—西元一八)，曾於皇家藏書室「天祿閣」校書三年，只顧埋首著《太玄經》[7]，這樣的形跡，與建奇功、立大業的朱亥、侯嬴相比，眞乃是於世無用者。藉此表明他李白重俠輕儒的立場，宣示其所以不同於一般文士儒生的人生態度。實際上，李白詩中這種貶抑儒生的觀點，終其一生，未嘗改變。

就如李白受玄宗「賜金放還」之後，遊東魯時所作〈嘲魯儒〉一首，其中對魯地儒生之迂腐無

7 揚雄事跡，見《漢書・揚雄傳》，卷八十七下，頁三五八四—三五八五。

用，即極盡嘲諷之能事：

魯叟談五經，白髮死章句。
問以經濟策，茫如墜煙霧。

指這些白髮儒生，僅知空談《五經》，死守章句，倘若問之以經世濟民之策，則一頭霧水。就連他們的穿著舉止，亦復拘泥可笑：

足著遠遊履，首戴方山巾。
緩步從直道，未行先起塵。

儒生既然如此迂腐無用，難怪「秦家丞相府，不重褒衣人」，當初秦相李斯（？—前二〇八）會輕視儒生。按，李白於此詩如此嘲諷魯儒，或許與其初遊東魯時，曾經因爲言行表現特殊，乃至「獲笑汶上翁」，受到當地老輩儒生之奚落有關[8]。但是，李白於其詩中一再強調「儒不如俠」，則顯然

8　見王定璋〈李白在魯中的挫折〉，收入《李白研究論叢》（成都：巴蜀書社，一九八九），頁一〇五—一〇七。

含有刻意突出自己與一般俗世「殊調」的意味。

再舉其北遊幽燕時期所作〈行行且遊獵篇〉爲例：

邊城兒，生年不讀一字書，但知遊獵誇輕趫。
胡馬秋肥宜白草，騎來躡影何矜驕。
金鞭拂雪揮鳴鞘，半酣呼鷹出遠郊。
弓彎滿月不虛發，雙鶬併落連飛髇。
海邊觀者皆辟易，猛氣英風振沙跡。
儒生不及遊俠人，白首下帷復何益！

觀此詩之標目，同樣屬樂府舊題。惟現存南朝時期的同題舊辭，大多詠天子遊獵之威武排場，而李白此作則以邊城遊俠兒豪邁英武的狩獵情景爲筆墨重點，展示邊城遊俠騎射武功如何高強，並傳達對遊俠氣宇非凡之讚賞。其實這些均與一般歌詠邊塞遊俠之作的傳統內涵意境近似[9]。但值得注意

9　如曹植（一九二—二三二）〈白馬篇〉頌美「幽并遊俠兒」之「揚聲沙漠垂」；盧思道（五二九—五八一）〈從軍行〉稱揚「白馬金羈俠少年」之勇赴邊庭抗敵立功；崔浩（？—七五四）〈古遊俠呈軍中諸將〉歌詠少年俠客「殺入遼水上，走馬漁陽歸」之武功氣慨。內涵意境皆類似。

的是，李白於此，一發端即不同凡響，其筆下特別點出邊城兒的特徵乃是：

生年不讀一字書，但知遊獵誇矜驕。

開篇重點在「生年不讀一字書」之邊塞兒，騎射武功之高強，勇猛英姿又如何令觀者驚嘆……。惟於此詩最後的結語，則藉漢代大儒董仲舒(前一七五?—前一〇五?)嘗放下帷幕，足不出戶，只顧專心致志於經典講頌，不問世務的事跡[10]，明確表達對邊城遊俠豪邁英武的推崇，以及對儒生於世無用的鄙視：

儒生不及遊俠人，白首下帷復何益！

按，儘管李白曾自詡：「常橫經籍書，制作不倦」（〈上安州裴長史書〉），其刻意揚俠抑儒之態度，則終其一生未嘗改變。上舉李白詠俠詩中，不僅於筆墨間標榜俠客平交王侯的氣慨，王侯禮

10 董仲舒事，見《漢書．董仲書傳》：「少治《春秋》，景帝時爲博士。下帷講誦，弟子傳以久次相授業，或莫見其面。」（《漢書》卷五十六，頁二四九五）

賢下士的風範，而且刻意強調其揚俠抑儒的立場。這樣不同前人的立場態度，或許與李白自知本身並無官宦儒生之家世出生背景有關，以及他「不求小官，以當世之務自負」（劉全白〈唐故翰林學士李君碣記〉）的胸襟懷抱相連。

就看李白干謁求見韓朝宗時所寫〈與韓荊州書〉中即嘗云：

願君侯不以富貴而驕之，寒賤而忽之，則三千賓中有毛遂，使白得穎脫而出……。

語氣間明顯流露一分出身背景寒微的自覺。又如〈贈從弟南平太守之遙二首〉其一，追憶當初受玄宗之詔入宮，謁見金鑾殿，並待詔翰林院的風光日子，即指稱：「當時笑我微賤者，卻來請謁爲交歡」……。不僅點出李白入宮前後，曾被一些勢利者視爲出身「微賤」，同時亦揭露李白對自己的出身，乃屬處於社會主流圈外者，頗爲敏感，似乎形成一個打不開的心中結。因此，李白詩中的揚俠抑儒，未嘗不含有維護其非官宦儒生之家世背景，意欲抬高自己社會地位的意圖。同時亦寄寓一分力求入世問政，追求功名的強烈慾望。這還可以從李白以俠客自居的詩作中所勾勒的俠客自畫像看出端倪。

二、俠客自居

其實自漢魏以來，一般詩人歌詠俠客，通常是站在一定的距離之外，主要以第三人稱的旁觀角度，對俠客風範表示讚賞或傾慕。惟李白卻不僅止於此，往往於其詩文中，現身說法，以俠客自居，把自己塑造成一個當世俠客，標榜己身之俠行義舉，強調其如何輕財重義、濟世拯物之俠情。通過其自述的俠客形象，李白似乎是在向世人宣稱，彼乃大異於一般儒生者！而「儒生不及遊俠兒」，李白之大異於儒生，自然含有高於一般儒生之上的意味。

惟不容忽略的是，李白詩中以俠客自居的形象，應該並非全然出自文學創作的想像或虛構，其生命歷程中曾經有仗義任俠之舉，或屬實情。李白生前，據其晚輩友人魏顥〈李翰林集序〉所知李白的俠情義舉[11]：

少任俠，手刃數人。與友自荊組揚，路亡權窆，迴棹方暑，亡友糜潰，白收其骨，江路而

11 魏顥初名萬，後改名顥。李白生前曾將其詩文手稿交予魏顥，輯為《李翰林集》，可惜此集失傳，當今僅存魏顥〈李翰林集序〉一文而已。

舟。……

另一友人崔宗之〈贈李十二〉詩，言及初遇李白之印象是：

袖有匕首劍，懷中茂陵書。

似乎李白初入長安尋求機遇時，儼然一副俠客身懷宏志，期待大用的形象。即使李白去世之後，在後生晚輩的印象中，亦是一任俠者。諸如李華(七一五—七六八)〈故翰林學士李君墓誌銘並序〉稱李白：

少以俠自任，而門多長者車。……義以濟難，公其志焉。

劉全白〈唐故翰林學士李君碣記〉亦云：

少任俠，不事產業，名聞京師。

范傳正〈唐左拾遺翰林學士李公新墓碑并序〉：

少以俠自任，而門多長者車。常欲一名驚人，一飛驚天。

繼而又如北宋史家宋祈（九九八—一〇六一）於《新唐書・文藝傳》中的〈李白傳〉，亦指稱李白：

喜縱橫術，擊劍任俠，輕財重施。

當然，這些記載，不但根據坊間傳聞，也可能乃是源自李白詩文中之自述，包括其居蜀時期少年歲月，即喜好劍術，出蜀後又每每與俠義之士結交，未嘗中斷……等。就如李白於〈留別廣陵諸公〉詩中，回顧往昔年輕歲月時，即云：

憶昔作少年，結交趙與燕。
金羈絡駿馬，錦帶橫龍泉。
寸心無疑事，所向非徒然。

筆墨間浮現的，儼然是一個廣結豪俠，且騎駿馬、披寶劍，勇往直前，意氣風發之少年俠客形象。另外，李白於〈憶襄陽舊遊濟陰馬少府巨詩〉中，追述自己遊襄陽之時，曾經「高冠佩雄劍，長揖韓荊州」，亦是以一副俠客姿態出現。猶如其著名的〈與韓荊州書〉中自我介紹時所云：

十五好劍術，遍干諸侯。三十成文章，歷抵卿相。雖不滿七尺，心雄萬丈。王公大人，許與氣義。

明言其自少年時代，即不同於尋常之文士儒生，乃是好劍任俠，文武兼備，心雄萬丈者；於是懷著從此將「揚眉吐氣，激昂青雲」之憧憬，遍干諸侯，歷抵卿相……。蓋李白既然每以好劍任俠自許，且視之爲足以助其謀求發展以圖大用之「資歷」，故而向韓荊州毛遂自薦云：「倘急難有用，敢效微軀。」

李白詩中一再以俠客自居，每每標榜其輕財重義、受恩必報，以及身懷濟世振物、功成身退諸般品質，顯然有其自認乃不同於尋常文士儒生的用心。

(一)輕財重義，受恩必報

歷史上大凡任俠之士，無論貴賤，皆輕財好施、存交重義、受恩必報。就如戰國時期著名的四公子，雖貴爲王者親屬，亦皆輕財重義者。平日養士結客，且無論賢與不肖，只須投奔效力，盡以禮待之[12]。又如漢代的朱家，乃一介平民而已，惟因其「振人不贍，先從貧賤起」，即使已經「家無餘財，衣不完采，食不重味，乘不過軥車」，卻「專趨人之急，甚己之私」。另外如劇孟，其俠行亦「大類朱家」，乃至死後「家無餘十金之財」。還有郭解，亦是「厚施而薄望……既已振人之命，不矜其功」，爲人排解糾紛，事成之後「乃夜去，不使人知」[13]。

按，輕財重義顯然是這些任俠之士的首要標誌。李白與人投契結交，亦重視輕財重義之品質。諸如對好友元參軍（即元演），嘗云：「感君貴義輕黃金」（〈憶舊遊寄譙郡元參軍〉），與岑勛則是「相知兩相得，一顧輕千金」（〈酬岑勛見尋就元丹丘對酒相待以詩相招〉）。至於李白嘗將其「平生述作，罄其草而授之」的倩公，亦讚其「能傾產重諾」（〈江夏送倩公歸漢東序〉）。並於一些酬贈友人的詩中強調：「廉夫惟重義，駿馬不勞鞭。人生貴相知，何必金與錢」（〈贈友人三首其三〉）。不過，李白於詩中自述己身輕財重義之俠行時，則往往與其求賞識、期大用之心並進。即使在生命途中遭受重大挫折，但感悲愴之際，亦未嘗改變。

試看〈醉後贈從甥高鎮〉一首：

---

12 戰國四公子，結客養士，雖難免有收買人心，以累積政治資本之圖，惟其廣結交遊，輕財好施，重然諾，講信義，故司馬遷《史記》與班固《漢書》，皆視之爲任俠之士。

13 朱家、劇孟、郭解的行俠事跡，均見《史記．遊俠列傳》，卷一百二十四。

馬上相逢揖馬鞭，客中相見客中憐。
欲邀擊筑悲歌飲，正值傾家無酒錢。
江東風光不借人，枉殺落花空自春。
黃金逐手快意盡，昨日破產今朝貧。
丈夫何事空嘯傲，不如燒卻頭上巾。
君爲進士不得進，我被秋霜生旅鬢。
時清不及英豪人，三尺童兒唾廉藺。
匣中盤劍裝鮎魚，閒在腰間未用渠。
且將換酒與君醉，醉歸托宿吳諸專。

標題中所稱高鎮，事跡無考，惟「從甥」一詞，則點出高鎮乃屬年輕晚輩，其母親姓李而已。就全詩內涵視之，當屬一首爲安慰同宗晚輩高鎮應舉不第之作，並藉此規勸高鎮：「丈夫何事空嘯傲，不如燒卻頭上巾」。換言之，大丈夫別再當無用的書生了！同時也藉此抒發自己的懷抱，而且是一個「我被秋霜生旅鬢」者，鬢髮已經霜白，且嘗被「三尺童兒唾廉藺」一般，落魄俠客的懷抱。所以勸告高鎮，不如將「閒在腰間未用渠」的「劍」，「且將換酒與君醉，醉歸托宿吳諸專」！雖然詠嘆俠客落魄失意的詩篇，南朝時期已經出現，不過李白於此卻是現身說法，以意欲大有所爲的俠客自居，慨嘆自己的懷才不遇。此詩值得注意的是：

首先，其中特別強調的「輕財好施，存交重義」的品質。雖然自己「欲邀擊筑悲歌飲，正值傾家無酒錢」，目前則已經處於：

黃金逐手快意盡，昨日破產今朝貧。

如此窘困之境，卻還不惜將腰間寶劍拿去換酒，以便與高鎮同醉。全然一副俠客存交重義的模樣。宛如〈將進酒〉中，以「五花馬、千金裘」換酒買醉的瀟灑，同樣含有輕錢財重交誼的豪情。但是，「五花馬、千金裘」，代表的乃是富裕闊綽，而此時的腰間寶劍，對於以俠客自居者，乃是博取聲名，入世問政的象徵。如今卻落魄得只能「且將換酒與君醉」，則其挫折之深，不遇之憾，且俠情之高，可以想見。

其次，詩中藉燕人高漸離與吳人專諸受恩必報事跡的寄意[14]，亦不容忽略：

---

14 按，在傳統中國社會，人與人之間互相「還報」，乃是維繫社會關係之重要基礎。詳見L.S. Yang, "The Concept of '*Pao*' as a Basis for Social Relations in China," in John King Fairbank, ed. *Chinese Thought and Institutions* (Chicago and London: University of Chicago Press, 1957), pp. 291- 309. 其中文譯本，亦見〈報——中國社會關係的一個基礎〉（段昌國譯），收入楊聯陞，《中國文化中報、保、包之意義》（香港：中文大學出版社，一九八七），頁四九—七四。

欲邀擊筑悲歌飲……醉歸托宿吳專諸。

按，「擊筑悲歌飲」，依其典故，原指荊軻未受燕太子丹的知遇之前，鬱鬱不得志，與同樣有志難伸且善擊筑的好友高漸離，在燕市慷慨悲歌，流露滿懷壯志卻懷才不遇的悲慨。而「托宿吳專諸」，乃指春秋時代吳國好義任俠的專諸，在王室政權爭奪中，為報答吳公子光的禮遇，前去刺殺吳王僚，結果雖功成，卻被吳王僚手下所殺之事。就看荊軻與專諸，雖然一事敗，一事成，同樣成為歷史上「士為知己者用，為知己者死」的典範[15]。同樣是令李白衷心仰慕，且意欲效法的受恩必報的俠義之士。其間流露的是：作者李白在懷才不遇的悲慨中，仍然迫切期望，有朝一日，或許終能有用於世；其尋賞識、盼知遇、期大用之心，始終未滅。同時亦顯示，李白詩中以俠客自居之際，強調其如何輕財重義、受恩必報的品質，目的乃是抒發自己入世問政的雄懷大志。此外，不容忽略的是，李白筆下的俠客自畫像，並不局限於個人之間的恩報義舉，更重要的乃是其濟世振物、功成身退的大俠風範。

(二)濟世振物、功成身退

15 專諸、荊軻、高漸離事跡，均見《史記・刺客列傳》，卷八十六，頁二五一六—二五三六。

蓋俠客行徑所以被視為非同凡響，超乎尋常，並不單單在於俠客的輕財重義，受恩必報。更重要的是，自己施恩予人，卻不期望任何報賞，甚至還拒絕報賞。李白詩中表露意欲以濟世振物、功成身退之大俠自居，自其仗劍去國，遍干諸侯，歷抵卿相以圖大用以來，始終未嘗消歇。即使屢次因干謁自薦未果，喟嘆「大道如青天，我獨不得出」（〈行路難三首〉其二），甚至任翰林待詔期間，因遭讒見疏，遂放歸山，李白從未停止向世人或對自己宣稱，他並非追求爵祿富貴者，而是濟世振物，功成之後，立即引退，毫無戀棧的大俠。以下姑列舉李白寫於一些不同背景場合詩歌作品中的自我表白：

終於安社稷，功成去五湖。（〈贈韋秘書子春〉）
願一佐明主，功成還舊林。（〈留別王司馬嵩〉）
功成謝人間，從此一投釣。（〈翰林讀書言懷呈集賢諸學士〉）
方希佐明主，長揖辭成功。（〈東武吟〉）
功成拂衣去，歸入武陵源。（〈登金陵冶城西北謝安墩〉）

按，李白如此反覆聲明其功成身退之立場，或許源自歷史教訓之領悟。諸如：「君不見自古賢達人，功成不退皆殞身」（〈行路難三首其三〉）；或「功成身不退，自古多愆尤」（〈古風五十九首其十八〉）……。同時則以此標榜，自己實乃輕財重義，施不受報者，雖在野民間，其所以意欲積極入世問政，乃是純粹出自一片輔佐君王、濟世振物之俠情[16]。因此，倘若天下紛爭，社稷臨難之秋，就會立即挺身而出，肩負起排難解紛之重任，而事成之後，則拂衣而去，絕不戀棧！如此「隱不絕俗」（〈與賈少公書〉），入世又不爲世所累的大俠風範，在歷史上，或當以戰國時期齊國的高士魯仲連[17]，最得李白之激賞。甚至於詩中每每引魯仲連與己身乃異代同調。

試先看〈古風五十九首〉其十：

齊有倜儻生，魯連特高妙。
明月出海底，一朝開光耀。
卻秦振英聲，後世仰末照。
意輕千金贈，顧向平原笑。
吾亦澹蕩人，拂衣可同調。

16　猶如李白〈代壽山答孟少府移文書〉向孟少府述志所云：「申管、晏之談，謀帝王之術，奮其智能，願爲輔弼，使寰區大定，海縣清一。事君之事成，榮親之義畢，然後與陶朱、留侯，浮五湖，戲滄州，不足爲難矣。」

17　魯仲連生平，包括如何義助平原君退卻秦軍，解邯鄲之圍，功成之後辭爵謝金諸事跡，詳見《史記・魯仲連鄒陽列傳》，卷八十三，頁二四五九—二四六九。

整首詩當屬以頌揚齊國「倜儻生」魯仲連爲宗旨。蓋魯仲連何等倜儻瀟灑，既具排難解紛之濟世奇才，且又不慕榮利，蔑視權貴，功成之後，則謝爵辭金，不受平原君之賞賜，仍然保持其傲然獨立之人格。這樣的人格風範，正是李白「吾亦澹蕩人，拂衣可同調」，終其一生意欲認同並扮演的角色。

再看〈贈從兄襄陽少府皓〉詩中的自述：

結髮未識事，所交盡豪雄。
卻秦不受賞，擊晉寧成功。……

句中明言，自少年時代，即廣結豪雄，且心懷像魯仲連「卻秦不受賞」與朱亥「擊晉寧成功」那樣，重然諾、立奇功，又功成不受賞之俠情。再者，李白於中年以後，經玄宗「賜金放還」，又逢安史之亂爆發，兩京殘破，中原橫潰，認爲正是「猛士奮劍之秋，謀臣運籌之日」（〈爲宋中丞請都金陵表〉），也正是任俠之士可以挺身而出，爲天下排難解紛之時機。李白於其〈送張秀才從軍〉詩中，再度強調己身之立場：

壯士懷遠略，志在解世紛。

周粟猶不顧，齊珪安肯分。

誓言他乃是志在爲天下排難解紛的壯士，並非爲一己之功名爵祿。即使最終將如叔齊、伯夷之拒食周粟，或魯連之不受齊封，亦不改其志。此後，爰及永王「辟書三至」（〈與賈少公書〉），李白決定放棄廬山之隱，入永王之幕，曾作〈在水軍宴贈幕府諸侍御〉暢言其志，仍然宣稱：

卷身編蓬下，冥居四十年。
寧知草間人，腰下有龍泉。
浮雲在一決，誓欲清幽燕。
願與四座公，靜談〈金匱篇〉。
齊心戴朝恩，不惜微捐軀。
所冀旌頭滅，功成追魯連。

強調自己雖屈身蓬門，「冥居四十年」的「草間人」，卻「腰下有龍泉」。且志在「誓欲清幽燕」，具有不愛其軀，勇赴國難，宛如當初魯仲連功成身退之俠情節慨。當然，李白於此「不惜微捐軀……功成追魯連」的構想，畢竟因永王兵敗而告破滅。不但胡沙未靜，甚至還以「附逆之罪」

繫獄尋陽，判刑流放夜郎。對於「志在解世紛」（〈送張秀才從軍〉）的李白，繫獄且流放之災，無疑是生命中最沈重的打擊，其悲憤傷痛可以想見。但是，李白卻並未因此而死心，於得知獲大赦之後，繼續干謁求賞，甚至於上元二年（七六一），李光弼奉令率大軍征伐史朝臣餘黨之際，李白還以六十一高齡，仍然宣稱其「恨無左車略，多愧魯連生」！表示急於像李左軍[18]、魯仲連那樣，爲征伐之事，出奇略，建奇功。

再舉一首〈贈何七判官昌浩〉：

有時忽惆悵，匡坐至夜分。
平明空嘯吒，思欲解世紛。
心隨長風去，吹散萬里雲。
羞作濟南生，九十頌古文。
不然拂劍起，沙漠收奇勳。
老死阡陌間，何因揚清芬。

18 據《史記・淮陰侯列傳》，李左軍，秦末漢初人。有奇謀大略，韓信嘗以師事之。果然，兵不血刃，而使燕王從風而靡。見卷九十二，頁一六一五—一六一八。

夫子今管樂，英才冠三軍。
終與同出處，豈將沮溺群。

亦屬友人之間酬贈之作。當今學者對此詩雖有不同的繫年，惟均歸之於李白被玄宗逐出宮門後，但見李唐國勢動盪之際有感之作。標題所稱何昌浩，其人已無考，既然是「判官」，則知其乃是某節度使幕下的一名助理屬員。整首詩筆墨重點就在於抒發一己之衷情，並藉此稱揚對方。值得注意的是，此處李白云其所以徹夜不眠惆悵滿懷，乃是「思欲解世紛」。換言之，意欲如同當初魯仲連臨危挺身而出那樣，爲世人排難解紛。其原因則是：「羞作濟南生，九十頌古文。」不願像秦、漢之際的儒者伏生那樣，已經九十多歲高齡，不良於行，且口齒不清，還在傳授古文《尚書》[19]。所以才「不然拂劍起，沙漠收奇勳」，不如像俠客一般，拔劍而起，遠赴邊塞，立奇功，成大業。這是因爲，倘若一生功業無成，默默無名，乃至「老死阡陌間，何因揚清芬」！繼而才依「贈詩」慣例，推崇贈詩對象何昌浩：「夫子今管樂，英才冠三軍」，乃屬管仲、樂毅之才。且願意與何昌浩「終與同出處，豈將沮溺群」。令人矚目的是，此詩明白表示，他李白既不屑於像儒生一般皓首窮經之無用，也不願與春秋時代的隱士長沮、桀溺之輩爲伍，隱居終生。他意欲效法的，乃是宛如當

19　有關嘗爲秦博士伏生之事跡，見《漢書．儒林傳》。

初魯仲連「思欲解世紛」的大俠風範。

綜觀李白詩中，一再展現其輕財重義，受恩必報，意欲濟世振物，功成身退的俠客形象，且每每表示對一般儒生迂腐無用的鄙視，的確可視爲中國傳統吟詠俠情之詩，譜出新調，增添詠俠詩的內涵情境。惟進一步體味，李白筆下的俠客濟世之心，顯然出自一個官宦儒生圈外的「草間人」，意欲立奇勛、成大業，揚聲名於後世之浪漫襟懷。其間寄寓的是，一個自視甚高，自負其能者，在身處官宦儒生家世圈外的自覺意識中，力圖說服世人，甚或說服他自己：英雄不論出身低，只要風雲際會，一但受賞識、得重用，必能建不朽之功業，立永遠之聲名。然而，可悲的是，李白所遇的盛唐時代，畢竟已經不是春秋戰國諸侯爭霸之際，亦非楚漢相爭風起雲湧之時，甚至漢末魏初，三國鼎立，或隋末大亂，李唐建國之前，群雄逐鹿之時代，亦已一去不返。儘管俠客的節慨仍然受到文人士子的讚賞，俠客的豪情仍然令人欽羨仰慕，但是，以俠客之身，一舉而輔弼，立不朽之功業，然後功成身退，畢竟乃是一分不可能臻至的遙遠夢想。最終不過是如李白自己曾經體悟的，「豪士無所用，彈弦醉金罍」（〈金陵鳳凰台置酒〉）；或「嘆我萬里遊，飄飆三十春。空談帝王略，紫綬不掛身。雄劍藏玉匣，〈陰符〉生素塵」（〈門有車馬客行〉）而已！

第三章
懷才不遇之悲

此章所謂「懷才不遇之悲」，意指雖擁有才能，且懷抱負，卻未能得到機遇施展。大凡面臨如此境況，主要乃是由於「不遇時」，亦即未能遇上好的時機。這就關係到是否能及時遇上知人識才的明主賢君，是否遇上「知音」。當然，所謂「知音」，最初原指了解我彈奏的琴音中所流露的情懷意念者[1]，以後則引申為：能欣賞我的才能，知道我的抱負者。但是，在中國歷史上，眞正能有幸獲得知音之賞，有機會施展才能抱負者，畢竟屬於少數。絕大多數的文人士子，在個人生命旅程中，幾乎均會經歷一些有志不獲騁，抱負未能展，但傷知音稀的憾恨。乃至懷才不遇之悲，成爲傳

1　歷史上最早且最著名的「知音」，當屬了解其友伯牙所彈琴音意趣的鍾子期。據《呂氏春秋・本味》卷二記載：「鍾子期死，伯牙破琴絕弦。終生不復鼓琴，以為世無足為鼓琴者。」見尹仲容，《呂氏春秋校釋》本（台北：中華書局，一九五八），頁一八。

統中國詩歌中普遍吟嘆的情懷。

中國文學史上，第一位知名的懷才不遇作家，或以爲是屈原（前三三八？—前二七八？）；但是屈原現存作品，包括〈離騷〉、〈九章〉等，主要是抒發其身爲楚國的宗臣，竟然遭讒受逐的怨悱。因此，當今學界一般認爲，宋玉（前二九〇？—前二二三？）的〈九辯〉，乃是一般文人士子抒寫懷才不遇之悲的源頭。試看宋玉〈九辯〉開端數句：

坎廩兮貧士失職而志不平。廓落兮羈旅而無友生，惆悵兮而私自憐。……

即爲身爲有志之士，卻懷才不遇之悲的詩情，譜出基調。漢魏以後，文人士子於詩篇中，抒發有志卻不遇的情懷之際，步其後塵，相繼出現，諸如：

賢才抑不用，遠投荊南沙。……（酈炎：一五〇—一七七〈見志詩〉其二）

文籍雖滿腹，不如一囊錢。……（趙壹：活躍於一六八—一八九〈秦客詩〉）

願欲一輕濟，惜哉無方舟。閒居非吾志，甘心赴國憂。……（曹植：一九二—二三二〈雜詩〉其五）

幽蘭不可佩，朱華爲誰榮。……（阮籍：二一〇—二六三〈詠懷詩〉其四十五）

壯士志未伸，坎坷多辛酸。……（杜摯：活躍於二二六—二三九〈贈毋丘儉詩〉）

時年俛仰過，功名宜速崇。壯士懷激憤，安能守虛沖。……（張華：二三二—三〇〇〈壯士篇〉）

英雄有迍邅，由來自古昔。何世無奇才，遺之在草澤。……（左思：二五〇—三〇五？〈詠史八首〉其二）

但恨功名薄，竹帛無所宣。……（陸機：二六一—三〇三〈長歌行〉）

功業未及建，夕陽忽西流。時哉不我予，去乎若浮雲。……（劉琨：二七一—三一八〈重贈盧諶詩〉）

上引諸詩句，皆清楚表達有志展才之士，因不爲世用之焦慮、憾恨、或悲慨。即使文學史上以「古今隱逸詩人之宗」（鍾嶸《詩品》語）見稱的陶淵明（三六五—四二七），亦曾於其〈雜詩十二首〉其二，喟嘆：

日月擲人去，有志不獲騁。念此懷悲悽，終曉不能靜。

蓋抒發文人士子懷才不遇之悲，爰及唐代詩壇，業已成爲一種文學傳統，亦是唐代許多文人士子追求功業無成的共同經驗與普遍心聲。但是，李白詩中抒發的懷才不遇之悲，與前人之作相形之下，卻涵蘊了更多的激憤與憂傷，流露更多的挫折與悲痛。彷彿他的「懷才不遇」，比別人更深一層，更令他忿忿不平。此外，即使李白詩中因感嘆懷才不遇，而引發了不如散髮弄舟、退隱山林之思，卻又按耐不住一分不肯服輸，不願就此罷休的鬥志，往往揉雜著不能接受失敗的頑強，以及無可救藥的，「天生我才必有用」的自信與自負。

以下姑且試從「懷才不遇」與「散髮弄舟」兩個層面分別舉例論述。

一、懷才不遇

李白自「仗劍去國，辭親遠遊」（〈上安州裴長史書〉）出蜀之後，履及大江南北，四處漫遊，且「遍干諸侯……歷抵卿相」（〈與韓荊州書〉）以求賞識、期大用。可惜的是，雖然在其生命中也曾有幸奉唐玄宗之詔入宮，待詔翰林院，又曾受永王李璘之召，入幕陪侍，卻始終未能有機會表現他欲意「申管、晏之談，謀帝王之術。奮其智能，願為輔弼」（〈代壽山答孟少府移文書〉）的宏偉抱負。甚至其間不但遭遇被玄宗「賜金放還」，受命出宮離京，還因其後又曾入幕永王，不幸惹上「附逆」之罪，導致繫獄尋陽，甚且判刑流放夜郎之災。就憑李白這些不同凡響的人生經歷，難免在其以抒情述懷為主調的詩篇中，不時抒發懷才不遇的悲慨。茲以李白著名的〈行路難〉三首組詩爲例。

蓋〈行路難〉原屬樂府古題。據宋人郭茂倩（十二世紀）《樂府詩集》卷七十引〈樂府題解〉所云：「〈行路難〉，備言世路艱難及離別悲傷之意，多以『君不見』爲首。」當今所見現存最早的以「行路難」爲標目的作品，則是南朝鮑照（四一四？—四六六）的〈擬行路難十八首〉組詩。據明代胡震亨（活躍於十六世紀後半期）《李詩通》的觀察：

〈行路難〉，嘆世路艱難及貧賤離索之感。古辭亡，後鮑照擬作爲多，白詩似全學照。

李白〈行路難〉三首，的確是沿襲樂府古辭傳統，寫世路艱難，並抒己懷。雖然這三首的寫作時間、地點，學界至今尚無共識[2]，但是，體味其詩中「行路難」之慨嘆，顯然並非「全學鮑照」，而是清楚展現李白詩歌個人獨特的風格。

試先看其〈行路難〉第一首：

2 關於〈行路難〉的寫作確切時期，歷來看法不一。或以爲三首均非一時一地之作；或以爲三首皆寫於天寶三載（七四四）被玄宗「賜金放還」，逐出宮門之後；或以爲寫於開元一八—二〇年間（七三〇—七三二）左右，亦即李白一入長安，四處碰壁，不得志之時。

金樽美酒斗十千，玉盤珍饈直萬錢。
停杯投箸不能食，拔劍四顧心茫然。
欲渡黃河冰塞川，將登太行雪滿山。
閒來垂釣碧溪上，忽復乘舟夢日邊。
行路難！行路難！多歧路，今安在！
長風破浪會有時，直挂雲帆濟滄海。

首聯發端，先點出背景場合：「金樽美酒斗十千，玉盤珍饈直萬錢」，身臨如此豪華富貴的宴席，正是享受美酒珍饈的時刻，應當盡情歡悅才是。然而，緊接著第二聯：「停杯投箸不能食，拔劍四顧心茫然」，情景爲之一變，出其不意地展示自己出席豪華宴會之際，卻忽然「停杯、投箸、拔劍、四顧」一連串幾個帶有戲劇張力的特寫鏡頭。雖然此處或許化用鮑照〈擬行路難〉第六首中「對案不能食，拔劍擊柱長嘆息」之語[3]，但是在李白筆下，幾個連續的肢體大動作，則將一個英雄失路、懷才不遇者的悲慨，更爲生動傳神地顯現出來。隨即第三聯，順勢寫其所以「不能食」、

3 據鮑照〈擬行路難十八首〉其六有云：「對案不能食，拔劍擊柱長嘆息。丈夫蹀躞垂羽翼。棄置罷官去，還家自休息。朝出與親辭，暮還在親側。弄兒床前戲，看婦機中織。自古聖賢盡貧賤，何況我輩姑且直！」

「心茫然」，滿懷無所適從、徬徨無助的心情感受，宛如：「欲渡黃河冰塞川，將登太行雪滿山」。換言之，彷彿身處冰天雪地中，乃至前途受阻，遠景難至。其間的語意，似乎與鮑照〈擬行路難〉其六之句雷同，或是喻指奸佞當道，小人作梗之意。不過，鮑照原詩中的「長嘆息」之後，引發的卻是「蹀躞垂羽翼」的無奈，且隨即決定「棄置罷官去，還家自休息……」，姑且享受與親人共聚的家居生活；最後並以「自古聖賢盡貧賤，何況我輩孤且直」作結，或可自我寬解。然而，李白於此，則在但感寸步難行，只得選擇歸隱之際，不僅無意「自甘貧賤」，還貿然流露出不甘就此罷休的企圖心。於是如第四聯所云：「閒來垂釣碧溪上，忽復乘舟夢日邊」。意指：即使目前懷才不遇，無所事事，只能「閒來垂釣」；但是卻轉念一想，或許還有希望，或許還能像當初的呂望、伊尹發跡之前一樣，有幸遇到一位能知才識用的明主賢君[4]。於是就在「行路難，多歧路」的最後慨嘆聲中，滿懷自信自負地呼出：「長風破浪會有時，直挂雲帆濟滄海」[5]！整首詩雖嘆：「行路難」，卻在引吭高歌，揚眉吐氣中結束。

4 有關周文王太師呂望（姜太公）由落魄到發跡的故事，見韓嬰《韓詩外傳》卷八：「太公望少爲人婿，老而見去。屠牛朝歌，賃於棘津，釣魚磻溪，文王舉而用之，封於齊。」另外，伊尹應命商湯爲宰相之前，嘗於夢中乘船經過日月之事，則見《宋書・符瑞志》上：「伊摯將應湯命，夢乘船過日月之傍。」

5 此處顯然藉用南朝劉宋時期宗慤（？—四六五）的典故。據《宋書・宗慤傳》：「叔父炳高尚不仕。慤年少時，炳問其志，慤曰：『願乘長風破萬里浪。』」此後「乘風破浪」就成爲志向宏偉，抱負遠大之代稱。

李白此作所言，不離世路艱難的內涵，雖然沿襲同題樂府古辭的傳統，且明顯出現化用鮑照〈擬行路難〉詩句之處；甚至其抒發的懷才不遇之悲中，交織著挫折傷痛、失意徬徨，也並非首創，而是前人於同類作品中常見的情緒。但是，卻清楚打上了李白個人詩歌的烙印。就看整首詩中，語意之波瀾起伏，跌宕有致，情緒變化弧度之大，當屬罕見。其間不但流露李白個人特有的人格情性，亦即雖身處困頓之中，也不肯服輸、不甘心就此埋沒的頑強，還有充塞字裡行間的一股難以壓抑的昂揚豪壯之氣。這是前代詩人，乃至同代詩人，抒寫懷才不遇之悲的作品中，難以比擬的。猶如清代應時《李杜詩緯・李集》卷一，評李白〈行路難〉所云：「太白縱作失意之聲，亦必氣慨軒昂……」[6]。換言之，縱使李白寫的是他懷才不遇之悲，吐露失意之聲，還是比別人顯得「神氣」；即便慨嘆其壯志未酬，也雄心不泯。

再看〈行路難〉其二：

> 大道如青天，我獨不得出！
> 羞逐長安社中兒，赤雞白狗賭梨栗。

6 應時《李杜詩緯》評語，收入裴斐、劉善良編，《李白資料彙編》金元明清之部（北京：中華書局，一九九四），冊二，頁六九三。按，本書大凡引用金元明清有關李白之評論，皆以此彙編所錄者爲據，以後不另注相關版本卷頁。

彈劍作歌奏苦聲，曳裾王門不稱情。
淮陰市井笑韓信，漢朝公卿忌賈生。
君不見昔時燕家重郭隗，擁篲折節無嫌猜。
劇辛樂毅感恩分，輸肝剖膽效英才。
昭王白骨縈蔓草，誰人更掃黃金臺。
行路難！行路難！

此作令人矚目的是，首聯一開端：「大道如青天，我獨不得出」流露的忿恨吶喊之聲。彷彿儘管時代清明，蒼天浩浩，卻獨獨他李白一人不得出頭！更令人氣結的是：「羞逐長安社中兒，赤雞白狗賭梨栗」，還眼看長安市井中那些鬥雞賭狗之徒，竟然受皇室寵幸，且屢受獎賞[7]！於是忍不住回顧歷史，諸如：「彈劍作歌奏苦聲，曳裾王門不稱情。淮陰市井笑韓信，漢朝公卿忌賈生」。藉援引一系列古人古事的典故，尋求開解。包括：從戰國時代彈劍而歌「長鋏歸來乎」的馮驩[8]，至漢

7 按，中唐陳鴻的筆記小說〈東城父老傳〉，依坊間傳聞所述，玄宗喜鬥雞遊戲，乃至開元年間諸王、外戚、公主均養雞成風。童子賈昌則因善於鬥雞之戲，深受玄宗寵信，成爲宮中所設鬥雞專業隊伍「雞坊」五百小兒的頭領，且「金帛之賜，日至其家……」。甚至玄宗到泰山行「封禪」大典，也有賈昌同行。

8 馮驩受到齊國孟嘗君賞識重用之前，屈居養士之舍，不滿受冷落，數次彈劍而歌「長鋏歸來乎，食無魚！……長鋏歸來

初備受吳王冷落的鄒陽[9]，以及未發跡前遭市井之徒奚落嘲笑的韓信[10]，還有漢文帝時曾受公卿忌害的賈誼[11]……。並以此反襯：「昔時燕家重郭隗，擁篲折節無嫌猜。劇辛樂毅感恩分，輸肝剖膽效英才」。當初戰國時代的燕昭王，如何求賢若渴，禮遇郭隗、樂毅、鄒衍、劇辛諸人，終於成就大業的種種事跡[12]。惟令其憾恨的是，如今「昭王白骨縈蔓草，誰人更掃黃金臺」！像燕昭王這樣知人識才的明主賢君，早已一去不返，他李白也只得重複慨嘆「行路難」了。

整首詩抒發的情懷，由忿恨轉而悲愴憾嘆，卻又不失豪壯之氣。當然，由於詩中頻頻援用典故以表情達意，難免予讀者以「堆砌典故」的印象，甚至曾引起「有犯詩家『點鬼簿』之病」的譏諷[13]。惟李白於此，筆端始終圍繞著懷才之士的政治出路，以及君臣能否遇合的關鍵問題，正是導

（續）

乎，食無車！……長鋏歸來乎，無以爲家！……」。最終得到重用，且建奇功的故事。詳見《史記・孟嘗君列傳》。

9 鄒陽多智謀，卻不受吳王之用，於是決定轉往梁王幕下。行前，上書吳王曰：「何王之門不可以曳長裾乎！」事見《漢書・鄒陽傳》。

10 韓信未得劉邦重用之前，曾經備受市井之徒的嘲笑與污辱，有關韓信如何隱忍「胯下之辱」之事，詳見《史記・淮陰侯列傳》。

11 賈誼最初頗受漢文帝賞識，卻因宮中權貴之讒言，受疏被放。事見《史記・屈原賈生列傳》。

12 燕昭王在燕國被齊國打敗之後即位，「卑身厚幣，以招賢者」，並接受郭隗的建議，「築臺，置千金於臺上，以延天下之士。於是樂毅自魏往，鄒衍自齊往，劇辛自趙往，士爭趨燕……。」終於振興燕國，成就大業。詳見《史記・燕召公世家》。

13 明代朱諫《李詩辨疑》卷上評李白〈行路難〉其二，即嘗云：「中間八句，誠爲堆疊，有犯詩家『點鬼簿』之病，宜節

致「懷才不遇之悲」的基本原由背景，也是樂府「行路難」歌辭的傳統主調。至於有才之士，該如何面對「懷才不遇」這樣的人生命運呢？或許只得從現實政治社會中姑且散髮退隱，則可能是僅有的另外一項人生途徑之選擇了。

二、散髮弄舟

蓋有才之士，因生不遇時，未能受到重用，甚或以遭逢世亂，遂導至懷才不得施展，於是姑且決定散髮弄舟，浮桴而去[14]。或選擇歸隱山林、躬耕田畝，從此不問世事，逍遙度日，甚至還可以保命全身。這樣的生命歷程，在中國歷史上，幾乎是傳統文人士子面臨或「仕」或「隱」兩大人生途徑中，難以避免的選擇。乃至抒發離世埋名或棄官歸隱情懷的詩篇，會成爲中國詩歌之大宗，且自漢魏以來，即未嘗消歇。

按，李白一生，雖曾受玄宗之詔，供奉翰林，風光一時，實際上卻從未正式進入仕宦生涯，也

（續）

而去之也。」

14 按，詩歌中以「散髮」表示隱逸之志，可能取意張華（二三二—三〇〇）〈答何劭詩〉：「散髮重陰下，抱杖臨清渠。」而「弄扁舟」，則可能取《史記．貨殖列傳》所記，范蠡助越王勾踐復國功成之後，遂選擇退隱之意：「范蠡既雪會稽之恥，……乃乘扁舟，浮於江湖。」

不時表達其離世歸隱之思。惟値得注意的是，李白詩中因懷才不遇而引發的歸隱之思，往往參雜著幾許忿恨與牢騷，仿佛他「散髮弄舟」的歸隱選擇，乃是萬不得已、委曲求全方促成的。

試看〈行路難〉其三：

有耳莫洗穎川水，有口莫食首陽蕨。
含光混世貴無名，何用孤高比雲月。
吾觀自古賢達人，功成不退皆殞身。
子胥既棄吳江上，屈原終投湘江濱。
陸機雄才豈自保，李斯稅駕苦不早。
華亭鶴唳詎可聞，上蔡蒼鷹何足道。
君不見吳中張翰稱達生，秋風忽憶江東行。
且樂生前一杯酒，何須身後千載名！

其實，就內涵旨趣視之，整首詩乃是由一連串古人古事的典故組成。從傳說的帝堯時代，曾「洗耳於穎水」的隱士許由[15]；商周之際，因拒食周粟乃至餓死首陽的伯夷、叔齊[16]；爰及春秋時期，功成之後卻被吳王「棄屍江上」的伍子胥；戰國時期「自投汨羅以死」的屈原；以及受讒言所毀被誅，後悔莫及的陸機、李斯……。蓋李白於此詩中，不但自比古人，且通過對古人行徑的引述，表達其個人複雜矛盾、且翻騰起伏的心情。正由於感慨自古賢達之士，往往面臨人生險惡，繼而於四至六聯，則一一例舉證明：「吾觀自古賢達人，功成不退皆殞身」，其中包括：吳國功臣伍子胥，結果是伏劍而死，「棄吳江上」[17]；屈原雖忠心耿耿，最後卻「投湘江濱」[18]；陸機在權貴鬥爭中，受人讒害而難以「自保」[19]；李斯被誣告謀反，臨刑前深悔從政[20]；……均可證明，有才且有

---

15 據皇甫謐（二一五—二八二）《高士傳．許由傳》：「堯讓天下於許由。……（由）不受而逃去。……由於是遁耕於中岳穎水之陽，箕山之下。……」

16 司馬遷《史記．伯夷列傳》：「武王已平殷亂，天下宗周，而伯夷、叔齊恥之，義不食周粟，隱於首陽山，採薇而食之。……遂餓死於首陽山。」

17 春秋時期吳國功臣伍員，因受同列誣陷，難免心懷怨恨，「吳王聞子胥之怨恨也，乃使人賜屬鏤之劍。子胥……遂伏劍而死……。」詳見《吳越春秋．夫差內傳》。

18 屈原乃楚國宗臣，原本頗受楚懷王重用，卻因遭讒受逐，「於是懷石，遂自投汨羅以死。」見《史記．屈原列傳》。

19 陸機在文學史上乃是西晉太康詩壇之領袖人物。生前頗受朝廷重用，曾任後將軍、河北大都督等職。惟因身處朝廷權貴的政爭中，受人讒害，乃至被成都王司馬穎處死。「臨刑，嘆曰：『欲聞華亭鶴唳，可復得乎？』」見《世說新語．尤悔》。

20 李斯雖曾貴為秦丞相，但是在秦始皇死後，權臣趙高誣告李斯以謀反罪，並判刑腰斬於咸陽。臨刑前，嘗「顧謂其中子曰：『吾欲與若復牽黃犬，俱出上蔡東門逐狡兔，豈可得乎！』……」。詳見《史記．李斯列傳》。

功之士諸人的下場皆很悲慘。但是他李白，卻又不願像遠古唐堯時期的知名隱士許由，選擇「遁耕於穎水之陽，箕山之下……洗耳於穎水濱……」，遂引起巢父的不滿，認爲「子故浮游，欲聞求其名譽」，於是「牽犢上流飲之」[21]；也不願效法商朝末期的伯夷、叔齊，因「義不食周粟，隱於首陽山」，乃至「採薇而食之……遂餓死於首陽山」之舉[22]。所以決定，不如姑且追隨西晉時人張翰的後塵，因眼見時亂，決定及時身退，逍遙自適度日[23]。故云：「且樂生前一杯酒，何須身後千載名」。這是作者李白，回顧諸歷史人物的遭遇，經過思考自身命運之後，所獲得的人生當如此的結論。

惟不容忽略的則是，在抒情述懷之際，李白此詩之情懷意旨，的確可謂是由諸般典故堆集而成。其中不但自比古人，而且通過對所引古人行徑的見解，流露其複雜矛盾、翻騰起伏的心情。包括：既然仕途險惡，大凡功成不退者，下場皆很悲慘，但是他似乎又不是就此以退隱求名者，所以宣稱，不會像許由，或伯夷、叔齊之輩，因棄絕人世，博得高潔之名。所以才會立意，不如追隨張

---

21 引文有關許由、巢父事，見皇甫謐（二一五—二八二）《高士傳．許由傳》。

22 引文有關伯夷、叔齊事，見司馬遷《史記．伯夷列傳》。

23 據《晉書．張翰傳》：「張翰，字季鷹，吳郡吳人也。……齊王冏辟爲大司馬東曹掾。……翰因見秋風起，乃思吳中菰菜；蓴羹、鱸魚膾。曰：『人生貴得適志，何能羈宦數千里，以要名爵乎？』遂命駕而歸。……俄而冏敗，人皆謂之見機。……翰任心自適，不求當世。或謂之曰：『卿乃縱適一時，獨不爲身後名耶？』答曰：『使我有身後名，不如即時一杯酒。』時人貴其曠達。」

翰當初，即時身退，可以安然處於政壇爭奪之外，逍遙自在度日。其結語：「且樂生前一杯酒，何須身後千載名」，即表示，在記取古人種種不知及時引退的教訓之餘，所獲得的人生須如何的選擇。可是，其語句間隱隱流溢的忿忿不平，以及對「身後千載名」難以割捨的由衷關懷，也是李白經過回顧歷史，進而思考己身處境之後，所獲得的結論。

試再舉〈宣州謝朓樓餞別校書叔雲〉（或作〈陪侍御叔華登樓歌〉）[24]：

棄我去者昨日之日不可留。
亂我心者今日之日多煩憂。
長風萬里送秋雁，對此可以酣高樓。
蓬萊文章建安骨，中間小謝又清發。
俱懷逸興壯思飛，欲上青天攬明月。
抽刀斷水水更流，舉杯消愁愁更愁。
人生在世不稱意，明朝散髮弄扁舟。

---

24 按，全詩實際上並無送別之意。據詹鍈先生考證，詩題當為〈陪侍御叔華登樓歌〉，是李白陪當時任侍御使的同宗前輩李華，登宣州謝朓樓時，對酒述懷之作。

此詩當屬記述與友人李華（七一五—七六六）登樓之際共飲抒懷之作。就詩體格式，乃是一首七言古詩兼歌行體。首先引人矚目的是，發端二句「棄我去者昨日之日不可留。亂我心者今日之日多煩憂。」竟然以長達十一字的散文句式，浩浩蕩蕩破空而來，彷彿有滿腔抑鬱與煩憂噴湧而出，一瀉千里之勢。蓋此二句中，即使在遣詞用字上，亦頗顯其用心。諸如重複運用「我」、「者」、「之」字，且以「昨日」如何、「今日」如何，兩兩相對，予人以昨今之間但覺時日歲月流逝，甚至迅速得來不及追上之感。何況「棄我去者」，不單單指逝去的青春歲月，還有當初建功立業的雄心壯志。而「亂我心者」，或指當前個人的失意潦倒，壯志未酬的憾恨，以及令人心焦的日益混亂的時局。若將此兩句形容的境況對舉，加上重疊復沓的長句，遂渲染出一種揉雜著無比焦急、痛楚、悲愴、苦悶的氣氛。然而，下面兩句，筆端卻出其不意的忽然宕開：「長風萬里送秋雁，對此可以酣高樓」，遂令詩境為之一振，從滿腔抑鬱與煩憂苦悶中，立即轉入明朗壯闊的境界。繼而以：「蓬萊文章建安骨，中間小謝又清發」，則順勢扣題，引入詩壇天才李白與文章泰斗李華二人，登樓飲酒談心，暢論漢魏詩文之際的評賞。李白的意見是：李華的文章，乃繼承「蓬萊文章建安骨」，蘊含建安文人的風骨；而他李白自己的詩作，則是繼謝朓之清美俊逸。且二人又同樣胸懷高志：「俱懷逸興壯思飛，欲上青天攬明月」！可惜的是，他李白，徒有豪情壯志，如今卻落得英雄失路，懷才不遇。即使「抽刀斷水水更流，舉杯消愁愁更愁」，亦無助啊！於是決定「人生在世不稱意，明朝散髮弄扁舟」，不如效法當初范蠡「既雪會稽之恥，……乃乘扁舟浮於江湖」[25]。儘管李白並無當初范蠡助越王勾踐復國的顯赫功勳，這畢竟是他但覺報國無路，壯志未酬、懷才不遇之際，退而求其次的人生選擇。

整首詩，在語意上，可謂豪邁奔騰，如滔滔江水，一瀉千里；情懷上，則激盪洶湧，跳躍難測；結構組織上，乃是大起大落，騰挪變化。充分展現李白詩歌之個人風格特點。惟值得注意的是，其中抒發的懷才不遇之悲，並非淒哀無助的文人士子之悲，而是滿腔憤慨、滿腹牢騷、不願服輸的胸懷大志者的壯士之悲。或許猶如元人楊載於其《詩法家數》中概論李白七言古詩的觀察：

> 如江海之波，一波未平，一波復起；又如兵家之陣，方以爲正，又復爲奇，方以爲奇，忽復爲正。出入變化，不可紀極……。

回顧此章所論析之李白詩中抒發的「懷才不遇之悲」，其內涵旨趣，實並非李白首創，而原屬李唐之前，傳統中國詩歌中文人士子普遍吟詠的情懷。這或許應當與中國詩人在傳統社會中的角色

25 范蠡功成身退事跡，見《史記・貨殖列傳》：「范蠡既雪會稽之恥，……乃乘扁舟，浮於江湖。」

與身分地位密切相關。

按，生活於中國傳統社會的詩人，絕大多數均屬於「士」的階層，也就是一群學有知識，且期望學以致用者。換言之，憑其學識才能，在政治社會上能「有所用」者。其實遠在春秋、戰國時代，由於諸侯列國並立，各有其統轄的地區範圍，大凡具有學識之「士」，可以成爲「遊士」，亦即遊走於諸侯列國之士。茲因諸侯列國並立，彼此競爭激烈，各君主王侯求才心切，往往會禮賢下士，意欲求得可以助其治國甚至稱霸諸侯的人才，乃至擁有知識的「士」，受到普遍的尊重，甚至可以如俠客一般，遊走各國，平交王侯，擇君而仕。換言之，倘若在某一諸侯國，沒有機會施展自己的才能抱負，不妨轉往另一諸侯國去尋求發展，或許會受到任用、施展抱負的機會比較大。可是，經過漢代一統天下之後，天下均歸屬於一家，君王成爲至高無上的統治者，亦是整個官僚體系的主宰者，乃至知識階層求用的機會，也僅此一家而已。個人「不遇」的機會，自然也增加了。因而「懷才不遇」的情懷，在漢魏以後遂成爲詩人吟詠不輟的主題。

綜觀李白現存詩歌筆下的「懷才不遇之悲」，雖然不免沿襲傳統舊習，卻明顯展露幾項不同於前人之作的個人特色。這或許與李白個人特殊的人格情性，以及其所處的時代環境有關：

首先，李白抒發其懷才不遇的詩篇中，不時流露的自負其才，自信其能，強烈的功名慾望，以及濃厚的企圖心。按，一般詩人抒發一己懷才不遇之悲，筆墨重點通常在於抒發其個人內心的淒哀、憂慮、無奈，或埋怨、慨嘆。這些均屬於傳統的、典型的「士不遇」之悲，亦即文人士子懷才不遇之悲。惟李白則往往在同類題旨的詩篇中，增添幾分憤怒，流露幾許吶喊，予讀者的印象，彷彿是源自作者乃屬豪壯之士的悲痛與憤慨情懷。再加上李白屢屢於詩中援引典故，以古人古事傳達其懷才不遇的情懷意念，以至予讀者的普遍印象是：李白個人的不遇之悲，彷彿乃是集古今不遇之悲之大成者，因此比別人更多一些憤慨，更深一層悲痛。其間涵蘊的是，詩人李白終身不渝的功名慾望，超人一等的自負自信，以及在不可能中尋求可能的執著與癡頑。

其次，從另一方面視之，李白詩中抒發的懷才不遇之悲，往往流露一分昂揚的氣勢，不甘心就此罷休，不肯認輸的樂觀精神。反映的，不單單是作者個人特有的人格情性，實際上與李白所處時代環境的精神，也密切相關；且與盛唐詩壇的高昂之音，亦不可分隔。其實，所謂「盛唐之音」的最顯著標誌，就是一種從太平盛世中煥發出來的時代精神面貌。按，李唐王朝在第八世紀上半葉，亦即開元、天寶年間，不但國力強盛，政治安定，且經濟繁榮，文化蓬勃……，這些現象當屬實情。反映在身處此時期的文人士子身心上，並流露在詩歌中的，就是一種昂揚的精神風貌，一分強大的自信心，以及意圖積極入世問政的意願。再加上科舉制度的確立，遂導致無數的庶族寒士，可以懷著建功立業的理想和抱負，期望能顯達朝廷，或立功邊塞，建不世功業，立不朽聲名。乃至反映在盛唐詩歌上，就往往浮現出一種昂揚的精神，明朗的基調，一種令後世的論者，稱之爲「盛唐氣象」的恢宏壯大的氣勢。即使懷寫不遇之悲情，也不低沈，不纖弱，不頹廢。

李白就是以他個人恢宏的氣魄，奇絕的才華，加上傲岸不羈的人格情性，吟唱出盛唐時代詩壇最強的音符。唐代庶族寒門出身的詩人，追求功業聲名，崇尚個性自由的精神，就是在李白的詩歌中，獲得圓滿的結合，充分的發揚。即使抒發的是個人懷才不遇之悲。

第四章
遭讒被逐之怨

所謂「遭讒被逐」，意指人臣因被讒言所毀謗，以至遭受被當朝遷謫放逐的境遇。這乃是傳統中國社會裡，大凡有識之士在仕宦生涯中普遍經歷的境遇。蓋中國文學史上第一位因遭受讒言之毀而被遷謫放逐的知名詩人，無疑應屬戰國時期的楚人屈原。屈原雖身為楚國宗臣，卻「信而見疑，忠而被謗」的遭遇[1]，從此成為後世文人士子於個人仕途坎坷中、政治挫折裡，普遍認同的對象。屈原遭讒被逐期間所寫的〈離騷〉、〈哀郢〉、〈懷沙〉諸篇，其中或悲命運不濟，忠而受讒；或怨君王失察，奸賢不辨；或嘆世之渾濁不分，變白為黑，倒上為下……亦為後世遷客逐臣之心聲，

1　語見司馬遷《史記・屈原賈生列傳》（北京：中華書局，一九六九），卷八十四，頁二四八二。

立下了文學典範[2]。李白詩中的遭讒被逐之怨，顯然亦根源於此。

其實，從歷代學界對李白生平的考核，李白從來未嘗參與科舉考試，未能以科舉上榜而踏入仕途，並無官僚體系中正式任命的官職，嚴格視之，不能稱爲「臣」。不過，就其生平際遇觀察，李白嘗於天寶元年(七四二)秋，以隱逸之高名，經人薦舉，乃至受玄宗之詔，供奉翰林；惟至天寶三載(七四四)春，前後約一年餘，即被玄宗「賜金放還」，逐出宮門。飄泊多年後，繼而又於至德元載(七五六)冬，亦即安史之亂的動盪局勢期間，入幕永王；茲因永王李璘，在朝廷眼中乃是在江南擁兵自重，這時甫繼皇位的肅宗李亨，遂派大軍追討。至德二載(七五七)正月，永王兵敗被殺，幕僚紛紛逃散。李白就是在慌亂奔亡中，於彭澤被捕，並繫獄尋陽。乾元元年(七五八)則以「附逆」之罪，證據確鑿，判刑「流放」夜郎。憑此兩段非同尋常的人生經歷，當已具「逐臣」資格。李白的友人，以及相關的史傳碑記，乃至當今學者，大凡提及李白這兩次的問政挫折，均以見疏被逐者視之。何況李白自己也嘗自嘆：「遭逢二明主，前後兩遷逐」(〈流放夜郎半道承恩放還……〉)！

蓋李白對自己因誤判情勢而入永王幕，遂導致繫獄、流放之災，除了喊冤之外，只得四處上書

2 有關屈原對君國雖忠誠卻難免被逐的怨忿之情，對傳統中國知識分子之影響，見Laurence A. Schneider, *A Madman of Ch'u-The Chinese Myth of Loyalty and Dissent* (Berkeley: University of California Press, 1980), pp. 17-86.

求援，甚至辯稱，他乃是因爲「遇永王東巡脅行」（〈爲宋中丞自薦表〉）。換言之，其「附逆」並非出於自願，而是受永王之「脅迫」才造成的。或許李白對此段經歷，也自知理虧，故而於詩中表達其人生憾恨之處，並不多見。不過，對於當初好不容易能應玄宗之詔，赴京城、近君側，竟然會在短短一年多時間，即失去玄宗的恩寵，甚至逐出宮門，則一直咽不下這口氣，始終認爲乃是受當朝奸佞讒言所害。其友人、後輩，亦不乏頗爲李白抱不平者。

就如仰慕李白的晚輩任華，於其〈雜言寄李白〉詩中，即認爲：

> 權臣妒盛名，群犬多吠聲。有敕放君，卻歸隱淪處。……

又如李白暮年，因老病無依而投奔之同宗友人李陽冰，於〈草堂集序〉則謂：

> 醜正同列，害能成謗，格言不入，帝用疏之。公乃浪跡縱酒，以自昏穢。……天子知其不可留，乃賜金歸之。……

爰及李白身後，劉全白撰〈唐故翰林學士李君碣記〉亦稱，乃是因爲：

同列所謗，詔令歸山。……

以上所舉李白友人或晚輩之說，均以其遭權臣同列讒言謗毀，是爲李白在玄宗朝，見疏被逐的原由。這些觀點說法，顯然與李白的自述相同。

按，李白於其詩文中，每當回顧自己所以奉玄宗之令，離朝去京，即屢次聲稱，乃是爲當朝奸佞賤臣的讒言所害。諸如：

遭逢聖明主，敢進興亡言。白璧竟何辜？青蠅遂成冤。（〈書情贈蔡舍人雄〉）

讒惑英主心，恩疏佞臣計。（〈答高山人兼呈權顧二侯〉）

爲賤臣詐詭，遂放歸山。（〈爲宋中丞自薦表〉）

早懷經濟策，特受龍顏顧。白玉棲青蠅，君臣忽行路。（〈贈溧陽宋少府陟〉）

這樣的資歷，當然可以視自己爲朝廷的「逐臣」。乃至於詩中揮斥其遷客逐臣情懷之際，宛如屈原當初在楚宮一樣「竭忠盡智，以事其君」，卻「信而見疑，忠而被謗」[3]，總是幽怨悲憤，蹇結難

3　司馬遷《史記・屈原賈生列傳》語。同見注1。

解，儼然失去了向來的飄逸瀟灑。

當然，李白詩中的怨忿，或許也與他去朝後，身分地位隨即一落千丈，備嘗人情冷落，多少有些關係。就如其〈東武吟〉中所述：

一朝去金馬，飄落成飛蓬。賓客日疏散，玉樽已成空。

蓋李白對自己一旦去朝後所歷人情之淡薄，始終耿耿於懷，且頗多感慨，除了自傷之外，亦往往語含對人情世故的不滿[4]。惟眞正令李白終其一生痛心不已者，乃是好不容易終於能待詔翰林，卻無辜遭讒被逐的「冤屈」，以及因遭讒被逐而造成此生壯志未酬的「憾恨」。儘管這兩種情懷往往交織揉雜於一首詩篇中，以下仍嘗試依個別詩篇中意念情懷之主旨重點，分別論析。

---

4 如：〈書懷贈南陵常贊府〉：「一去麒麟閣，遂將朝市乖。故交不過門，秋草日上階」。又如：〈贈從弟南平太守之遙二首〉其一：「當時笑我微賤者，卻來請謁爲交歡。一朝謝病遊江海，疇昔相知幾人在！前門長揖後門關，今日結交明日改。」

一、遭讒被逐的冤屈

李白於天寶初，懷著「仰天大笑出門去，我輩豈是蓬蒿人」（〈南陵別兒童入京〉），得意洋洋入長安的狂喜心情，受玄宗之詔入京，供奉翰林。終於能步入朝廷，就近侍從君王后妃，參與各種宮廷宴遊活動，總算可以「揚眉吐氣，激昂青雲」（〈與韓荊州書〉）了。就看其於奉命待詔翰林之初期，即使已經察覺自己可能身處險境，然而回顧過往、俯觀當前之際，還是忍不住會流露出如何得意自許，且滿腔期望的心境。或可從〈駕去溫泉宮後贈楊山人〉一詩，覽其大概：

少年落魄楚漢間，風塵蕭瑟多苦顏。
自言管葛竟誰許，長吁莫錯還閉關。
一朝君王垂拂拭，剖心輸丹雪胸臆。
忽蒙白日回景光，直上青雲生羽翼。
幸陪鸞駕出鴻都，身騎飛龍天馬駒。
王公大人賜顏色，金章紫綬來相趨。
待我盡節報明主，然後相攜臥白雲。

據標題所示，此詩顯然是有幸隨「駕去溫泉宮後」，提筆酬答楊山人的贈詩而作。惟楊山人之贈詩已失傳，標題中既然稱楊爲「山人」，則當屬不任官職的隱者之流無疑。或許由於李白與楊山人的交情非淺，故而發端二聯，率先向楊山人自述平生，表達志向：「少年落魄楚漢間，風塵蕭瑟多苦顏。自言管葛竟誰許，長吁莫錯還閉關。」明白道出，自己原先不過是落魄楚漢間的一介布衣，雖胸懷有如管仲、諸葛孔明同樣的輔佐君王之志，卻無人推許，只能徒自閉門長吁。隨即三、四聯，情況陡變：「一朝君王垂拂拭，剖心輸丹雪胸臆。忽蒙白日回景光，直上青雲生羽翼。」換言之，終於能一躍而登龍門，且忽蒙君王垂愛，乃至恨不得掏心掏肺，竭誠盡忠！真是自覺飄飄然，宛如展翅高飛，直上雲宵一般暢快神氣。隨後五、六聯，則記述從此在宮中近侍君王的光榮場面：「幸陪鸞駕出鴻都，身騎飛龍天馬駒。王公大人賜顏色，金章紫綬來相趨。」意指，不但能有幸陪駕出都、侍從遊宴，就連圍繞周遭的王公權貴，也都和顏以色來爭相逢迎。身處如此榮幸境遇，當然不忍心或捨不得，立即放棄當前的身分地位。於是，通過尾聯，婉言拒絕了楊山人的相邀同隱，所以說：「待我盡節報明主，然後相攜臥白雲。」

遺憾的是，李白待詔翰林前後不及兩年，尚未能「盡節報明主」，即被玄宗「賜金放還」，打發出宮，被迫離開京城，「放還」其原先扮演的「隱士」角色。乃至所有意欲「申管晏之談，謀帝王之術」，以此大展鴻圖的指望，皆化爲泡影。只得懷著無比悲憤與不平的心情，揮淚離朝去京。

其實李白受詔入京，待詔翰林未久，即已經察覺到，身處的環境狀況不太對勁，似乎不如他所預期的平順。乃至會忍不住感嘆：「青蠅易相點，白雪難同調」（〈翰林讀書言懷呈集賢諸學士〉）。甚至在自覺已經遭讒見疏玄宗之際，開始屢次化用屈原〈離騷〉中「眾女嫉余之峨眉兮，謠諑謂余以善淫」之旨意，或援引歷史上著名美人遭忌的典故，抒發其被讒言所污，不見容於當朝之哀怨。就如其〈玉壺吟〉中，最後二聯所言：

西施宜笑復宜顰，醜女效之徒累身。
君王雖愛蛾眉好，無奈宮中妒殺人。

此處顯然乃是將美女西施與某一不知名的醜女對舉。蓋歷史上的西施，無論微笑或顰眉，均令人覺得美，而醜女仿效之，不過徒然顯露其「效顰」不得之醜態而已[5]。可惜的是，君王雖愛美人，惟醜女因出於妒忌，也會有毀其所忌之人的效果。既然李白已經自知當前身處如此境況，其心中的怨嘆，或可從〈懼讒〉一詩中覽其大概：

二桃殺三士，詎假劍如霜。

5　據《莊子・天運》：「西施病心而嚬，其里之醜人美之，亦捧心而嚬。」此或即後世所謂「東施效顰」典故之來源。

眾女妒蛾眉，雙花競春芳。
魏姝信鄭袖，掩袂對懷王。
一惑巧言子，朱顏成死傷。
5 行將泣團扇，戚戚愁人腸。

首聯「二桃殺三士，詎假劍如霜。」開門見山，立即進入「懼讒」的題意。點出大凡「懼讒」者面臨的，宛如當初齊相晏嬰以「二桃殺三士，詎假劍如霜」的險峻情況[6]。面臨如此假劍如霜，危害賢臣的狀況，猶如「眾女妒蛾眉，雙花競春芳。魏姝信鄭袖，掩袂對懷王。……」遂以歷代朝中，因美人見妒，導致美人失寵於君王之怨嘆；明白指出，讒言之可畏，賢臣被棄之可哀。筆墨間傳達的，正是身為人臣的一分「君子恩已畢，賤妾將何為」（李白〈古風五十九首〉其四十四）之無奈。

儘管李白於天寶年間被迫去朝離京，卻並未死心，又繼續各處漫遊、干謁求賞，以圖有大用於時。甚至還曾高唱「欲上青天攬明月」（〈陪侍御叔華登樓歌〉），展示其不肯就此罷休的頑強。可是，令他畢竟難以忘懷的，乃是當初如何能近侍君側，卻遭讒被逐之冤屈。乃至每每將其但感冤屈之情懷訴諸於詩。

6 有關齊相晏嬰以「二桃殺三士」的故事，詳見《晏子春秋・內篇・諫下》（《四部叢刊初邊》縮本），卷二，頁二四

且看〈古風五十九首〉其三十七：

燕臣昔慟哭，五月飛秋霜。
庶女號蒼天，震風擊齊堂。
精誠有所感，造化爲悲傷。
而我竟何辜？遠身金殿旁。
浮雲蔽紫闥，白日難回光。
群沙穢明珠，眾草凌孤芳。
古來共嘆息，流淚空沾裳。

發端二聯：「燕臣昔慟哭，五月飛秋霜。庶女號蒼天，震風擊齊堂。」立即掀開序幕，回顧過去歷史上兩則均爲讒言所害，蒙冤受屈的傳說故事。包括：戰國時期的燕惠王，因聽信讒言，乃至向來盡忠效節的鄒衍，竟然無罪被拘入獄，遂於「當夏五月，仰天而嘆，天爲隕霜」[7]；又如：春秋時

7 鄒衍事，據王充（二七—一〇〇？）《論衡·感虛》：「鄒衍無罪，見拘於燕。當夏五月，仰天而嘆，天爲隕霜。」見黃暉《論衡校釋》本（北京：中華書局，一九九〇）卷五，頁二三八。

期，齊景公當政之際，某一民間庶女，被其姑誣告殺害了婆婆，則因蒙冤哭號「叫天」，遂造成「雷電下擊，景公臺隕，肢體傷折」[8]。隨即第三聯，則進一步指出，此二例均屬「精誠有所感，造化爲悲傷。」意指以上引述的兩則歷史傳說故事，即足以證明，倘若一旦蒙受不白之冤屈，只要精誠所至，內心由衷慨嘆，就連老天亦會爲之動容，爲人間的冤屈感到悲傷。接著第四聯，順勢將過去引向當前，且筆端轉向自己親身經歷的遭遇：「而我竟何辜？遠身金殿旁。」明確表露其自身乃是無辜遭讒受逐，被迫遠離金殿的冤屈。繼而於五、六聯，則追究所以遭此際遇的原由，乃是因爲：「浮雲蔽紫闥，白日難回光。群沙穢明珠，眾草凌孤芳。」換言之，這一切均是由於浮雲蔽日，奸佞當道，君王不察而造成的。乃至宛如「明珠」般光亮之君子，亦會受「群沙」污穢；亦如「孤芳」般芳香之賢者，也會被「眾草」埋沒。尾聯「古來共嘆息，流涙空沾裳」，則總結以上詩句中所引述諸例，以頗爲無奈的語氣指出，這一切現象，顯然是「古來共嘆息」之事，作者李白，也唯有「流涙空沾裳」了。

上舉諸詩例，其間所抒發、流露的，悲痛中如此淒哀無奈的情懷，在李白現存作品中其實並不多見，卻亦屬撫讀李白詩之際，不容忽略的一環。當然，李白自己深切感受到的遭讒被逐之冤屈，

8 齊女事，據劉安（前一七九—前一二二），《淮南子・覽冥訓》：「庶女叫天，雷電下擊。景公臺隕，支體傷折，海水大出。」（《萬有文庫》本，上海：商務印書館，一九三九，頁二六。）

即使歲月遷移，即使離朝去京之後，再度怡情山水，或以隱逸、求仙諸般活動尋求慰藉與宣洩，卻仍然耿耿於心，乃至每懷思之，難免悲傷怨忿盈懷。尤其在其回顧平生，但感壯志未酬，心存不甘就此困頓埋沒，仍然渴望有所遇合之際，其胸中壯志未酬的憾恨，更為激盪洶湧。

二、壯志未酬的憾恨

李白一向自認為有若管仲、諸葛孔明諸賢臣，乃是輔弼君王之大才。不但可以助君王濟蒼生、安黎元，且能為自己成就不朽之功業，永恆的聲名。就在開元初，好不容易能受玄宗之詔，入翰林供奉，終於得以有機會近侍君王左右。或許李白天眞的以為，從此就能夠向玄宗「進興亡之言」，發揮他輔佐君王之才，可以定蒼州、安黎元，體現其大展雄心抱負之素志。可是，李白自己卻完全沒有意料到，竟然會在翰林供奉的短短一年多，即被玄宗「賜金放還」。這無疑是此後李白環顧自己一生境遇之際，感受最沈重、最嚴厲的打擊，乃至於詩中，往往忍不住會以「遭讒被逐」之身，高聲吟嘆此生壯志未酬的憾恨。

試看其著名的長詩〈梁甫吟〉[9]：

9　按，〈梁甫吟〉屬古樂府楚調曲名，亦作〈梁父吟〉。其實，「梁父」原屬泰山之下一坐小丘，通常為埋葬之所，故最

長嘯〈梁甫吟〉，何時見陽春！
君不見，朝歌屠叟辭棘津，八十西來釣渭濱。
寧羞白髮照清水，逢時壯氣思經綸。
廣張三千六百釣，風期暗與文王親。
大賢虎變愚不測，當年頗似尋常人。
君不見，高陽酒徒起草中，長揖山東隆準公。
入門不拜騁雄辯，兩女輟洗來趨風。
東下齊城七十二，指揮楚漢如旋蓬。
狂客落魄尚如此，何況壯士當群雄。
我欲攀龍見明主，雷公砰訇震天鼓，帝旁投壺多玉女。
三時大笑開電光，倏爍晦冥起風雨。
閶闔九門不可通，以額叩關閽者怒。
白日不照吾精誠，杞國無事憂天傾。

（續）

初只是一曲葬歌。不過現存古辭，則主要是述說春秋時的齊相晏嬰，如何以「二桃殺三士」的故事，藉此譴責讒言之害賢。據《三國志．蜀書．諸葛亮傳》，蜀漢賢臣諸葛亮，即曾好爲〈梁甫吟〉。

猰貐磨牙競人肉，騶虞不折生草莖。
手接飛猱搏雕虎，側足焦原未言苦。
智者可卷愚者豪，世人見我輕鴻毛。
力排南山三壯士，齊相殺之費二桃。
吳楚弄兵無劇孟，亞夫咍爾爲徒勞。
〈梁甫吟〉，聲正悲！
張公兩龍劍，神物合有時。
風雲感會起屠釣，大人峴屼當安之？

首先必須點出的是，當今現存的〈梁甫吟〉古樂府，格式上通常是五言十二句左右的古體詩。就如相傳是諸葛亮（一八一—二三四）爲哀悼被齊相晏嬰以二桃殺公孫接、田開疆、古冶子三壯士，而作之〈梁甫吟〉[10]。不過，爰及李白筆下，雖亦屬依循古辭傳統，卻可以宣洩成爲洋洋灑灑達四十二句之長的歌行體。就其詩中的題旨視之，李白此作，雖然乃是沿襲古辭傳統，不過卻更進一步，藉

10 據《樂府詩集》所收錄諸葛亮〈梁甫吟〉，即深感讒言之危害：「步出齊城門，遙望蕩溝里。里中有三墳，累累正相似。問是誰家墳，田疆古冶子。力能排南山，文能絕地紀。一朝被讒言，二桃殺三士。誰能爲此謀？國相齊晏子。」

此抒發他自己遭讒被逐，且不甘困頓的激憤與憂傷。惟其間流盪的，不僅是個人對讒言害賢之怨忿，還有對君王不察、朝政黑暗之焦慮，以及此生壯志未酬的憾恨。

開端二句：「長嘯〈梁甫吟〉，何時見陽春！」語意間彷彿回應當初文士宋玉於〈九辯〉中所云「恐溘死而不得見乎陽春」，慨嘆良時不再，機遇難逢，有志之士不知何時方可遇明主賢君……；就此且爲全詩點出主旨所在。繼而「君不見」以下四聯八句，則將筆端轉向過去的歷史，追述一些古代君臣終於能遇合的著名例子，彷彿以此試圖自我慰解。其一是，西周的呂望（姜太公），如何由棘津小販、朝歌屠牛、磻溪釣魚者的出身，卻能在九十高齡之際，終於獲得文王的知遇，成爲顯赫的輔弼之臣，此後又還能輔佐武王伐紂，終於成就不朽之功業[11]。其二是，漢初的酈食其，原先不過是一名落魄市井的狂客，自稱「高陽酒徒」者，卻因「隆準公」劉邦能慧眼識英才，而受到重用，乃至有機會以其智慧、辯才，不費一兵一卒，協助劉邦，獲得齊國七十二城，在楚漢相爭中遂得以奠基，終於成就統一大業[12]。可是，反顧自己，則情緒陡變，頓時跌入遭讒被逐的怨忿中：「我欲攀龍見明主，雷公砰訇震天鼓，帝旁投壺多玉女……」，意欲因無辜遭讒而求見

11 呂望遇文王事，據韓嬰《韓詩外傳》：「太公望少爲人婿，老而見去。屠牛朝歌，賃於棘津，釣魚磻溪，文王舉而用之，封於齊……」。卷七，頁五九。

12 有關酈食其如何由「家貧落魄，無以爲衣食業」之「狂生」，自稱「高陽酒徒」者，終因獲沛公劉邦之重用，而得以輔佐劉邦成大業之際遇，詳見《史記・酈生陸賈列傳》卷九七，頁二六九一——二六九六。

「明主」，然而明主卻已爲奸佞小人包圍，即使「以額叩關」，企圖強行求見，亦不得其門而入，甚至這些小人還嘲笑我是「杞人憂天」。更何況眼前所見朝廷政壇局勢，宛如：「猰貐磨牙竟人肉，騶虞不折生草莖」，乃是兇殘奸佞當道，仁心賢能者見疏。而最令其慨嘆的還是，即使自己有一身本事，能「手接飛猱搏雕虎，側足焦原未言苦」[13]，換言之，才勇俱全，不畏艱難險阻。可惜如今面臨的現況卻是：「智者可卷愚者豪，世人見我輕鴻毛」。意指大凡有才智者，均不得伸展抱負，而那些愚蠢之輩，卻能趾高氣揚出人頭地；甚至還視我的焦慮輕如鴻毛，不值一顧！儘管歷史上曾經有「力排南山三壯士，齊相殺之費二桃」的先例，可是也曾出現「吳楚弄兵無劇孟，亞夫咍爾爲徒勞」的佳話啊！我李白，應該也可以像「任俠顯諸侯」的劇孟，倘若不受重用，徒令漢代名將周亞夫（？—前一四三）的嗤笑：那些吳、楚叛亂之徒，不過是徒勞而矣[14]！不過，即使如此，就在「〈梁甫吟〉，聲正悲」的歌聲中，正當悲痛之際，卻忽然想起，當初：「張公兩龍劍，神物合有時」[15]！換言之，即使遭遇分離的「干將」與「莫邪」二把龍劍，尚且有終於將彼此相會合之

---

13 猰貐乃神話中的食人獸，此處顯然比喻朝中奸佞。騶虞乃傳說中的仁獸，不食生，不踐草。此處乃比喻秉性忠厚的仁人賢者。

14 西漢景帝三年（前一四五），分封於吳、楚等國的宗室七王起兵叛亂，反對漢室中央極權。景帝派名將周亞夫討伐。據《史記・遊俠列傳》：「吳、楚反時，條侯（周亞夫）爲太尉，乘傳車將至河南，得劇孟。喜曰：『吳、楚舉大事而不求孟，吾知其無能爲已矣。』天下騷動，宰相得之，若得一敵國云。」卷一二四，頁三一八四。

15 據《晉書・張華傳》：「（雷）煥爲豐城令。煥到縣，掘獄屋基，入地四丈餘，得一石函，光氣非常，中有雙劍。……遣

時，何況賢君與能臣，豈會從此無遇！換言之，在賢君當朝之際，人臣只要有才能，不可能永遠埋沒；只要待以時日，終究會有君臣遇合之時。所以全詩結之以：「風雲感會起屠釣，大人嵲當安之」，明確且樂觀的寄望，一旦風雲際會，時機成熟，即使像呂望那樣寒賤出身如我李白者，也應該可以因「風雲感會」，起而成就一番偉大的功業！然而，畢竟「〈梁甫吟〉聲正悲」！在悲聲吟誦中，不知是否眞能逆勢而為啊！

回顧此詩，抒發的顯然乃是一分逐臣雖遭讒，卻仍然不甘困頓之情懷。主要是通過一系列過去的歷史人物或相關傳說故事，展現一介遭讒被逐者，如何鍥而不捨，上下求索理想明君以展抱負之執著；以及對奸佞當道，賢路閉塞之焦慮；對讒言危害，賢者失志之憤怒；還有對君王失察，賢才埋沒之悱怨。這些情懷與當初楚國逐臣屈原〈離騷〉所述的旨趣何其相似。試看：

> 荃不察余之中情兮，反信讒而齌怒。……吾將上下而求索……吾令帝閽開關兮，倚閶闔而望余。……世溷濁而不分兮，好蔽美而嫉妒。……呂望之鼓刀兮，遭周文而得舉。……

（續）

使送一劍並土與（張）華，留一自佩。……華報書曰：「詳觀劍文，乃干將也。莫邪何不復至？雖然，天生神物，終當合耳。」……（張）華誅，失劍所在。煥卒，子（雷）華爲州從事。持劍行經延平津，劍忽於腰間躍出墮水，波浪驚沸……（雷華派人入水尋找，只見水中兩龍，不見寶劍）。華嘆曰：『先君化去之言，張公終合之論，此其驗乎！』

綜觀李白現存詩中，抒發的遭讒被逐之寃屈與壯志未酬的憾恨，雖然頻頻流露其個人遭讒被逐之怨忿，但是，並非一般文人士子階層在仕途中受挫的自傷之辭，而是宛如當初屈子，身爲楚國宗臣卻遭讒被逐之悲情。李白顯然在其以「遭讒被逐」之身抒懷的詩篇中，每以當世遭受讒言毀謗的屈原自居，且視其個人的才能、地位，甚至身分、經歷，均與屈子相若。乃至其詩歌中，大凡以遷客逐臣之身抒發情懷之際，往往浮現著屈原的影子。這或許與李白自認爲，和李唐皇室乃屬同宗的背景身分，加上供奉翰林期間，嘗有幸身爲「君王近臣」卻遭讒被逐的資歷，以及「賜金放還」後，但覺壯志未酬，不甘就此埋沒的複雜心境有關。

其實，除了遭讒被逐之怨，李白離京之後，以逐臣之身抒發情懷，還有一分宛如屈原當初流放江南，行吟澤旁時，難以擺脫的，繫心君國之憂與懷都戀主之情。下一章，論述李白詩中的「繫心君國之憂」，或可視爲，繼其被玄宗「賜金放還」，自嘆遭讒受逐的生涯中，窺見李白離朝去京之後，除了遭讒被逐之怨悱，還有難以擺脫的懷都戀主、不忘欲返之情。

第五章
繫心君國之憂

「繫心君國」原本是傳統中國社會一般文人士大夫受儒家思想的薰陶或影響之下，共同擁有或遵循的生命情懷意念。何況李白一向自認爲「懷經濟之才」（〈爲宋中丞自薦表〉），且視其有幸受玄宗之詔，供奉翰林，近侍君王，乃是「試涉霸王略，將期軒冕榮」（〈經亂離後天恩流放夜郎憶舊遊書懷贈江夏韋太守良宰〉）的大好時機，豈料竟然不到兩年，旋即被玄宗「詔令歸山」，逐出宮門。這樣的境遇，對滿心意欲施展宏圖壯志的李白，當然終其一生難以釋懷。就看他於甫離朝，欲去之前，踟躕徘徊中，即嘗滿懷悵恨的云：「予欲羅浮隱，猶懷明主恩。躊躇紫宮戀，孤負滄州言」（〈同王昌齡送族弟襄歸桂陽二首〉其二）。即使於出京之際，已心懷歸隱之思，卻還流露對君王的依依不捨：「欲尋商山皓，猶戀漢皇恩」（〈別韋少府〉）。甚至經過一番大江南北的漫遊，以及尋取隱逸、求仙行徑的撫慰，可是每當回顧往昔之際，還是憾恨哀傷難解。忍不住慨嘆自己「一生欲報主，百代期榮親。其事竟無成，哀哉難重陳」（〈贈張相鎬二首〉其二）。

的確，李白離朝去京後，以逐臣之身抒發情懷之際，不僅怨忿遭讒被逐的冤屈，揮斥壯志未酬的憾恨，同時還反覆吟嘆其繫心君國之憂，不忘欲返之情。一再表示，雖身在江湖，卻心存魏闕，始終眷戀玄宗，懷想長安，關心朝廷。宛如當初屈原被放之後，行吟澤畔，仍然「眷顧楚國，繫心懷王，不忘欲返」[1]。以下則分兩個層次論述。

一、懷都戀主

試看李白離朝去京之後，大約於天寶四、五載（七四五／七四六）秋，時滯居東魯期間，所寫〈單父東樓秋夜送族弟況之秦〉（題下小注——時凝弟在席）[2]：

爾從咸陽來，問我何勞苦？
沐猴而冠不足言，身騎土牛滯東魯。

1　《史記・屈原賈生列傳》，卷八四，頁二四八五。以下有關屈原生平引文，不另注卷頁。

2　此詩標題或作《單父東樓送族弟沈之秦》，惟依當今學界研究的共識，「沈」字應當作「況」。

況弟欲行凝弟留，孤飛一雁秦雲秋。
坐來黃葉落四五，北斗已挂西城樓。
絲桐感人絃欲絕，滿堂送客皆惜別。
捲簾見月清性來，疑是山陰夜中雪。
明日斗酒別，惆悵清路塵。
遙望長安日，不見長安人。
長安宮闕九天上，此地曾經爲近臣。
一朝復一朝，髮白心不改。
屈平憔悴滯江潭，亭伯流離放遼海。
折翮翻飛隨蓬轉，聞弦虛墜下霜空。
聖朝久棄青雲士，他日誰憐張長公？

按，關於李沉、李凝兄弟之確實身分，學界或疑乃是武后時期宰相李氏姑臧之後。惟至今尚無確證。茲因沉、凝二人同屬「李」姓，且較爲年輕，故李白乃以「族弟」稱之。此詩標題及小序即已點明，是爲送別李沉即將遠行而作，送別宴上還有李沉之弟李凝亦在席。可是偏偏李沉要回返的地方是「秦」，正是長安與君王所在。於是送別友人遠行的離情，在李白此詩筆下，竟然轉化爲自己對長安的無限懷思，對君王的念念衷情。

發端二聯，率先揭示與李沉關係之親近友好，並趁此自道心情遭遇。由於李沉先前自咸陽（即長安）來東魯時，曾經關心地詢問近況：「爾從咸陽來，問我何勞苦？」李白遂解釋，所以令其在友好面前顯得形神勞苦的緣由，並且藉此回顧過往至今的遭遇和心情，自覺當初乃是「沐猴而冠不足言，身騎土牛滯東魯」。語氣間自嘲當初在長安宮中，宛如沐猴著冠[3]，毫無作爲，實不足道；如今則滯留東魯，猶如獼猴騎土牛[4]，甚不得意。繼而方正式扣題，進入當前送別場合的抒寫：原來是「況弟欲行凝弟留，孤飛一雁秦雲秋。」對即將遠行的李沉，語含憐惜；由於其弟李凝並不會相隨，乃至李沉彷彿一隻孤雁，將獨自飛向秦地的雲天秋色。環顧目前四周景象，也正當初秋的夜晚：「坐來黃葉落四五，北斗已掛西城樓」，但見黃葉紛紛飄落，北斗高掛西樓。換言之，夜已深了，正是最引發悲秋、惜別的感傷時刻。何況「絲桐感人弦已絕，滿堂送客皆惜別」，宴席上動人的琴聲，已弦靜音絕，送別宴的聚會，也接近尾聲了，滿堂的送別者，皆因離別在即而感到依依不捨。當然大夥也曾雅興不淺，因見簾外明月之皓潔，遂趁興「捲簾見月清興來，疑是山陰夜中

3　《史記・項羽本紀》有云：「人言楚人沐猴而冠耳」。主要是諷刺官員權貴無能，如獼猴穿戴衣冠，徒具人形，實則沒本事、無作爲。

4　《三國志・魏志・鄧艾傳》裴松之注引《世說新語》，錄周泰語鍾繇云：「君，名公之子，少有文采。故守吏職，獼猴騎土牛，又何遲也。」

雪」，宛如當初王子猷在山陰逢大雪，乃於夜色皎然中酌酒賞月的清幽雅興[5]。可是，轉念想及「明日斗酒別，惆悵清路塵」[6]，此番相聚斗酒作別之後，明日即將各自分途，從此就後會難期了，怎能不傷懷！

其實，倘若依一般送別詩的傳統抒情格局，走筆至此，也可以算是情至意盡了。但是李白則於傷別離之際，卻忽然宕開筆意，隨著對李沉即將獨自回返長安的惜別之情，轉而開始宣洩自己對長安、對君王的無限懷思，同時也進一步吐露，其所以顯得形神勞苦的緣由，乃是：「遙望長安日，不見長安人。」就讀者角度，此處筆意的轉換，似乎有些突兀，詩情顯得跳躍。然而，倘若單從送別之情來體味，亦未嘗不可以解讀爲，彷彿是在設想，李沉離後，送別者只得以遙望長安表示思念情懷。惟深味其間筆意，卻是於遙想李沉獨自遠去的形影之際，轉而爲作者李白對自己當初供奉翰林的長安歲月之緬懷，故云：「長安宮闕九天上，此地曾經爲近臣。」就是在遙遠的長安宮闕裡，他曾經身爲君王近臣，何等的光彩榮幸！即使不幸遭讒受逐，如今又流落東魯，也還是「一朝復一朝，髮白心不改！」換言之，他對長安的懷思，對君王的忠愛，此心不渝！可是，離朝去京後的這些日子，畢竟令他憔悴悽哀，但覺心灰意冷，猶如「屈平憔悴滯江潭，亭伯流離放遼海」[7]，實與

---

5 《世說新語・任誕》：「王子猷居山陰，夜大雪，眠覺，開室命酌酒，四望皎然。……」

6 此處可能化用曹植〈七哀詩〉之句：「君若清路塵，妾若濁水泥。浮沈各異勢，會合何時諧。」

7 《楚辭・漁父》：「屈原既放，遊於江潭，行吟澤畔，形容枯槁……。」又據《後漢書・崔駰傳》：「崔駰，字亭

當初楚國的屈原、以及漢代的崔駰，被君王朝廷放逐的情況相若。甚至還自覺彷彿一隻飛鳥，因爲曾經遭遇弓箭之射的險境，驚恐猶存，乃至：「折翮翻飛隨蓬轉，聞弦虛墜下霜空」[8]，但感傷痛未癒，心有餘悸。何況如今「聖朝久棄青雲士，他日誰憐張長公？」[9]，顯然朝廷早已棄逐高潔之士，有誰還會憐惜不能見容於當政者的賢臣？換言之，回朝的希望看來是渺茫難期了，可是語氣間流盪不已的卻是，他何嘗不想回去！

回顧此詩，如標題所示，乃是一首爲送別而作的詩篇，抒寫送別族弟李沈將遠行返長安的感懷。其中有臨別的依依，以及對別後孤寂的懸想，似乎並未脫離一般送別詩的傳統內涵。但是，或許由於李沈當初從長安來東魯時，曾經慰問過李白，何以顯得形神勞苦？而李沈如今即將返回之地，偏偏又是長安，正是他李白曾經待詔翰林，爲君王近臣之處。因此，在李白筆下，送別友人之際的依依離情，引發的卻是一連串遷客逐臣繫心君國之憂，以及懷都戀主之情。雖然也於詩中自

（續）

伯……（竇）憲爲車騎將軍，辟駰爲掾……憲擅權驕恣，駰數諫之。……憲不能容，……出爲長岑長。駰自以遠去不得意，遂不之官而歸。」

8 《戰國策・楚策四》：「更羸與魏王處京臺之下，仰見飛鳥。更羸謂魏王曰：『臣能爲王引弓虛發而下鳥。』魏王曰：『然則射可至此乎。』更羸曰：『可。』有間，鴈從東方來，更羸以虛弓發而下之……曰：『此孽也。』王曰：『先生何以知之？』對曰：『其飛徐……故瘡痛也。鳴悲者，久失群也。故瘡未息而驚心未去，聞弦音引而高飛，故瘡裂而隕也。』」

9 《史記・張釋之馮唐列傳》：「釋之卒。其子曰張摯，字長公，官至大夫，免。以不能取容當世，故終生不仕。」

嘲，過去待詔翰林的歲月，不過是「沐猴而冠不足言」，卻還是按奈不住「遙想長安日，不見長安人」。李白於此遙想思念者，當然是長安與玄宗。何況「長安宮闕九天上，此地曾經爲近臣」！乃至對長安的遙想，對君王的懷思，「一朝復一朝，髮白心不改」！

二、不忘欲返

其實，李白自從遭讒被逐之後，雖屢言離世之意，且不斷尋求隱逸、求仙之趣，以圖自我慰解，可是其繫心君國，不忘欲返之情，終其一生未嘗消歇。倘若綜觀李白現存詩作，流露其懷都戀主、不忘欲返之情者，眞可謂俯拾皆是。

不僅是偶逢友人赴長安，送別之際，會觸動他對君王朝廷的眷戀，乃至喟嘆：

望望不見君，連山起煙霧（〈金鄉送韋八之秦〉）

或低吟：

魯客向西笑，君門若夢中。霜凋逐臣髮，日憶明光宮（〈魯中送二從弟赴舉之西京〉）。

即使離朝去京多年之後，漫遊江南期間，登臨覽景之際，也會突然觸發其繫心君國、不忘欲返之情。就如〈送陸判官往琵琶峽〉詩中所云：

水國秋風夜，殊非遠別時。長安如夢裡，何日是歸期？

流露的是一片對遙遠的長安歲月，始終日思夜夢，不忘欲返的癡情。

再者，因遠離朝廷，不忘欲返之情中，李白還會不時傳達他由衷關懷當前的政局，經常流露其憂心君王社稷的安危。就如〈登臨金陵鳳凰台〉所云：

總為浮雲能蔽日，長安不見使人愁。

蓋此處顯然是為長安朝中，因權佞蒙蔽明君，而憂心忡忡。此外，即使與友人登臨覽景消閒尋樂之際，亦會看似無端，卻湧起了心存魏闕之思。如〈登敬亭北二小山余時客逢崔侍御並登此山〉：

送客謝北亭，逢君縱酒還。屈盤戲白馬，大笑上青山。迴鞭指長安，西日落秦關。帝鄉三千里，杳在碧雲間。

詩句中展現的是，偶而登山遊賞，巧遇來自長安的朝廷官員崔侍御的感懷[10]。即使是在喜逢友人的歡笑中，一起瀟灑縱情玩樂的時刻，也會因爲忽見西天之落日，而湧起對遠在西方三千里外的長安帝鄉之思。甚至在某次應邀參與的宴會上，偶然〈觀胡人吹笛〉，只因爲聽出笛聲中流露出的秦音，亦會觸發其懷都戀主之情：

> 胡人吹玉笛，一半是秦音。十月吳山曉，梅花落敬亭。愁聞出塞曲，淚滿逐臣纓。欲望長安道，空懷戀主情。

此詩大約是天寶十二年（七五三）左右所寫，這時李白正流連於宣城一帶縱情山水之際，距其離朝去京的歲月，已近十年了。

值得注意的是，李白離朝去京之後，於詩中反覆吟嘆其繫心君國，且不忘欲返之情，顯然乃是有意以當世屈子自居。

且看《史記·屈原列傳》中的記載：

10　按，崔侍御即崔成甫（七一三—七五八），曾著《澤畔吟》詩集，惜已失傳。崔成甫死後，李白文集中現存有〈澤畔吟序〉一文，哀悼友人崔成甫生前如何受冤獲罪……。其間並流露二人交情之深厚。

屈原者，名平，楚之同姓也。爲楚懷王左徒。博聞彊志，明於治亂，嫺於辭令。入則與王圖議國事，出以號令；出則接遇賓客，應對諸侯。王甚任之。……

按，屈原乃是「楚之同姓」，屬楚國王室的同宗至親。屈原當初頗受楚懷王信任之際，曾經「入則與王圖議國事，以出號令；出則接遇賓客，應對諸侯」。換言之，大凡楚國的內政外交諸重要事務，屈原均曾經參與處理。惟有趣的是，李白也自認爲是李唐皇室的同宗，或許這是何以每逢與李姓人物交往，往往按其輩分長幼，以「族叔」、「族兄」、「族弟」相稱。更且以其待詔翰林，近侍君王，應當是玄宗「問以國政，專掌密令」之君王近臣[11]。李白自視其與玄宗的關係，以及他與李唐王室關係之「密切」，簡直就與當初楚國屈原和懷王之間的關係相若。乃至對李白而言，玄宗和長安，與他輔佐朝政，實現經世濟民的平生抱負，是合而爲一的。因此，一旦遭遇玄宗「詔令歸山」，被迫離朝去京，是不得已才離開朝政權力的核心，離開可施展政才的舞台，亦即離開他意欲「濟蒼生」、「安黎元」之大好時機。李白詩中抒發的如何眷戀君王，懷想長安，不忘欲返之情懷，其間涵蘊的，不僅是對曾經待詔翰林的榮幸時日之緬懷與不捨，還有對自己理想落空，抱負未得展，卻又不甘就此罷休的怨忿。同時也是一種因未能實現他輔弼之才的相思，以及自認爲有經世

11　李陽冰《草堂集．序》，記述李白如何受玄宗重用：「出入翰林中，問以國政，專掌密令。」

濟民之才，卻無以施展的傷離之情。

李白詩歌中最能顯示這種既纏綿悱惻，且錯綜複雜的繫心君國之憂之作，或許還可以其用楚騷風格體式所寫的傷離哀歌〈遠別離〉爲代表：

遠別離，古有皇英之二女，
乃在洞庭之南，瀟湘之浦。
海水直下萬里深，誰人不言此離苦！
日慘慘兮雲冥冥，猩猩啼煙兮鬼嘯雨。
我縱言之將何補？皇穹竊恐不照余之忠誠。
雷憑憑兮欲吼怒，堯舜當之亦禪禹。
君失臣兮龍爲魚，權歸臣兮鼠變虎。
或云：堯幽囚，舜野死。
九疑聯綿皆相似，重瞳孤墳竟何是？
帝子泣兮綠雲間，隨風波兮去無還。
慟哭兮遠望，見蒼梧之深山。
蒼梧山崩湘水絕，竹上之淚乃可滅。

據學界的考證，此詩大約寫於天寶十二載(七五三)左右[12]。時李白甫自幽州歸來，正打算再度南去之際。當時已經聽聞朝中李林甫如何專權，朝外安祿山則又坐大幽燕，李唐王朝似乎已面臨傾覆的危機。李白憂心忡忡，卻又因在野之身，但感無能爲力，正是「有策不敢犯龍鱗，竄身南國避塵土」(〈猛虎行〉)。惟於臨行之前，踟躕徘徊，放心不下君國的安危。遂用樂府舊題〈遠別離〉，藉古辭傷離怨別的傳統內涵，抒發其繫心君國之憂。

全詩主要是以遠古神話傳說，有關帝堯的女兒，亦即嫁於舜的兩個妃子：娥皇、女英，與舜帝之間生離死別的傳說故事爲架構背景，藉以抒發自己繫心君國之憂情。

按，發端數句：「遠別離，古有皇英之二女，乃在洞庭之南，瀟湘之浦。海水直下萬里深，誰人不言此離苦！」即表明乃是藉娥皇、女英二妃與舜帝之間的生死別離，且淚染湘竹的傳說起興，藉此爲其去國離都之思，懷君憂國且不忘欲返之情，譜出淒哀悲苦的基調。就是在「洞庭之南」，「瀟湘之浦」，當初舜帝於南巡之際，死於蒼梧之野，從此二妃哀傷不已之幽靈，就未忍離去[13]。如今雖已千年之後，但見洞庭浩森，瀟湘長流，然而娥皇、女英二妃流連徘徊之身影，彷彿還隱隱

12 按，李白〈遠別離〉已收入殷璠序於天寶十二載之《河嶽英靈集》。目前學界大致同意此詩乃李白目睹安祿山氣勢坐大，離開幽燕南歸之際。

13 據《水經注．湘水》：「湘水西流，逕二妃廟南……言大舜之陟方也，二妃從征，溺於湘江，神遊洞庭之淵，出入瀟湘之浦……」。

浮現其間。這一切都令人感受到，舜帝與二妃遠別離後，即成爲永訣之悲痛。就如同李白自此離去，今生今世已不能重返長安，再也無緣面見君王了。不過，更令人憂心不已者，乃是目前所見的情景：「日慘慘兮雲冥冥，猩猩啼煙兮鬼嘯雨。」宛如當今的朝廷政壇，局勢何等陰暗混亂，烏雲密佈，到處是猩啼鬼嘯，危機重重，顯然就是大風暴即將來臨之前奏。可是反顧自己，如今遠離朝廷，且又身爲一介逐臣，「我縱言之將何補？皇穹竊恐不照余之忠誠。」換言之，即使我有所進言，提出警告，也無補於事啊！何況君王並不明察我的忠誠。惟令我最爲憂心的則是，當此之際，李唐王朝面臨的局勢，就好像「雷憑憑兮欲吼怒，堯舜當之亦禪禹。君失臣兮龍爲魚，權歸臣兮鼠變虎。」亦即，朝外的雷鳴吼怒不已，朝內則權貴奸佞囂張跋扈；面臨這樣的艱危境況，即使堯舜聖君在位，亦不得不禪位！這主要是因爲，君王一旦失去賢臣的輔佐，即使神龍亦會變爲凡魚，難逃網羅。換言之，如果朝政大權旁落奸臣手中，君王周圍的鼠輩均會變爲猛虎，從此禍患難除。何況還有野史傳說爲證：「或云堯幽囚，舜野死」[14]。傳說堯當初乃是爲舜所囚，不得已才禪位，而舜之結果死於蒼梧之野，至今亦不明不白！乃至「九疑聯綿皆相似，重瞳孤墳竟何是？」就連大舜的埋葬墳地，到底在何處，至今也始終難以確定。換言之，人君如果失權，即使聖哲之君亦難以保

14 《史記・五帝本紀》：「堯崩，三年之喪畢，舜讓辟朱丹(堯之子)於南河之南。」按，一般史書均讚美堯舜禪讓立賢之美德，不過據漢人張守節《正義》引《竹書紀年》：「昔堯德衰，爲舜所囚也。……舜囚堯，復偃塞丹朱，使不與父相見也……」似乎認爲堯舜之禪讓與大權旁落有關。

其江山。走筆至此，李白忽而轉筆，從遠古引向當前，念及當今朝廷臨危之秋，可是君王卻不寤，終於忍不住悲從中來。其悲慟，就彷彿：「帝子泣兮綠雲間，隨風波兮去無還。」宛如當初帝舜死後，娥皇、女英二妃，從此就只能在綠雲般的叢竹間悲泣，且哭聲隨風凌波飄浮遠去。但是，二妃即使「慟哭兮遠望，見蒼梧之深山。」即使在慟哭中，彷彿仍然繼續凝視遠方的蒼梧，懷想舜帝。換言之，二妃對舜帝的傷離之情，永恆不變。所以「蒼梧山崩湘水絕，竹上之淚乃可滅」！其背後的含意彷彿是，李白對君王與朝廷，此心不渝的忠愛之情，同樣是：蒼梧山屹立不倒，瀟湘水長流不止，竹上的淚痕也永遠不乾！

這樣一首纏綿悱惻的〈遠別離〉，表面上看，撲朔迷離，似乎是在回顧歷史，嘆息帝舜死於蒼梧之野，娥皇、女英二妃追之不及，乃至慟死於湘江的哀傷傳說故事。但是，細心撫讀全詩之內涵情境，其中顯然寄寓了作者李白自己離朝去京之後，始終繫心君國之憂，以及不忘欲返之情。或許亦可解讀為李白在遭讒被逐離京之後，哀傷苦痛中，極端無奈地，傳達他與玄宗及長安的一首離別詩。其間流盪不已的，不但是對己身無辜遭讒被逐，乃至壯志未酬、理想抱負落空之哀悼；同時也是對眼看李唐王朝行將大亂的局勢，吟出的哀歌。猶如楚國宗臣屈原，於其見疏被逐之後，雖抱怨「荃不察余之中情，反信讒而齌怒」，卻又「恐皇輿之敗績」（〈離騷〉）；既已「發郢都而去閭兮」，卻又「哀見君而不再得」；甚至「羌靈魂之欲歸兮，何須臾而忘返」（〈哀郢〉）！李白於其低回吟詠的逐臣悲情中，也瀰漫著與屈原同樣的繫心君國之憂，不忘欲返之情。

李白詩中以遷客逐臣之身抒發的情懷，顯然並非如一般傳統文人士子階層，在仕途不順之際的自傷之辭，而時時流露出，宛如當初楚國的宗臣屈原，雖遭讒被逐，卻仍然繫心君國，流蕩著懷都戀主、不忘欲返之情。這一方面或許與李白一向自認為，既然同屬姓「李」，是李唐王室同宗，何況又嘗待詔翰林，為君王近臣之身分地位有關；同時也與他因不幸遭讒被逐，壯志未酬之際遇相連。但更重要的還是，由於李白自視其乃屬「輔弼之才」，始終不甘心就此埋沒，不肯就此放棄夙願的執著，遂導致他對君王朝廷的眷戀與關懷，終生不渝。即使經歷被玄宗「賜金放還」，逐出宮門，又加上曾經入幕永王，且因永王兵敗之禍，乃至遭受繫獄尋陽，流放夜郎之災，甚至遇赦放回之後，此心猶不改。

就如乾元元年(七五八)，此時李白乃是以「附逆」之罪，遂遭判刑流放夜郎途中，仍然吟出「一為遷客去長沙，西望長安不見家」(〈與史郎中飲聽黃鶴樓上吹笛〉)。及至遇赦後，雖也慨嘆自己「獨棄長沙國，三年未許回」，卻又忍不住自問「何時入宣室，更問洛陽才」(〈放後遇恩不霑〉)。仍然癡心盼望，自己終於會像漢代的賈誼那樣，重新被君王召回朝廷。即使爰及他已自知，看來返朝侍君無望了，而且已經決定，不如返回江夏漫遊山水以慰胸懷之際，卻仍然難免自述：「中夜四五嘆，常為大國憂」(〈經亂離後天恩流夜郎憶舊遊書懷贈江夏韋太守良宰〉)。此時的李白，雖然明知已經是「報國有壯心，龍顏不迴顧」(〈江夏寄漢陽輔錄事〉)，君恩不再，壯志難酬，其「一生欲報主，百代期榮親」(〈贈張相鎬二首〉其一)之雄偉抱負，早已成為幻影；可是，卻仍然癡言「西憶故人不可見，東風吹夢到長安」（〈江夏贈韋南陵冰〉）。李白詩中如此繫心君國的情懷，其實正如屈原〈抽思〉中所云：

惟郢都之遼遠兮，魂一夕而九逝。

綜觀以上所舉諸詩例，李白顯然乃是有意通過文學的創作，以當世屈子自居，視其個人之才能、地位、經歷，均與屈子相若。故而除了每每強調其遭讒被逐之冤屈，壯志未酬之憾恨，更一再濃筆渲染，反覆致意其繫心君國之憂，抒發他懷都戀主、不忘欲返之情。猶如當初屈原被放逐之後，仍然「眷顧楚國，繫心懷王，不忘欲返。」李白詩中顯然交織著，對往昔君王恩寵時日的緬懷，對從此壯志未酬的憾恨，以及對當前朝政黑暗、國勢危殆的焦慮。反映的是，李白對自己的管、晏之才，不甘就此埋沒，對其願爲輔弼之抱負，不肯就此罷休的執著與癡頑。

倘若就現存李白詩歌，每以遷客逐臣之身，抒發其繫心君國之憂背後的懷都戀主與不忘欲返之懷，其間涵蘊的乃是，一個身處社會主流圈外者，卻自認爲與君王社稷之命運休戚相關，力圖排除萬難入仕問政以展抱負宏圖。雖然其生命途中，也的確有幸曾經待詔翰林，躋身於君王近側，惟最終卻仍然被拋出政壇中心圈外。甚至在李白被迫離朝去京之後，還頻頻心存幻想，或許他遭讒被逐之冤屈，終將獲得「平反」；或許君王終於會回心轉意，重新被召回，可以東山再起……。可惜的是，李白只能繼續在踟躕徘徊中，吟嘆其遷客逐臣繫心君國之憂傷，向讀者訴說，他雖一片忠誠卻滿懷怨忿，雖遭放逐卻繫心君國、不忘欲返的懷都戀主之情。但是，基於李白「天生我才必有用」的強烈自信自負，以及不願就此「老死阡陌間，何因揚清芬」（〈贈何七判官昌浩〉）之焦慮，乃至仍然不斷幻想，說不定會因為「聖朝思賈誼，應降紫泥書」（〈送別〉）。換言之，龍顏回顧，逐臣終於被召回。無奈事與願違，李白只能繼續在踟躕徘徊中吟嘆其「遷客此時徒極目，長洲孤月向誰明」（〈鸚鵡洲〉）！最後也只能以一襲布衣終生，就如李白於〈贈從弟宣州長史昭〉詩中所嘆：

獨立山海間，空老聖明代。

這或許可視為李白終其一生，意圖入世問政，雖經歷懷才不遇，且遭讒被逐之後，仍然繫心君國之憂的寫照。

第六章
夢幻神奇之旅

此處所謂「夢幻神奇」，意指如夢似幻，神奇怪異的現象而言。既然詩中記述的是「夢幻神奇之旅」，則應當屬於非現實的，出自詩人的想像、虛構者。但是，這些想像或虛構的內涵，卻又彷彿反映詩人在現實生活中的經驗感受。所以這類作品，可謂亦虛亦實，虛實相雜，雖令讀者不易考核，難以確指，卻往往煥發出無比的魅力，引人入勝。李白就寫了不少記述夢幻神奇之旅的詩篇，此處姑且以〈夢遊天姥吟留別〉與〈蜀道難〉二首，作爲代表李白詩中想像如何神奇怪異、筆意飄忽難測的特色[1]。按，撫讀此二首詩之際，總覺得作者似乎是藉其虛實相雜的夢幻神奇之旅，另有

1　胡應麟（一五五一—一六〇二）《詩藪》卷三有云：「太白〈蜀道難〉、〈遠別離〉、〈天姥吟〉、〈堯祠歌〉等，無首無尾，變幻錯綜，窈冥昏默，非其才力學之，立見顛踣。」按，其中〈遠別離〉已於本書第五章論及。

所指，別有寄託。換言之，予讀者的印象，乃是說此言彼，意在言外，有所寓意者。不過，歷來對此兩首詩的寓意，眾說紛紜。甚至當今學界，還不斷有研究李白的學者專家撰文，試圖解讀這兩首詩的內涵情境，討論李白筆下是否另有寓意？如有，則其寓意何指？其實，一篇詩作，倘若能引起眾說紛紜的解讀與討論，而且一千多年來，歷久不衰，即足以證明其無比的魅力，而且是永恆的魅力。以下即依循前賢的步履，嘗試解讀二詩所示夢幻神奇之旅之內涵情境及其寓意何在。

一、夢幻之旅

且看〈夢遊天姥吟留別〉（一作〈別東魯諸公〉）[2]：

海客談瀛洲，煙濤微茫信難求。
越人語天姥，雲霞明滅或可睹。

2　目前通行的詩題〈夢遊天姥吟留別〉，主要乃是根據宋本（現有北京國家圖書館藏本以及日本靜嘉堂藏本）。均於題下注云：「一作〈別東魯諸公〉」。這可能是因爲殷璠《河嶽英靈集》嘗題爲〈夢遊天姥別東魯諸公〉。按，殷璠《河嶽英靈集》乃盛唐人選唐詩之選本，於序言中即點出，所選作品始於開元二年（七一四），止於天寶十二載（七五二），則此詩當作於天寶十二載之前。經學者專家之考證，大約作於天寶五載（七四六），亦即李白決定離開東魯，轉往吳越的前夕。

天姥連天向天橫，勢拔五嶽掩赤城。
天台一萬八千丈，對此欲倒東南傾。
我欲因之夢吳越，一夜飛渡鏡湖月。
湖月照我影，送我至剡溪。
謝公宿處今尚在，淥水蕩漾清猿啼。
腳著謝公屐，身登青雲梯。
半壁見海日，空中聞天雞。
千巖萬轉路不定，迷花倚石忽已暝。
熊咆龍吟殷巖泉，慄深林兮驚層巔。
雲青青兮欲雨，水澹澹兮生煙。
列缺霹靂，丘巒崩摧。
洞天石扇，訇然中開。
青冥浩蕩不見底，日月照耀金銀臺。
霓爲衣兮鳳爲馬，雲之君兮紛紛而來下。
虎鼓瑟兮鸞回車，仙之人兮列如麻。
忽魂悸以魄動，怳驚起而長嗟。

惟覺時之枕席，失向來之煙霞。
世間行樂亦如此，古來萬事東水流。
別君去兮何時還？
且放白鹿青崖間，須行即騎訪名山。
安能摧眉折腰事權貴，使我不得開心顏！

詩題中所稱天姥山，位於今浙江的剡溪附近。惟據傳說，大凡登此山者，經常會聽到天姥（姥，即指上年紀的婦人，猶如祖母級之老婦）的歌唱，因而得名。又據《太平御覽・郡國志》記「天姥山」云：「石壁上有刊字，蝌蚪形，高不可識，春月樵者聞簫鼓笳吹之聲聒耳。」實際上的天姥山，與著名的天台山相對，且高度遠不及天台山，形貌亦不如赤城山之壯麗。清代學者方苞（一六六八—一七四九）於其《望溪文集》中，即嘗指稱，天姥山不過是「一小丘耳，無可觀者。」或許由於天姥山往往和一些神話傳說、神仙故事聯繫在一起，遂成爲李白發揮想像，藉以抒情述懷的題材背景。按，李白乃是被玄宗「詔令歸山」之後，懷著滿腹冤屈與怨忿的心情，前往東魯。可惜在東魯也毫無發展機會，於是決定轉往江南吳越一帶散心。從詩題看，乃是把「夢遊天姥」的經驗感受寫成詩，贈與東魯友人，作爲留別東魯之辭。惟其筆墨重點，則在於夢境的描述，以及夢醒之後個人的感悟，並非因爲行將別離東魯友人而感依依不捨，故而無惜別之情的抒發。因此，詩題中雖有「留別」二字，卻不能歸類於友朋之間的「送別／留別詩」。或可視為藉「記夢之作」，以抒情述懷的贈別之辭。

當然，綜觀中國文學史，「記夢之作」，有其長遠傳統。最早或許可溯源自《詩經・小雅》的〈斯干〉與〈無羊〉。不過這兩首詩，基本上乃屬「族群頌禱」之辭，是藉夢來占卜家國族群的前景命運。其後《楚辭》中，則有宋玉的〈高唐賦〉，描述楚懷王夢遇巫山神女的經歷；以及〈神女賦〉，敘寫楚襄王夢遇巫山神女的情景。這兩篇賦作雖分別以楚懷王、楚襄王的「個人夢境」為記述重點，然而畢竟均屬以第三人稱，記錄他人之夢的作品。就目前資料，現存最早記錄作者個人入夢經驗之作，當屬東漢時期王延壽（一二四？—一四八？）的〈夢賦〉。據其序言所云：「余宵夜寢息，忽則有非常之夢，其為夢也……」[3]，即說明此賦乃是作者個人因夢有感而作。然而值得注意的是：首先，王延壽〈夢賦〉中的夢境描述，在內涵結構上，清楚分別展現：「入夢」、「夢中」、「夢醒」，三個階段，且從此成為中國記夢文學最普遍的結構組織。其次，王延壽於此賦作所描述的夢境經歷，業已顯示中國文學中大凡「記夢之作」，在情境旨趣上的某些共同特質，諸如：迷離恍惚、光怪陸離、荒誕無稽、虛幻無常……。惟不容忽略的則是，猶如〈夢賦〉所表現

3 按，王延壽即是最早為《楚辭》作章句注的王逸（約八九—一五八年間在世）之子。王延壽〈夢賦序〉：「余宵夜寢息，忽則有非常之夢。其為夢也，悉睹鬼物之變怪。則有蛇頭而四角，魚首而鳥身，或三足而六眼，或龍形而似人。群行而奮搖，忽來到吾前，伸臂而舞首，意欲相引牽……」。

者，記夢本身，並非作者創作的宗旨，其筆墨意趣，主要乃在於夢醒之後所啓發的「感悟」。換言之，其宗旨意趣不在夢境的本身，而是「意在夢外」。此後，大凡記夢之作，就作者個人而言，即使眞有其夢，一但付諸筆墨，撰寫成章，則往往「以夢爲喻」。換言之，乃是藉夢發揮，另有寓意。其實這正是先秦以來中國記夢文學的普遍特色。就看自莊周的「蝴蝶夢」，到唐傳奇的「南柯夢」，以至曹雪芹的「紅樓夢」，均不離此。李白這首以「夢遊」爲題之作，當然亦不例外。不過，其中的夢遊之境，到底有何寓意，則尚無共識，甚至在當今刊行的一些唐詩選本或李白詩選本中，歸類都並不一致：或歸類於「遊仙詩」、「山水詩」、「記遊詩」……。惟據近年研究李白的學者專家，較通行的看法是：當屬一首「政治抒情詩」。換言之，李白乃是以夢遊宛如仙境般富麗堂皇、眩人耳目的天庭，爰及天庭仙境之後的幻滅過程，來比喻或象徵李白意圖從政的幻滅。以下姑以此詩之內涵情境，爲論析重點：

首先，在內涵結構上，當可分爲三個明顯段落：開頭四聯，乃是入夢的序曲；中間十五聯，寫夢遊細節；最後七句，則是夢醒後的尾聲。剛好展現：「入夢」、「夢中」、「夢醒」三部曲的格局。作者雖明言，因行將離開東魯，打算南下吳越，惟從整個旅程看，天姥山之遊不過是表面藉口，其筆墨重點乃在於「夢遊」經歷的神奇幻異，以及夢醒之後引發的人生領悟。至於夢遊之境是否眞的是天姥山，實非重要。試看：

發端即率先說明，何以選擇夢遊天姥：「海客談瀛洲，煙濤微茫信難求」，雖然海客言之鑿鑿，海上有神仙所居的瀛洲[4]，惟煙霧波濤，虛無飄渺。顯然「仙境難求」。不過，「越人語天姥，雲霞明滅或可睹」，聽越人說來，有一座高入雲霞的天姥山，或可登覽。換言之，「名山可睹」。繼而細筆形容天姥山之狀貌，何等壯闊雄偉：「天姥連天向天橫，勢拔五嶽掩赤城」！又何等高峻挺拔：「天台一萬八千丈，對此欲倒東南傾」！就連著名的天台山都甘拜下風。其實，走筆至此還只是虛寫，意在拉開「入夢」序幕，作爲全詩主體「夢遊天姥」的序曲。接著明顯以第一人稱「我」的立場發言：「我欲因之夢吳越，一夜飛渡鏡湖月。湖月照我影，送我至剡溪……」三十句，筆墨重點即是細述夢遊天姥的種種經歷見聞。其中並交代自己與前人登此山的精神聯繫：「謝公宿處今尚在，淥水蕩漾清猿啼」，乃是沿著當初謝靈運被貶爲永嘉太守期間攀登天姥山的途徑[5]，目睹淥水蕩漾，耳聞清猿聲啼，自己也彷彿同樣帶著被貶謫的心情，「腳著謝公屐，身登青雲梯」[6]。不過就在登臨的中途，「半壁見海日，空中聞天雞」[7]，方登上半山腰，則已見海上旭

4　《史記・封禪書》：「自(齊)威、宣、燕昭(王)使人入海求蓬萊、方丈、瀛洲，此三神山者，其傳在渤海中，去人不遠，患且至，則船風引而去。蓋嘗有至者，諸仙人及不死之藥皆在焉。」

5　謝靈運(三八五—四三三)被貶爲永嘉太守期間，鬱悶難解，常藉山水之遊以舒懷。其〈登臨海嶠初發疆中作〉：「暝投剡中宿，明登天姥岑。高高入雲霓，還期那可尋……」。

6　「謝公屐」乃至謝靈運當初爲登山特制的木屐。據《南史・謝靈運傳》，謝靈運「尋山陟嶺，必造幽峻，巖嶂數十重，莫不備盡。登躡常著木屐，上山則去其前齒，下山去其後齒……。」

7　據《述異記》卷下：「東南有桃都山，上有大樹，名曰『桃都』，枝相去三千里，上有天雞，日初出照此木，天雞則

日，且傳來天雞的鳴叫。換言之，距離天庭應該不遠了。接著是「千巖萬轉路不定，迷花倚石忽已暝」，經過一番山路轉折，倚石賞花，夢境開始變得迷離恍惚、光怪陸離起來。第十一聯以下，遂忽然改用楚騷句法，夢遊者的情緒也變得不安寧了。這時側耳所聽，乃是：「熊咆龍吟殷巖泉，慄深林兮驚層嶺」；舉目所見，則是：「雲青青兮欲雨，水澹澹兮生煙」，似乎有甚麼驚異狀況就要發生了。果然，「列缺霹靂，丘巒崩摧」，就在閃電雷鳴，宛如山崩地裂狀況中，忽見「洞天石扇，訇然中開」，眼前出現一座眩目亮麗的神仙洞府：「青冥浩蕩不見底，日月照耀金銀臺。」隨即正在日月光芒萬照之際，但見成群的天神浩浩蕩蕩湧現：「霓爲衣兮鳳爲馬，雲之君兮紛紛而來下。虎鼓瑟兮鸞回車，仙之人兮列如麻」。以上天庭仙界的描寫，色彩繽紛，景象奇麗，場面壯觀，令人目不暇及。然而，正在驚異萬分之際，此夢卻出其不意地突然中斷了：「忽魂悸以魄動，恍驚起而長嗟」，而且是在心驚魄動中嚇醒。隨即就在夢醒後「長嗟」中發現：「惟覺時之枕席，失向來之煙霞」，夢遊之旅，所見所聞已經煙消雲散。繼而則點出夢醒之後的感悟：「世間行樂亦如此，古來萬事東流水！」既然人生如夢，短暫無常，如東流之水，往者已矣，則不必留戀了。只是，目前面臨的現況是：「別君去兮何時還」，點出「別君」一去，再回來相聚的機會渺茫，亦即此後再也不會回東魯了。那以後要往何處去呢，原來是要：「且放白鹿青崖間，須行即騎訪名

(續)鳴，天下之雞皆隨之鳴。」

山」。兩句乃是回應發端四句所言仙境難求、名山可睹之意，表示將以漫遊名山之隱士身分逍遙自在以終。全詩至此，由入夢—夢中—夢醒，結構上已經很完整，詩意也夠全面了。當屬一首結構完整，題旨清楚的「記夢之作」。但是，令讀者訝異的是，李白卻在最後，出其不意的，又增添了兩句，憤然呼出：「安能摧眉折腰事權貴，使我不得開心顏」！表面上看，最後兩句似乎與夢遊天姥或留別東魯諸公，均毫無關係，然而卻猶如閃電雷鳴，忽然照亮了全詩，同時也驚醒了讀者，頓時覺得此詩中描述的夢遊經歷，含意並不單純起來。

當如何解讀李白此詩之筆意？其實清代學人已先後提出一些引人深思的見解。如沈德潛（一六七三—一七六九）《唐詩別裁集》認爲，此詩乃是「託言夢遊……知世間行樂，亦同一夢……吾當別去，遍遊名山以終天年也……」[8]。陳沆（一七八五—一八二六）《詩比興箋》則更進一步點出：「太白被放以後，回首蓬萊宮殿，有若夢遊，故托天姥以寄意也。題曰『留別』，蓋寄去國離都之思，非徒酬贈握手之什……」[9]。

8　沈德潛《唐詩別裁集》卷六：「託言夢遊，窮形盡相，以極洞天之奇幻，至醒後頓失煙霞矣。知世間行樂，亦同一夢，安能於夢中屈身權貴乎！吾當別去，遍遊名山以終年也。」

9　陳沆《詩比興箋》卷三：「此篇昔人皆置不論，一若無可疑議者。試問：題以留別爲名，夫離別則有離別之情矣，留贈則有留贈之體矣，而通篇徒作夢寐冥茫之境，山林變幻之辭，胡爲乎？……太白被放之後，回首蓬萊宮殿，有若夢遊，故托天姥以寄意也。題曰『留別』，蓋寄去國離都之思，非徒酬贈握手之什。」

的確，此詩所述整個夢遊的過程，乃是由凡俗人間進入渺茫仙境，再由仙境又跌回人間。時間上從月夜到日出，氣候則由晴朗轉爲陰暗，繼而雷雨交加，風雲變色。其中以仙境中的神仙突然成群湧現，光怪陸離，眩人耳目，作爲夢境的高潮。卻又毫無預警，出人意料地，夢境突然中斷，而且是在心驚魄動中嚇醒。頓時方才夢中經歷的繽紛熱鬧，金碧輝煌之仙境，都煙消雲散了，只剩下身邊的枕席，提醒自己，原來方才夢中的經歷，無論多麼輝煌神奇，不過是一場虛幻荒誕，且短暫無常的夢而已！撫讀至此，人生如夢，充滿虛幻荒誕，萬事變化莫測，且短暫無常，應該是此詩的主題了。但是，詩中描述的夢境，如此神奇，如此眩人耳目，令人遐想，應該不會只是泛指一般「人生如夢」的領悟。何況不容忽略的，且引人深思的，是最後兩句語帶激憤與憂傷的吶喊：「安能摧眉折腰事權貴，使我不得開心顏！」彷彿天外飛來之筆，遂難免將李白當初入宮供奉翰林，近侍君王，如何榮幸，可是朝中權貴的嘴臉與氣燄，又如何難以忍受的痛苦經歷……，立即喚回，並不時浮現在讀者心目中。或許如陳沆所言，這首〈夢遊天姥吟留別〉，乃是「李白被放之後，回首蓬萊宮殿，有若夢遊，故托天姥以寄意也。」李白於此眞正要告別的，並非東魯諸公，而是他自己在現實政治社會中意圖攀龍的夢幻之想。乃至此詩或許可解讀爲，自李白離朝去京後，流落東魯，又始終未能求得機會發展，於是決定，從此將悠遊山林，退出現實政治社會，放棄功名追求的宣言。其創作目的，並非以記述夢遊爲宗旨，甚至亦無不捨東魯諸公的惜別意，而是宣洩其對現實政治社會極度失望的感受。如此解讀，的確可視爲是一篇遭挫折受創傷之後的「政治抒情詩」，當然也是一首「意在夢外」之作。

二、神奇之行

再看一首聞名古今，同樣可歸類於「夢幻神奇之旅」的〈蜀道難〉：

> 噫吁嚱，危乎高哉！蜀道之難難於上青天！
> 蠶叢及魚鳧，開國何茫然。
> 爾來四萬八千歲，不與秦塞通人煙。
> 西當太白有鳥道，可以橫絕峨眉巔。
> 地崩山摧壯士死，然後天梯石棧相鉤聯。
>
> 上有六龍回日之高標，下有衝波逆折之回川。
> 黃鶴之飛尚不得過，猿猱欲度愁攀援。
> 青泥何盤盤，百步九折縈巖巒。
> 捫參歷井仰脅息，以手撫膺坐長歎。

問君西遊何時還？畏途巉巖不可攀。
但見悲鳥號古木，雄飛雌從繞林間。
又聞子規啼，夜月愁空山。（按，此處依施蟄存先生斷句）
蜀道之難難於上青天，使人聽此凋朱顏。
連峰去天不盈尺，枯松倒掛倚絕壁。
飛湍瀑流爭喧豗，砯崖轉石萬壑雷。
其險也如此。嗟爾遠道之人胡爲乎來哉！
劍閣崢嶸而崔嵬。
一夫當關，萬夫莫開。
所守或匪親，化爲狼與豺。
朝避猛虎，夕避長蛇。
磨牙吮血，殺人如麻。
錦城雖云樂，不如早還家。
蜀道之難難於上青天，側身西望長咨嗟！

此詩標目所謂「蜀道難」，乃指「由秦入蜀之難」。或可稱是李白詩篇中最著名的作品。盛唐時期已廣爲流傳，且嘗令盛唐人驚嘆爲「奇之又奇」之作[10]。按〈蜀道難〉，原屬樂府古題，惟古辭已不存，當今所見最早者，已屬南朝時期的文人擬作[11]。根據這些擬作之內容，主要均是依循樂府古題傳統，吟嘆「蜀道艱難，行旅辛苦」。李白之作顯然亦不離此。不過，在形式體制上，南朝詩人所寫〈蜀道難〉，均屬整齊的五言或七言古詩，而李白於此則轉化爲句式參差不齊的歌行體，正是他比較偏愛的體式，也是最能表現李白揮灑自如的筆墨風格者。由於此詩已收錄在殷璠序於天寶十二載（七五三）的《河嶽英靈集》，現今學界大多認爲當作於開元、天寶之際（七四二年左右），亦即李白受玄宗之詔赴長安，入宮之前。按，李白〈蜀道難〉所以震撼盛唐詩壇，甚至視其爲可以「驚風雨，泣鬼神」之作[12]，正因爲其中表現的想像力，遠超過一般詩人的想像之外。即使全詩筆墨不離樂府古辭傳統，始終圍繞著「蜀道艱難，行旅辛苦」的內容而發揮，但是，其意境之神奇，情懷

10　殷璠《河嶽英靈集》卷上：「白……爲文章率皆縱逸，至如〈蜀道難〉等篇，可謂奇之又奇，然自騷人以來，鮮有此體調也。」又見孟棨（約八四〇—八八六）《本事詩・高逸》第三：「李太白初自蜀至京師，舍於逆旅，賀監知章聞其名，首訪之。既奇其姿，復請所爲文，出〈蜀道難〉以示之，讀未盡，稱嘆者數四，號爲謫仙。解金龜換酒，與傾盡醉。期不間日，由是稱譽光赫……。」

11　現存文人所寫〈蜀道難〉，據當今資料，最早的是南朝梁代之作。如梁簡文帝蕭綱二首，劉孝威（四九六—五四四）二首，以及梁、陳之際陰鏗（五一一？—五六三？）一首。

12　杜甫（七一二—七七〇）〈寄李十二白二十韻〉：「昔年有狂客，號爾謫仙人。筆落驚風雨，詩成泣鬼神。聲名從此大，汩沒一朝伸。文采承殊渥，流傳必絕倫。……」

之激盪，令人驚嘆；其含義之深遠，震撼之強烈，引人深思；遂引發歷代讀者意欲尋覓其詩之宗旨，探究其間之寓意究竟何在。以下試細讀此詩之內涵意境，並引前賢之論爲解析之借鏡。

發端句：「噫吁嚱，危乎高哉！蜀道之難難於上青天！」立即在驚呼中點出蜀道高危無比，甚至比登天還難之主題。蓋此處「蜀道之難難於上青天」句，在整首詩中前後共重複出現三次，遂構成貫穿全詩的基調。接著掀開序幕，然而卻又並不立即正面寫蜀道之難，而是先回溯有關蜀道所以形成的遠古神話：從「蠶叢及魚鳧，開國何茫然」[13]，至「爾來四萬八千歲，不與秦塞通人煙」[14]。刻意強調蜀道之難自古即如此。秦蜀之間自遠古以來就無可供人行走的道路，只有「西當太白有鳥道，可以橫絕峨眉巔」。至於通秦的蜀道又如何終於形成呢？原來還經過一段淒美悲壯的傳說故事：「地崩山摧壯士死，然後天梯石棧相鉤聯」[15]。以上五聯追述「蜀道難」之所以形成，乃屬全詩之序曲。繼而方進入蜀道所以既高且危之「難」的細節描述：「上有六龍回日之高標」[16]，下有沖

13 據《文選・蜀都賦》注，引揚雄（前五三—後一八）《蜀都本紀》：「蜀王之先，名蠶叢、柏灌、魚鳧、蒲澤、開明。……從開明上到蠶叢，積三萬四千歲。」

14 上注引揚雄語，蜀自開國以來，「積三萬四千歲」，已經屬誇大之辭，李白此處更誇大爲「四萬八千歲」，是否另有典故依據，則不得而知。

15 據《華陽國志・蜀志》：「秦惠王知蜀王好色，許嫁五女於蜀。蜀遣五丁迎之。還至梓潼，見一大蛇入穴中，一人攬其尾，掣之不禁，至五人相助，大呼拽蛇。山崩，時壓殺五人，及秦五女並將從，而山分爲五嶺……。」

16 徐堅《初學紀》（約成書於七〇〇年）卷一「天部」三，引《淮南子》云：「爰止羲和，爰息六螭，是謂懸車。」其注

波逆折之回川」，即使「黃鶴之飛尙不得過，猿猱欲度愁攀援。」乃至於若是行走於蜀道者，但覺：「靑泥何盤盤，百步九折縈巖巒。」難免會「捫參歷井仰脅息，以手撫膺坐長歎。」按，以上五聯，顯然主要是渲染蜀道何等危險高峻。可是，接著下面卻忽然插入一句，變換立場角度，宛如身處秦地者，對即將登蜀道而離秦者之關懷：「問君西遊何時還？」並警告：「畏途巉巖不可攀。」隨即筆端卻又轉而從已經行走於蜀道途中者的角度：「但見悲鳥號古木，雄飛雌從繞林間。又聞子規啼，月夜愁空山」[17]。意指行走於蜀道者，在孤單寂寞中，聽見悲鳥在古木叢林間哀號，又聞子規鳥一聲聲「不如歸去」的啼叫，怎能不慨然而嘆：「蜀道之難難於上靑天，使人聽此凋朱顏」！再縱目望去，但見山上「連峰去天不盈尺，枯松倒掛倚絕壁」，水中則「飛湍瀑流爭喧豗，砯崖轉石萬壑雷」。接著又毫無預警地，再度轉換視角，彷彿是從已經身居蜀地者的立場，向那些尙行走於蜀道途中者，提出警告：「其險也如此，嗟爾遠道之人胡爲乎來哉！」隨即繼續鋪敘蜀道之難：「劍閣崢嶸而崔嵬，一夫當關，萬夫莫開。」何況「所守或匪親，化爲狼與豺」[18]；除此之

（續）

曰：「日乘車，駕以六龍，義和御之。日至此而薄於虞淵，義和至此而回。六螭即六龍也。」

17 據王琦輯注《李太白文集》王注：「按子規即杜鵑也。蜀中最多。……春暮即鳴，夜啼達旦，至夏尤勝，晝夜不止。鳴必向北，若云『不如歸去！』聲甚哀切。」

18 此處顯然是化用前人句。如左思（？—三〇六？）〈蜀都賦〉：「一人守隘，萬夫莫向。」張載（二五〇？—三一〇？）〈劍閣銘〉：「一人荷戟，萬夫趑趄。形勝之地，匪親勿居。」

外，還有其他毒蛇猛獸之害，必須朝夕提防：「朝避猛虎，夕避長蛇。磨牙吮血，殺人如麻。」於是忍不住勸戒意欲登蜀道而前往蜀地者：「錦城雖云樂，不如早還家。」最後回應詩題：「蜀道之難難於上青天！側身西望長咨嗟。」惟此最後兩句同樣沒有主詞，到底是「誰」在「側身西望長咨嗟」？是正行走於蜀道中者？或是終於經蜀道而抵達目的地者？均難以確指。也正由於此詩描述、感嘆的角度，飄忽不定，又因其內涵情境顯得迷離恍惚，難以確指，不但令唐人驚之爲「奇之又奇」，甚至引發後代讀者意欲探究其旨趣何在之興致：其中是否別有寓意？如有，則其寓意何在？乃至歷來有關李白〈蜀道難〉之本事、旨趣，可謂眾說紛紜，出現各種不同的解讀。就目前資料，主要包括以下七種：

一、罪嚴武，危房琯、杜甫：

此說認爲，李白〈蜀道難〉乃是擔心房琯與杜甫的安危而寫。其中或可以晚唐李綽《尚書故實》、范攄《雲溪友議》爲主。理由是：劍南節度使嚴武爲人傲慢，甚至暴虐，李白擔心房琯、杜甫的安危，勸戒二人早日離蜀而作。可是由於李白的〈蜀道難〉，已經收錄於《河嶽英靈集》，其寫作則不得晚於天寶十二載(七五三)；而嚴武乃是在肅宗上元二年(七六一)方任劍南節度使，杜甫入其幕已是寶應元年(七六二)之際，且就在此年十一月，李白逝世，何況李白其時仍遠在江東，應不及清楚知悉房琯、杜甫在蜀地的情況。

二、諷章仇兼瓊：

據現存北宋蜀本《李太白集》，於此詩題下，有小注云：「諷章仇兼瓊也」。理由是：章仇兼瓊於開元、天寶之際出為劍南節度使，不受朝廷節制，為人跋扈殘暴，李白遂作詩以諷。不過，據史載，章仇兼瓊為劍南節度使期間，並無跋扈之跡。

上舉二說，經宋人沈括（一〇三〇—一〇九四）《夢溪筆談》卷四，提出反證，已推翻其說之難以成立。

三、諷玄宗幸蜀：

此說主要以元人蕭士贇《李太白集分類補注》、清人沈德潛《唐詩別裁》為代表。認為李白以蜀地不宜久居，故作詩諷諫玄宗幸蜀。不過，玄宗乃是於天寶十五載（七五六）六、七月間奔蜀，此詩則寫於天寶十二載（七五三）之前。乃至其「諷玄宗幸蜀」之說，亦難成立。

以上三說，或因年代不符，或與當時相關人物之史實相背，均不能成立，已是當今學界之共識。但是，另外還有數種不同說法，至今仍不乏有學者附議，並另加己意者，就如：

四、言險著戒，不得專指一人一事：

此說主要源自清人胡震亨（一五九七舉人）《唐音癸籤》所云：

〈蜀道難〉自是古曲。梁、陳作者，止言其險，而不及其他。白則兼採張載〈劍閣銘〉……等語用之，爲恃險割據與羈留佐逆者著戒。惟其海説事理，故芭括大，而有合樂府諷世立教本旨。若取一時一人事實之，反失之細而不足味矣。……。

當今學界不乏附和此說者，如復旦大學王運熙教授〈讀李白《蜀道難》〉（一九五七），以及台灣大學羅聯添教授〈李白《蜀道難》寓意探討〉（一九九二）等。

五、即事名篇，別無寓意：

此說乃首見顧炎武（一六一三—一六八二）《日知錄》卷二十六「新唐書」條：

李白〈蜀道難〉之作，當在開元天寶間。時人共言錦城之樂，而不知畏途之險，異地之虞，即事成篇，別無寓意。

之後亦有一些清代的詩論者附議。如趙翼（一七二四—一七九七）《甌北詩話》等……。當然，當今學者，還有不同的解讀。

六、送友人入蜀之作：

據詹鍈〈李白《蜀道難》本事說〉，此詩乃是單純的「送友人入蜀之作」。理由是：〈蜀道難〉與〈劍閣賦〉題材頗相似，何況李白〈劍閣賦〉題下小注有云：「送友人王炎入蜀」。而且李白另有一首〈送友人入蜀〉詩，旨在忠告友人，功名不可強求。詹先生乃是研究李白的前輩專家，其說影響不小。但還是有持不同意見者。

七、寄託功業無成、仕途坎坷

主要出於郁賢皓、安旗二位的見解。同意此說的主要理由是：〈蜀道難〉屬李白一入長安時期（開元十九年—七三一）之作。其中寄託李白初入長安之際，步步艱難，處處碰壁，但感仕途的坎坷。反映的是其懷才不遇之悲。何況前人作品已有將「蜀道」比喻仕途者。如南朝陳代陰鏗（五一一？—五六三？）的〈蜀道難〉，就曾將蜀道之難與功名之難對舉：

蜀道難如此，功名詎可要。

其實，遠在中唐詩人心懷中，已經有認爲李白〈蜀道難〉中寄寓著功業難成之嘆，這或許正符合李白初入長安時面臨之境況。如姚合（七七九？—八四〇？）〈送李餘及第歸蜀〉：

李白蜀道難，羞爲無成歸。子今稱意行，所歷安覺危。

另外還有雍陶（八〇五—？）〈蜀道倦行因有所感〉：

蹇步不唯傷旅思，此中兼見宦途情。

也是將蜀道之難與宦情對舉。惟〈蜀道難〉之寓意，則由勸喻他人，轉而爲勸喻詩人自己。

怎麼辨？除了前三種說法，因年代與史實不符，遂難以成立，其他四種說法，皆是著名學者的觀點，雖仁智各見，又似乎均言之成理。倘若只能選擇其中一項，否定其他，難免感到有些爲難，不僅是蜀道難，也是面臨選擇之難。

以下姑且從李白〈蜀道難〉何以會出現解讀紛歧，寓意紛陳現象，作爲本章之小結。

首先，最顯著的原因，即是李白〈蜀道難〉本身，雖沿襲古題，卻不受其古題內涵的局限，乃至出現令讀者可以各取所需的寬大包容與開放性。按，古辭〈蜀道難〉，原本單純的「蜀道艱難，行旅辛苦」題旨，經過李白的馳騁想像，虛實相雜，並將神話故事、歷史傳說、山川景物，一併攬入；而且情節跳耀，上天下地，任意馳騁，加上敘述角度立場不時變換，以及某些不確定的人事危殆之暗示，無疑令傳統〈蜀道難〉之題旨擴大了，加深了。同時亦令整首詩的題旨意趣，變得迷離恍惚不確定起來。

其次，從詩歌之閱讀與欣賞而言，讀者的解讀分歧，實際上無關作品的是非對錯。猶如清代學人崔述（一七四〇—一八一六）於《讀風偶識》所云：

縱作詩者不必果有此意，而讀此詩者自可以悟此理。

這是何等博大寬容的胸襟。其言已經透露當今學界流行的「讀者接受」之角度立場。正如前引明代胡震亨所云：「若取一時一人事實之，反失之細，而不足味矣！」亦猶如西漢董仲舒嘗提出的「詩無達詁」。只要言之成理，不妨兼收並蓄。前人今人之諸種解讀，可以和平共處於詩中。何況一首詩之所以引人矚目，耐人尋味，正在於能夠令讀者有參與感，能夠引發讀者多番的聯想，多樣的解讀，激起無限的感動。李白〈蜀道難〉正是這樣的作品：由作者的創作，賦予生命，復經讀者的參與創作，獲得再生。解讀之紛歧，證明其生命力之充沛旺盛。李白寫其「夢幻神奇之旅」的詩篇，所以引人之處，亦正在於此。

第七章
離別鄉思之情

此章所稱「離別鄉思之情」，主要包含與友人的離情以及對故鄉的懷思，兩種詩歌類型。蓋李白大約是在二十五歲左右，「仗劍去國，辭親遠遊」。離開四川故鄉，從此羈旅飄泊，行蹤遍及大江南北，交遊則從王公貴族、朝廷官員，到落魄文人、俠客隱者、僧侶道士……。在其漫長的羈旅飄泊歲月中，必然會經歷無數送往迎來的場合，面臨依依不捨的離別之情；惟有時孑然獨處之際，但感孤單寂寞，亦難免會觸動其內心深處，揮之不去的故鄉之思。故而姑且合爲一章論之。

現存李白詩歌，以「送別」或「留別」標目者，將近二百首，約占其全部詩作五分之一。但是，其中有一些，不過是標明作詩的背景場合而已，內涵旨趣並非眞正抒寫友朋之間的離別之情。如前面章節所舉〈夢遊天姥吟留別〉、〈遠別離〉等即是。此外，李白在其政治抱負受挫，心感怨忿之餘，通常會湧起「思歸之念」。然而其詩中所謂「思歸」，往往是指「歸隱」、「歸山」之意，並非「歸鄉」之念；甚至偶而還流露意欲歸返長安帝鄉之思。如：「長安如夢裡，何日是歸期」（〈送陸判官往琵琶峽〉）……。實際上，李白抒發故鄉之思的作品，並不如一般讀者印象中的多。惟不容忽略的則是，這些抒發「離別鄉思之情」的詩篇中，不乏傳頌不已的名篇；有的不僅成爲當今李白詩歌選本，或各類唐詩選本，不可或缺的代表作品，甚至視爲中國古典詩歌中的佳作代表。以下試分別從「離別之情」與「故鄉之思」舉例論述。

一、離別之情

爲送別、留別朋友同僚，抒發離情別緒的詩作，乃是現存中國古典詩歌中流傳最廣泛的一種類型。早在《昭明文選》即曾以「祖餞」爲名，收錄八首自曹魏至齊梁間文人抒寫的以離情爲主調的送別、留別詩篇。倘若概覽中國詩人的詩集，其中送別、留別詩篇之多，乃是西方文學作品中少見。英國著名漢學家韋理（Arthur Waley）於其翻譯的《一百七十首中國詩選》序言中，即嘗比照中西詩歌之不同表現，提出頗引人矚目的觀察：

> 西方詩人通常以情人的面目出現在作品中，沉迷的是愛情；中國詩人則往往以朋友的姿態

出現在作品裡，珍惜的是友情。[1]

韋理所言，點出中國詩人寫朋友之間友情之作偏多，寫男女之間愛情之作較少，而西方詩人則恰好相反。惟值得注意的是，中國詩人雖重視朋友交往之情，卻從來不曾歌頌友情本身。換言之，不會將「友情」作為一種抽象的概念來吟詠；而是在現實日常生活經驗中，通過朋友之間送別、留別場合，抒發一分依依不捨的離情而已。至於何以離別之情會成為中國詩人的筆墨重點？又為何每涉及離情，總是黯然神傷？原因當然頗為複雜，其中不但涉及文學傳統的問題，還與文人士子追求「學以致用」的文化傳統有關。在此，姑且簡略介紹：

首先，或許認為朋友乃是儒家思想體系中的「五倫」之一，所謂：君臣、父子、夫婦、朋友、兄弟也，乃至朋友之間的情誼，會成為詩人關注的焦點。但是，何以傳統中國詩歌中，卻特重朋友之情？

這主要是因為：詩歌，不單單是個人抒情述懷的媒介，也和文人士子之間平日的社交生活有密切關係。按，朋友之間送別、留別之際，一般除了提供宴飲餞別之外，通常會以詩相贈，乃屬彼此社交禮尚往來的重要部分，自然以朋友之間的交往情誼為關懷中心。更重要的是，朋友可以成為

1 Arthur Waley, *A Hundred and Seventy Chinese Poems* (New York: Alfred A. Knopf, 1919), p. 2.

「知己／知音」，不但能了解自己的人格情性，還會欣賞自己的才華抱負，乃至一旦分手，難免會爲離別而感悲哀。這當然也與文人士子追求的仕宦生涯、政治抱負有關。所謂「學而優則仕」，乃是傳統社會讀書人追求的共同生命意義所在。因而出現「士爲知己者死」之豪語，點出「知己」對一個文人士子生命的重要。當然，倘若世間有「女爲悅己者容」的紅粉知己，也可以値得安慰了。遺憾的是，在傳統中國社會，婦女畢竟以居家相夫教子爲生命職責，通常讀書受教育不多，甚至欠缺讀書受教育的機會。以至一個學有知識，且懷理想抱負的讀書人，倘若要獲得心靈的慰藉，友情的交流，學識的分享，思想的溝通，往往在朋友身上可以得到回響。所以朋友乃是文人士子日常生活中的精神支柱。一旦分手離別，難免引起喟嘆，情懷悲哀。

再者，由於古代中國交通不便，且幅原廣大，山川阻隔，通訊困難。朋友一旦分手，若要再相聚就不容易了；甚至可能從此音訊全無，彼此生死未卜。所以朋友之間送別、留別時，不但悲哀當前的別離，也難免感傷往後日子的孤寂。更何況，朋友一旦分手，彼此在人生旅途上，都少了一個知音者，失去了相知人。其實在《楚辭・九歌・少司命》中已經明確點出：

> 悲莫悲兮生別離，樂莫樂兮新相知。

結識了相知者，乃是人生莫大的快樂，也正因爲彼此相知，才會格外悲哀別離。上引《楚辭》中這兩句名言，已經爲中國送別詩譜出「悲別離」之感情基調。此後南朝的江淹(四四四—五〇五)，曾以一篇〈別賦〉總寫離情。其開章即云：

黯然銷魂者，唯別而已矣！

認爲人生最令人黯然神傷、容顏憔悴者，唯有別離了。繼而於此賦鋪敘，大凡送別作品的基本內涵情境，諸如：行子與居人臨別時的依依，別後的孤寂，甚至周遭自然界的風雲草木，也彷彿受到離情的感染，處處瀰漫著哀傷……[2]。當然，若要追溯中國送別詩的「源頭」，總免不了會提及《詩經》。茲引〈邶風・燕燕〉第一章，或可覽其大概：

燕燕于飛，差池其羽。之子于歸，遠送於野。瞻望弗及，泣涕如雨。

此詩表達的離情，的確動人，其中「遠送於野」的無奈，「瞻望弗及」的悲哀，已爲後世送別詩中

---

2 如：「風蕭蕭而異響，雲漫漫而奇色……行子腸斷，百感淒惻……居人愁臥，怳若有亡……」。按，江淹〈別賦〉全文，收入《昭明文選》。

悲別離的情懷開出先路[3]。不過，據〈詩序〉：「燕燕，衛莊姜送歸妾也。」則明確指出，此詩雖然「悲離傷別」，卻並非朋友之間的送別之辭。就現存資料，東漢末期一些無名氏文人所寫的傷離情、敘別愁的五言古詩，諸如〈古詩十九首〉中的一些作品，還有一系列假托李陵、蘇武之作的「贈答送別詩」，均是以相知朋友之間的離情別緒爲中心題旨，或可視爲往後詩人抒寫離情的開端。惟現存最早有主名的，爲送別友人而寫之「送別詩」，當屬曹植（一九二—二三二）〈送應氏詩二首〉。其中已經展現送別詩在文人士子日常社交往來生活中的雙重功能：一、向行子或居人訴說離情；二、向對方抒發一己的懷抱。這就導致以「送別」、「留別」友人爲標目之作，有時或可視爲單純的「送別詩」，有時則藉此以抒發一己懷抱爲主，遂成爲藉送別以「抒懷」者，或二者兼而有之，只是筆墨各有偏重而已。

李白現存抒寫離情之詩，大略可分爲兩類，包括：標題中並未指明送別離別之對象者，以及標題中刻意點出確實送別離別對象者。這兩類作品，筆墨間或直抒胸臆，或藉景抒懷，其喟嘆的不外是：聚散無常、臨別依依、重會困難、別後孤寂。這些均是自漢末古詩以來，詩人低回吟詠的普遍性的離情[4]。正由於李白這些作品在內涵情境上並未「特指」，所以才更容易令讀者受到感動，引

3　王士禎（一六三四—一七一一）《漁洋詩話》即例舉《詩經》中「〈燕燕〉之傷別……，爲六朝唐人之祖。」（《清詩話》台北木鐸出版社一九八八年影印本，頁一八一。）

4　有關中國詩歌中寫「送別、留別」之離情，顯現的類型特徵傳統，見王國瓔〈昭明文選祖餞詩中的離情〉，刊於《漢學

起共鳴。試看以下諸例。

〈送友人〉：

青山橫北郭，白水繞東城。
此地一爲別，孤蓬萬里征。
浮雲遊子意，落日故人情。
揮手自茲去，蕭蕭班馬鳴。

此詩乃屬李白寫離情的名篇。惟送別的對象，確切的地點，均未涉及，只是集中筆墨，專寫離情。首聯：「青山橫北郭，白水繞東城」，可視爲全詩序曲；展現的主要是一幅高低起伏、靜動並存、青白互映的山水風景。以此點出送別之際的環境時空，亦即在城外風景佳美之處，日光照耀之時。中間兩聯方正式觸及離情：「此地一爲別，孤蓬萬里征。浮雲遊子意，落日故人情。」其間涵蘊的，不僅是送別之際由白日照耀至落日餘暉的時光推移，流露行子與居人雙方於此流連不捨的心情，並且就此想像，彼此分手之後，宛如孤蓬，各自在人生旅途上萬里飄零。尾聯「揮手自茲去，

（續）研究》七卷一期（一九八九・六），頁三五三—三六七。

蕭蕭班馬鳴」，則展示終於分手之際的場景：友人已經徒自騎馬揮手遠去，就此告別，但蕭蕭馬鳴之聲仍然在空中迴盪。

上舉詩例在內涵旨趣上看似簡單，不過，何以能令歷代讀者受到感動，引起共鳴，甚至還覺得餘味無盡？就其最主要的原因乃在於，李白於此詩中，並未直接述說送行者個人的情緒，甚至詩中亦無任何情緒化的字眼，其依依不捨的送別之情，乃是以形象的語言來表達，亦即運用「意象」的效果傳達情思意念。以下姑且藉此介紹中國詩歌中「意象運用」的抒情功能：

蓋所謂「意象」(imagery)」，乃是具體之「象」與抽象之「意」的密切結合。所謂，「象」，當指具體的物象，大凡通過人的感官均可感覺得到者。換言之，通過視覺、聽覺、嗅覺、觸覺、味覺等，所感覺得到的具體物件，都可以「象」來代表。而「意」，乃指大凡身而為「人」的情思意念，乃屬心中所想、所思、所體悟者。由於具體的物象，諸如青山、白水、浮雲、落日、馬鳴之蕭蕭聲……，必定各有其獨特的屬性特質，這些具體物象的特質，往往會引起讀者感情的聯想。就如「浮雲」，表面上原指在天空飄浮的雲，乃是具體的物象，憑視覺可見。惟「浮雲」本身，通常是遠離地面，在天空飄浮無定；又由於浮雲一般均呈白色，往往會令人聯想到純潔、清高。於是，天空中飄浮的白雲，在詩歌中經讀者感情的聯想，可以宛如高潔的隱士一般，遠離俗世塵囂，無拘無束，自由逍遙。當然，「浮雲」也可以令讀者聯想到，猶如天涯遊子一樣，飄無定所，無依無靠，孤單寂寞……。所以詩中的「浮雲」，經過讀者撫讀之際的感情聯想，已非浮雲的本來面貌，而涵蘊了人的情思意念。乃至「浮雲」這個意象，到底表示自由逍遙？或飄泊無依？就得看上下文，甚至整首詩的內涵而定了。所以詩中的「意象」，可說是一種能增添言外之意的藝術技巧，也是召喚讀者與作者共同參與創作，享受其間餘味的媒介[5]。以下即嘗試詳析李白此詩，如何通過意象來傳達情思意念：

首聯：「青山橫北郭，白水繞東城」。表面上看，似乎單純是一幅美麗山水風景的展露，只有「青山」與「白水」相對之「象」，並無含有作者感情之「意」。可是，經二句中動詞「橫」與「繞」的點染，竟然爲整幅山水畫面點燃了生命，不僅成爲一幅美麗的山水畫面，同時還營造出離別之際依依不捨的氛圍，引發讀者的聯想。因爲「山橫水繞」，就彷彿含有「惜別之情」：展示的是，青山與北郭緊密相連，白水與東城縈繞不去。這原本是永恆不變的自然現象，卻也正巧與友情深深，不捨分離的意味相彷彿。

繼而中間兩聯：「此地一爲別，孤蓬萬里征。浮雲遊子意，落日故人情。」其中「孤蓬」、「浮雲」、「落日」諸意象，涵蘊的正是送別時的心情。試先看「孤蓬」所引發的情懷：按，蓬草原屬本質輕鬆易散之物，經互相纏繞依附，方可形成彼此連結成團之狀。惟一但「此地一爲別」，

---

5 有關「意象」(imagery)在中國詩歌中的藝術功能，可參劉若愚先生的經典著作：James J. Liu, *The Art of Chinese Poetry* (Chicago & London: University of Chicago Press, 1962), pp. 39-42. 亦見余寶琳之力著：Pauline Yu, *The Reading of Imagery in the Chinese Poetic Tradition* (Princeton: Princeton University Press, 1987).

送別的居人與遠去的行子，各自均會成爲無所依附的「孤蓬」。其間傳達的，正是友人別後彼此孤單無依的形象與落寂無託的心情。再看「浮雲」：原本浮遊天空，飄無定所。然而飄浮無定的「浮雲」，宛如天涯遊子的形象與心情；何況，行子一旦遠去，居人也將如孤蓬、浮雲一般，成爲人生旅程中飄無定所的遊子。繼而再看「落日」：蓋日之落，原本表示時光的推移，一天即將結束，這已經是令人惋惜，引人惆悵的時刻。一但與「故人情」並列，遂涵蘊一份深切的失落感，一份依依不捨的離別之情。因爲，這一分手，眞不知何年何月才能與故人重聚，就像「落日」一樣，令人惆悵，惹人神傷。這正是面臨離別之際，「故人情」的寫照。

回頭再看「孤蓬—浮雲—落日」的意象，與首聯的「山橫—水繞」，原本均屬自然界的現象，惟於此詩卻形成強烈的對比。因爲「山橫—水繞」，展現的是山水「相依相偎」，永恆不變的自然景觀；而「孤蓬—浮雲—落日」，卻均屬飄浮無定、瞬息即變的自然現象，其中生命短暫，聚散無常的意味，已流盪其間。這正是普天之下，所有面臨離合悲歡者，共同感受的情懷。何況故人之情雖値得珍惜，畢竟不能挽回離別之實。尾聯「揮手自茲去，蕭蕭班馬鳴」中「蕭蕭」而鳴的「班馬」意象，則更近一步流露出綿綿無盡的情意。按，離群的「班馬」，除了引起人生聚少離多的聯想，還因爲其「蕭蕭而鳴」，進而更以馬鳴的聲音效果，來延長這份依依不捨之情。乃至予讀者的印象是：彷彿故人已經揮手遠去了，日暮中甚至也看不清身影了，卻仍然傳來馬鳴之聲；而馬的蕭蕭鳴聲，流盪不絕，彷彿鳴出一份依依不捨的惜別之意。這份惜別之意，和首聯「山橫水繞」意象中引發的相依相偎、不捨分離之情，前後彼此呼應對照，更令這份惜別之情，綿綿無盡了。何況又正由於「蕭蕭班馬鳴」，乃是以景作爲全詩之結，遂留下想像空間，容許讀者撫讀之際，可以進一步聯想，甚至還引發塡補詩中意猶未盡的情味意境[6]。這正是此詩中「意象」運用的效果，令讀者可以享有與作者共同參與創作、共享流蕩其間的情懷意趣。

當然，李白寫離情之章，風格多樣。試看其〈灞陵行送別〉：

送君灞陵亭，灞水流浩浩。
上有無花之古樹，下有傷心之春草。
我向秦人問路岐，云是王粲南登之古道。
古道連綿走西京，紫闕落日浮雲生。
5正當今夕斷腸處，驪歌愁絕不忍聽。

6 按，尾聯「揮手自茲去，蕭蕭班馬鳴」，乃是以景作結。留下容許讀者想像的空間。或可以三個層次續其餘味：其一，友人「揮手自茲去」後，漸行漸遠，最後連人影都看不清了，只剩下馬鳴蕭蕭之聲，在空中迴盪。其二，漸漸地，連蕭蕭馬鳴之聲都聽不見了，四周一片寂靜，只剩下送行者一個人，孤另另地，獨自站在落日的餘暉裡。其三，行子所騎班馬的鳴聲，或許漸行漸遠，惟班馬的鳴聲，仍然迴盪在居人的記憶中、想像裡……。如此纏綿不斷的情思，正回應首聯「山橫水繞」所展示的相依相偎，永恆不變的友情。

詩題所稱「灞陵行」，原屬古樂府歌行，惟此處又特別於詩題中點明「送別」，以示此詩乃爲送別友人之作。整首詩在內涵結構上，遂形成「歌行」加上「送別」的模式[7]。惟詩中送別的對象不明，甚至遠行的原因、目的、場所，以及居人與行子之間的具體關係，均不得而知。遂令整首詩只是針對送別之際依依離情的抒發。其發端二句：「送君灞陵亭，灞水流浩浩」，立即扣題，指出送別的場合與地點。茲因「灞陵」乃是自古以來即爲長安一帶送別的場所，何況灞水浩蕩，永無休止的流逝，這就爲全詩譜出悲別離的基調。繼而寫送別之際所見灞陵亭的周遭景色：「上有無花之古樹，下有傷心之春草」，通過「古樹」與「春草」景物意象的對照，難免令人聯想到，就在此地，由古至今，永無休止的令人悲哀淒惻的傷離之情。隨即「我向秦人問路岐，云是王粲南登之古道。」遂將詩情回溯到王粲(一七七—二一七)當初爲避難離京之際所作〈七哀詩〉中，不捨離開長安之情：「南登灞陵岸，回首望長安」。而四百多年之後，李白於此送別遠行友人，也就是在此古道上，同樣依依不捨，甚至與當初王粲一樣「回首望長安」。回首之際，但見「古道連綿走西京，紫闕落日浮雲生。」前句點出，「古道連綿」一直通向西京長安，可是後句中的「紫闕落日」與「浮雲生」，則出現論者不同的解讀。當今所見此詩的注本，幾乎均指此處的「浮雲」，代表當朝

7　據現存資料，李白這種以舊題樂府「某某歌／吟／行」，加上「送別／留別」的詩歌模式，諸如〈赤壁歌送行〉、〈白雲歌送劉十六歸山〉、〈夢遊天姥吟留別〉等，在李白之前未曾出現過。或以爲乃屬李白首創。

中的「奸佞小人」，而「紫闕落日」則指君王朝廷的「政權衰落」。當然，讀者引起這樣的聯想，是極其自然的，何況還有李白其他詩作爲證[8]。不過，倘若與前舉〈送友人〉「浮雲遊子意，落日故人情」中，不捨離別而引發的飄泊之感與不捨之情，相比照，則「紫闕落日浮雲生」，未嘗不可以解讀爲，整個長安，或整個朝廷，都瀰漫著不捨你離去之情，所以緊接著尾聯：「正當今夕斷腸處，驪歌愁絕不忍聽」[9]！

其實整首詩在格局上，乃是由「灞陵行」與「送別」兩部分組成。亦即灞陵其地之吟詠，與送別之情的合成體。惟在情懷意念的抒發上，由於灞陵乃屬歷史古跡，又是自古以來的送別場所，因此抒寫離情時，可以通過寫景、懷古、傷今多方面去延伸擴展。更重要的還是，詩中出現的一些傳統的，引發離情的熟悉意象，諸如：「灞水」、「春草」、「古道」、「落日」、「浮雲」、「驪歌」等，處處觸動讀者的感官感受，引發感情的聯想，遂受到感動，引起共鳴。乃至令整首詩的內涵情境，非但不局限於詩人當前送別友人的離情之悲，還浮現著一分高遠蒼涼的懷古幽情，換言

---

8 如李白〈古風五十九首〉其三十七：「浮雲蔽紫闥，白日難回光」；〈登金陵鳳凰台〉：「總爲浮雲能蔽日，長安不見使人愁」，的確含有此意

9 按，「驪歌」即「驪駒」之歌。據《漢書》卷八十〈儒林傳・王式傳〉：「聞之於師，客子歌〈驪駒〉，主人歌〈客毋庸歸〉。」服虔「注」：「逸《詩》篇名也，見《大戴禮》。客欲去，歌之……」。從此遂稱送別告別之歌爲「驪歌」。

之，一分普遍的、永恆的，人人可以同悲共感的離情，而並非確指與某個特定人物之間的離情。

當然，李白寫離情的詩篇，亦有在詩題中點明是爲某特定人物對象而寫的送別之作。試看其〈江夏別宋之悌〉：

楚水清若空，遙將碧海通。
人分千里外，興在一杯中。
谷鳥吟晴日，江猿嘯晚空。
平生不下淚，於此泣無窮。

詩題中所稱的「江夏」，今屬湖南武昌一帶。又據當今學者的考證，宋之悌（？—七四一前過世）乃是初唐後期詩人宋之問（六五六—七一二）之弟[10]。按，李白出蜀後始遊江夏之際，即得以結識宋之悌；二人一見如故，且彼此相知相惜[11]。如今眼見知交宋之悌因獲罪朝廷，竟然將遠赴距離

10　據郁賢浩〈李白江夏別宋之悌繫年辨誤〉（收入郁賢浩《李白叢考》），認爲此詩作於開元二十三年（七三五）春，亦即李白初次遊江夏時。在這之前，宋之悌（七四一前過世）官運一直順利，卻突然獲罪朝廷，遭受「左降朱鳶（今越南河內附近）」。就是在宋之悌赴貶所途經江夏之際，結識了李白，二人一見如故。李白同情其不幸遭遇，遂賦詩送別。

11　這段交情，還有後續：李白因「附逆之罪」，繫獄尋陽時，宋之悌之子宋若思，時任御史中丞，曾與各方友人設法營救

長安萬里之遙的貶所，難忍同情其遭遇不幸，遂賦此詩送別。

首聯乃全詩序曲：「楚水清若空」是送別的地點，「遙將碧海通」則點出宋之悌將前往的貶所之遙遠。第二聯：「人分千里外，興在一杯中」，上句進一步強調自此別後距離之遙遠，下句則顯示當前送別宴上情誼之濃郁，以及相聚之短暫。三聯：「谷鳥吟晴日，江猿嘯晚空」，上句藉景表示當前相聚的歡愉，下句則遙想從此別後的孤寂悲哀：亦即由晴日之際，布谷鳥的吟唱，到日暮時刻，晚風中傳來江岸的猿嘯；詩情的發展也隨著晴日相聚的歡悅，引向日暮必須面臨的別離。隨即原本彷彿壓抑的離別情緒，終於崩潰了，內心的傷痛遂噴湧而出：「平生不下淚，於此泣無窮」！

值得注意的是，此詩標題清楚點明送別的對象是宋之悌。且經過學者的考證，讀者對宋之悌的遭遇，方有一定程度的了解；關於宋之悌與李白之間的關係、交情，亦有大概的輪廓。可是，在上舉詩中，均全未涉及，只是集中筆墨抒發送別之際，如何依依不捨離別的經驗感受。倘若把標題中的人名「宋之悌」掩蓋起來，甚至換一個人名，讀者同樣會受到感動，引起共鳴。何以會如此？理由是：詩中所抒發的，乃是一分傳統的、普遍性的離情；表達的則是，大凡不忍離別之際，均共同湧起的情懷，並非只有與宋之悌臨別時才特有者。何況詩中出現的一些足以引發讀者感情聯想的意象，諸如「楚水」之悠悠，「江猿」的叫嘯，還有那杯「餞別酒」，都是一些中國詩人抒寫離情之

（續）李白出獄。

際，傳統慣用的意象，很容易引發讀者對臨別之際淒哀傷痛的感情聯想。此詩之所以動人，主要原因就在於此。

姑且再看一首送別杜甫的〈魯郡東石門送杜二甫〉：

醉別復幾日，登臨遍池臺。
何時石門路，重有金樽開？
秋波落泗水，海色明徂徠。
飛蓬各自遠，且盡手中杯。

按，在後世讀者心目中，李白與杜甫乃屬唐代詩壇的「雙璧」。就現存詩作，李白為杜甫所寫之作有四首[12]，而比李白年輕十餘歲的杜甫，其筆下有關李白之詩作，則近十首[13]。李、杜二人之間的交往，亦是當今學者研究唐詩的一個重點。可是，在上引李白送別杜甫的詩中，主要是繼承送別、

12 除〈魯東石門送杜二甫〉之外，還有〈沙丘城下寄杜甫〉、〈秋日魯郡堯祠亭上宴別杜補闕、范侍御〉，以及〈戲贈杜甫〉。

13 諸如〈贈李白〉、〈與李十二白同尋范十隱居〉、〈春日憶李白〉、〈冬日有懷李白〉、〈天末懷李白〉、〈寄李十二白二十韻〉、〈不見〉、〈夢李白二首〉、〈贈李白〉等。

告別詩的傳統，乃至除了臨別之依依不捨，全然看不出送別對象杜甫的影子，遑論其人格情性。甚至亦無以知悉，杜甫此時何以要離開東魯的實際境況。詩中除了以登臨「石門」池臺、「金樽」之別、「泗水」之流、「飛蓬」之飄，諸意象傳達其不捨離別之情，並無他意介入。至於杜甫爲何要離開東魯，則有賴後世讀者學界的苦心考核了。

李白其他的送別之篇，如著名的〈贈汪倫〉[14]，亦是專寫離情，並無他意之作。姑再舉一首李白別出心裁的〈金陵酒肆留別〉：

風吹柳花滿店香，吳姬壓酒勸客嘗。
金陵子弟來相送，欲行不行各盡觴。
請君試問東流水，別意與之誰短長？

此作乃屬七言六句之古體詩。學界一般均同意，當屬李白年輕時期漫遊金陵之際的作品[15]。

14 另外還有一首膾炙人口的〈贈汪倫〉：「李白乘舟將欲行，忽聞岸上踏歌聲。桃花潭水深千尺，不及汪倫送我情。」由於詩中抒發的只是離情之依依，別無他意，乃至「汪倫」是誰？屬地主？還是農民？竟然還會成爲學者意圖解迷之討論重點。

15 李白出蜀（開元十三年—七二五）後的秋天，來遊金陵，大約流連半年光景，結交了一些年輕朋友。次年春天，決定離開按，前舉諸例，作者李白主要乃是以「居人」身分，送別即將遠行的友人，可是這首詩，則是以「行子」立場，向送行者的留別之語。留別的地點場合，是金陵某一酒肆，亦即一些金陵當地的年輕朋友，爲送別李白而在此所設的餞別宴。首聯：「風吹柳花滿店香，吳姬壓酒勸客嘗」，立即點出環境時空：正逢暮春時節，但見柳絮漫天飛舞，甚至飛進了酒肆，乃至滿店都瀰漫著香氣。就在此時，當壚的美麗妖嬈的「吳姬」（老闆娘？女招待？）[16]，正在壓取新酒，殷勤勸請客人品嚐。二聯「金陵子弟來相送，欲行不行各盡觴。」則正式點出，原來這是一場由金陵子弟爲餞別李白所設之惜別宴；惟或許正因爲，金陵的風景人物，何等動人，遂令告別者留戀不捨，甚至「欲行不行」，換言之，該動身了，該離席了，卻又拖延下去，姑且再多待一會兒，且再度「各進觴」吧！但是，畢竟人生沒有不散的宴席，終於到了應該分手的時刻。繼而尾聯，則忽然轉筆云：「請君試問東流水，別意與之誰短長？」通過看似無理的問句，表達自己不捨離別之深情。有趣的是，此處「試問」的對象，並非金陵子弟，而是要金陵子弟去問那「東流水」：李白的依依離情，和永恆東流的長江水相比，不知誰的情意更爲遠長！

　這首詩最令人矚目的，乃是其情懷意境的創新。按，一般送別或留別詩，包括李白自己其他的

（續）金陵，打算赴揚州繼續漫遊以求發展。臨行前，金陵子弟設宴相送，遂寫下這首留別之作。

16 按，酒肆「當壚女子」，乃指酒店中站在酒罇邊爲酒客斟酒的姑娘。用「姬」字形容，則表示此女年輕美貌且妖嬈多姿。歷史上最著名的「當壚女子」，或屬不顧家人反對，毅然與司馬相如私奔的卓文君。

作品，抒發的往往是離愁別緒中的憂傷和悲愁，亦即令人黯然銷魂的離別之情。但是，這首與金陵子弟留別之作，不僅場景繁華熱鬧，情緒興高采烈，且無論語意、情境，均不失瀟灑落拓、風流倜儻、豪邁爽朗。流露的顯然是一個尚未眞正經歷人生挫敗與失望者的心聲。惟其所以動人，主要還是因爲詩中抒發的依依離情，乃是通過一些傳統慣用的意象，諸如：天空飄浮的「柳花」、東去不返的「流水」、以及餞別之「酒」……，並未脫離傳統，仍然是漢魏以來，抒發離情之作的繼承。換言之，李白詩中所寫，乃是一分普遍性的離情，是大凡面臨離別之際，皆共同具有的情思，並非只有他自己和某特定人物，或某特定場合，才引發的離別經驗。

綜觀上舉諸詩例，均以「離情」爲中心旨趣，強調的主要是離別之際的依依不捨，以及彼此別後的孤寂。儘管每首送別、留別的對象與場合，各不相同，惟其所以動人，原因就在於：離情的抒發，均非特指。換言之，並非爲送別或告別某一特定人物的離情，而是一分自漢末古詩以來，即已低回吟詠的普遍性的離情。換言之，乃是古今讀者均能同情共感的離情。再者，李白抒寫離情詩篇中浮現的意象，諸如：孤蓬、落日、浮雲、流水、春草、楊柳、江猿、行舟、餞別酒……，也都是一些過去詩人作品中經常出現的，傳統的、慣用的，帶有普遍性的意象，足以引發讀者感同身受者。這些抒發普遍性的離情之章，不僅是李白於其詩中寫離情的代表，同時也是唐代，甚至是中國傳統離別詩的代表。

二、故鄉之思

故鄉之思，亦屬中國詩人經常吟詠的情懷。惟所謂「故鄉」，並非單指個人出生成長的故園鄉土，還包括親情所在，也就是「家」的所在。其間會不時浮現著父母、手足、妻室、子女的親情。所以「故鄉」，非僅指熟習的、物質環境的「家」，還包括記憶中「親情」縈繞的家。因此「故鄉」喚醒的，往往是人生旅途中最溫馨親切，最能獲得諒解，且能尋求撫慰之處。再加上傳統中國社會，對祖先的崇敬，以及家族的凝聚觀念，一旦離鄉背井，很容易引發對故鄉的依戀或懷思。乃至「鄉愁」會成爲中國詩歌中普遍吟詠的情懷。予以當今讀者的一般印象是：中國詩人似乎永遠悲歎流浪，一直盼望還鄉；西方詩人吟唱歌詠的流浪者之歌，或冒險家之樂，在中國詩歌傳統中幾乎是不存在的。中國詩人不但在失意時想回故鄉，即使得意之際也想衣錦還鄉[17]。

當然，現存中國詩歌中的思鄉情懷，通常和作者本身離鄉背井、羈旅飄泊的生活經驗密切相關。所以促成個人離鄉背井的主要社會因素，不外是戰爭或宦遊。因此詩歌中的鄉思之情，往往難免會柔雜著厭戰或倦遊的情緒。就看早期的詩，如《詩經》中抒發的故鄉之思，大多是征夫、戍士

17 就如現存漢高祖劉邦〈大風歌〉：「大風起兮雲飛揚，威加海內兮歸故鄉……」可證。

「思歸之切」，訴說令其念念在心的親人，或記憶裡家中諸熟習事物的溫暖，以及當前軍旅生涯如何奔波辛苦，處境如何艱難的埋怨……[18]。此後，明確表現文人士子在宦遊生涯中的思鄉情懷，當首推《楚辭》中宋玉的〈九辯〉。蓋〈九辯〉引人矚目的是，其中訴說的思鄉之情，主要乃是源自個人在羈旅飄泊中的孤單與寂寞，以及沒有相知人的憾恨與悲哀。這已經流露濃厚的文人氣味。其間引發孤寂感的意象，諸如：蕭瑟的秋風、凋零的草木、南歸的飛燕、寂寞的秋蟬等……[19]，此後會不時出現在文人抒發鄉愁的詩篇裡。爰及漢魏之際，吟詠思鄉之情，已經成為一種文學傳統。諸如建安詩人，就留下一些模擬漢樂府或無名氏古詩，抒寫遊子思鄉懷歸之作。惟兩晉與南朝前期，或由於儒學衰退，道家中興，乃至吟詠玄虛、欣慕遊仙、心懷隱逸，賞愛山水自然，遂成為詩壇主流；爰及齊梁時代，則因正逢多依賴宮廷眷顧的詩人主掌詩壇，乃至重視宮廷遊樂之際，聲色之娛的詠物、宮體之詩，風行朝野。然而不容忽略的是，儘管思念故鄉之作在這段時期較為少見，其生命卻不絕如縷，香火未嘗中斷。爰及唐代，由於寒門庶族出生的文人士子，在科舉制度建立的鼓舞之下，離鄉辭親，投身考場，步入仕途，奔波流轉之際，難免會湧起故鄉之思。現存唐人的詩集中，幾乎均曾出現以遊子之身抒發遙思故鄉之作。乃至二十五歲左右即「辭親遠遊」以圖有所大用

18　《詩經》中的〈豳風・東山〉、〈小雅・四牡〉、〈小雅・采薇〉諸詩可證。

19　宋玉〈九辯〉：「悲哉！秋之為氣也，蕭瑟兮草木搖落而變衰。……廓落兮羈旅而無友生，惆悵兮而私自憐。燕翩翩而辭歸，蟬寂寞而無聲。……悲憂窮蹙兮獨處廓，有美一人兮心不繹。去鄉離家兮徠為遠客，超逍遙兮今焉薄？……」

的李白，當然亦不例外。

姑先舉一首著名的小詩〈靜夜思〉：

床前明月光，疑是地上霜。
舉頭望明月，低頭思故鄉。[20]

這可能是中國古典詩歌中，最著名的寫鄉愁之作。此詩貌似五言絕句，惟其中並不刻意講求平仄，文辭亦不假雕飾，顯得自然流暢。其詩之內涵語意頗爲簡單：夜深人靜，形單影隻時，湧起一片鄉愁，而這鄉愁乃是由月光引起，如此而已。但是，其情思意念感染力之強，則遠遠超過表面的語意。試看前聯：「床前明月光，疑是地上霜」，率先點出季節、時間、地點、狀況：是清秋季節，月光輝灑的夜晚，鏡頭在室內，而且就在床前。値得注意的是，詩人筆下描述的明月之光，並非正面寫出，卻是特別用「疑是」二字，巧妙傳達在煞那間、迷離恍惚中，所產生的幻覺或錯覺，所以

20 惟本詩在辭句上，曾於不同版本，出現差異。如宋人郭茂倩《樂府詩集》與洪邁（一一二三—一二〇二）《唐人萬首絕句》等，所錄首句均是「床前看月光」，第三句則作「舉頭望山月」。爰及清代一些選本，諸如王士禎《唐人萬首絕句選》、沈德潛《唐詩別裁》、《唐詩三百首》等所錄，則是目前通行的版本。到底李白的原著是何？清人的版本是否有所根據？已不得而知。但是，當今學者幾乎都認爲，目前的版本更好，更口語化，更自然天成。

才會誤以爲床前的月光，是鋪灑在地面的白霜。當然，這種迷離恍惚的神情狀況，不過是煞那間的印象，隨即定神一看，四周的環境立即喚醒他，原來這不是霜痕，而是月色！於是忍不住「舉頭望明月」，抬起頭來，遙望高掛天幕的盈盈明月，皓潔圓滿，如此熟悉，卻又如此遙遠，輝灑在遊子身上，最撩人情思，最引發孤寂之感。隨即他完全清醒了，這才發現，原來自己正孤獨一介，飄泊在外，客居他鄉。於是，情不自禁垂下頭來，「低頭思故鄉」，深深沉入對故鄉的無盡懷思中。

整首詩，的確清新可喜，明白如話。其間沒有艱深的字眼，亦無典故史實的指涉；內容單純，卻韻味無窮，扣人心弦。四句詩呈現的，宛如由一個獨自站在台上的演員，孤獨地站在台上，演出的一幕無聲的舞台劇。隨其幾個簡單的、輕微的動作，從「疑是」到「舉頭」，又從「舉頭」到「低頭」，遂將月光引發鄉愁油然而生的心情，傳達出來；同時流露內心深處的波動，展現一幕月夜思鄉情節。這樣的表現，大凡天涯遊子作客他鄉，飄泊流離的悲哀愁苦、孤單寂寞……，不必寫出，可以留下空白，容許讀者或觀眾，憑個人的想像，去體味，甚至去填補，其間引發之綿綿鄉思韻味。

按，上舉〈靜夜思〉詩中，作者筆下的語言淺白易懂，即使孩童亦能朗朗上口，惟構思則細膩深曲委婉，卻又渾然無跡。其傳達的故鄉之思，就如月光一樣皓潔明淨，亦如孩童一般純樸天眞，實可稱是「自然天成」的極品。

且再舉一首，也可視爲別出心裁的〈渡荊門送別〉：

渡遠荊門外，來從楚國遊。
山隨平野盡，江入大荒流。
月下飛天鏡，雲生結海樓。
仍憐故鄉水，萬里送行舟。

據標題，雖稱「送別」，惟其內涵旨趣卻並非一般友朋之間的送別之情，而是一首「告別」故鄉遠遊之際，揮之不去的「鄉愁」。當今學界大多認爲，此詩當屬李白「仗劍去國，辭親遠遊」後不久之作。或許是開元十四年(七二六)的春天，亦即初出三峽，離開蜀地故鄉的山水，舟行渡過荊門之際的感懷。按，詩題所稱「荊門」，乃指荊門山(在今湖北宜都縣)，位於長江南岸，屬荊州的門戶，也是蜀、楚的分界線。一旦越過荊門山，隨即進入楚國境內。試看首聯：「渡遠荊門外，來從楚國遊」，點出時空背景，乃是老遠從蜀地乘舟遠遊，渡過荊門山的行程。二聯即寫楚國的山水狀貌，與四川境內長江一帶的崇山峻嶺何其不同[21]：「山隨平野盡，江入大荒流」。此二句乃是描

21 據酈道元(?—五二七)《水經注・江水注》「巫峽」條：「自三峽七百里中，兩岸連山，略無闕處。重巖疊嶂，隱天蔽日，自非亭午夜分，不見曦月。」李白〈蜀道難〉中，亦強調蜀地山巒高聳險峻，穿行於江峽，但覺山高天窄，不見日月。

寫荊門一帶山水狀貌的名句[22]。但見山水一片遼闊開朗，原先在蜀地奔騰洶湧的長江，至此則放慢了腳步，壓低了聲音，順著平坦的山野靜靜流去。這是令由蜀地而來者，開眼界、曠心神的自然景觀；喚醒的不僅是李白個人對遠景的寄望，也彷彿是前途平坦順遂的寫照。繼而第三聯：「月下飛天鏡，雲生結海樓」，眼前所見，乃是夜幕降臨，當空皓月，宛如一面明亮的鏡子，從夜空飛入江中，隨波翻轉，幻化成海市蜃樓，令人心嚮往之。這顯然是行舟於蜀境時，不可能看到的奇觀異景，換言之，離四川山水，已經越行越遠了。儘管李白乃是滿懷雄心壯志離開故鄉，對前程充滿期望與憧憬，惟語句間卻流露出一股揮之不去的鄉愁。所以說：「仍憐故鄉水，萬里送行舟！」念及這滔滔江水，乃是一路從蜀地故鄉，萬里迢迢，隨之而來，爲的是送別我這離鄉遊子的行舟。通過故鄉流水彷彿依依不捨的送別之情，委婉傳達出對故鄉的不捨，以及內心深處難以壓抑的一份鄉愁。清人沈德潛（一六七三—一七六九）對此詩即體味出：「詩中無送別意」[23]。的確，整首詩的旨趣意境，既壯闊開朗，又溫柔多情，或許正反映年輕的李白，初出蜀時期，懷著兩種不同，卻可以

---

22 傳統詩評者，忍不住會找出其他盛唐詩人作品中類似李白此處的佳句，作爲比照。諸如：陳子昂（六五六？—六五九？）出蜀時所寫〈渡荊門望楚〉：「巴國山川盡，荊門煙樹開」；王維（六九九—七五九），〈漢江臨眺〉：「江流天地外，山色有無中」；杜甫（七一二—七一〇），〈旅夜書懷〉：「星垂平野闊，月湧大江流」……。均屬氣象開闊，意境高遠的名句，強調的都是景觀之「奇特」。

23 沈德潛（一六七三—一七六九）於《唐詩別裁》評此詩，即認爲：「詩中無送別意，題中二字可刪。」

並存的心情；亦即：滿懷壯志豪情，同時也對從此告別的故鄉，湧起一分依依不捨的似水柔情。

當然，悠悠流水，皎皎明月，均屬通過視覺即可令敏感的詩人爲之動情的景象，乃至引發故鄉之思。此外，遊子的鄉愁，亦往往由聲音的傳達，而觸動思鄉情懷。如遠處傳來的笛音，或子規鳥的啼叫……。

試看李白〈春夜洛城聞笛〉一首：

誰家玉笛暗飛聲，散入春風滿洛城。
此夜曲中聞折柳，何人不起故園情。

學界大致同意，此詩或寫於開元二十二至二十三年(七三四—七三五)左右；亦即李白出蜀後，漫遊東都洛陽時期。詩題標目清楚點出環境時空：一個春天的夜晚，身在洛陽，聽聞到一陣吹笛之音。整首詩，其實就是圍繞著一個「聞」字，從聽覺感受，抒寫聽聞笛音繚繞的經驗。試看，首句：「誰家玉笛暗飛聲」，乃以問句發端，傳達一份聽聞笛音的意外感覺：不知這笛音從何處而來。茲由於但聞其聲，不見其人，不知其處，何況又是夜晚，故曰：「暗飛」。第二句：「散入春風滿洛城」，則點出此笛音傳播如何悠遠的季節、地點，與過程：原來就是在洛城，春風飄拂之時。惟此笛音的傳播，乃是由「暗飛」而「散入」，又因「散入」而「滿」。遂令此笛音無處不在，不但能

「聞」，彷彿還能意味其聲之「飛」，能「散」，能「滿」。顯然作者的聽覺、視覺、感覺，已融爲一片。於是，觸動了客居他鄉遊子的心弦。何況此笛音中吹奏的，偏偏又是一首漢樂府歌詩中表達傷離的〈折楊柳〉之曲。怎能不令聽聞者傷懷。第三句：「此夜曲中聞折柳」，不僅點出笛音之曲名，且更藉「折柳」相送的傳統習俗，彷彿親身耳聞令人心碎的「折柳」之聲。這是普天之下，大凡面臨別離之際的共同經驗感受。引發的彷彿是，記憶中當初離鄉之際如何的不捨，以及目前對故園鄉土無盡的懷思。所以說：「何人不起故園情」！

其實，整首詩與前舉〈靜夜思〉，均屬擷取日常生活中某一個片段，來寫故鄉之思。其中〈靜夜思〉，觸動鄉思的是月色，而此處則是笛音。季節場景並不同，一首是秋夜的室內，一首則是春夜的洛城。惟兩首詩，皆以周遭環境的寂寥，主人公孑然獨處的境況爲背景，傳達揮之不去的鄉愁。雖然兩首詩都予人以美感，如月色的浩潔明亮，笛音的清澈悠揚，但是，塗抹的色調，卻並不相同。倘若以〈靜夜思〉爲水墨畫，則〈春夜洛城聞笛〉或可視爲彩色畫。因此值得注意的是，即使色彩鮮美豔麗，也能表現淒哀的鄉愁。

再看李白〈宣城見杜鵑花〉一首：

蜀國曾聞子規鳥，宣城還見杜鵑花。
一叫一回腸一斷，三春三月憶三巴。

或許由於此詩中表露的鄉思情緒之濃烈，在李白其他抒寫鄉愁詩作中不曾出現過，乃至學界一般認爲，或屬李白晚年流落俗世人間、遭逢不遇之際的作品。大約是經判刑流放夜郎之後獲赦（乾元二年—七五九），返回江夏一帶，重遊宣城時期之作。按，此時李白則已屬遲暮之年，其生涯中兩度受到生命上的挫折，乃至飄泊流離，甚至晚景淒涼，其鄉思之情，顯然會比年輕時代更爲濃郁。何況又是身在異鄉，聽聞子規鳥的啼聲，又眼見杜鵑花的盛開，這一切，均是其記憶中故鄉四川的熟習景象，乃至其故鄉之思當然難以壓抑。試看前聯：「蜀國曾聞子規鳥，宣城還見杜鵑花。」立即點出，耳中所聞，是蜀國常聽聞到的子規鳥之啼，而眼前宣城所見，乃是蜀國常見的杜鵑花。語意間，彷彿蜀國與宣城，過去與現在的時空，已混融交錯。一切都那樣熟悉，一切都好像還在故鄉一樣。可是，偏偏子規鳥的啼聲，聽起來彷彿是：「不如歸去！不如歸去！」怎能不觸動遠行遊子的故鄉之思。於是引發了後聯的感受：「一叫一回腸一斷，三春三月憶三巴。」遂將再也抑制不住的無限鄉愁，流盪潑灑而出[24]。

按，此詩字句表面上，雖取材自民間歌謠[25]，惟經李白重新組合提煉，實已脫胎換骨，成爲一

24　按，子規鳥又名「斷腸鳥」。因其啼聲哀痛婉轉，每啼一聲，口角吐血，彷彿腸斷一節。聽聞者亦淒惻不已，也會爲之腸斷。又，「三巴」即泛指「巴蜀」，乃是巴郡、巴東郡、巴西郡的總稱。此處所謂「憶三巴」，就是「思故鄉」。

25　酈道元（？—五二七）《水經注・江水注》引古歌謠〈黃牛峽謠〉寫三峽一帶行舟之難：「朝發黃牛，暮宿黃牛。三朝三暮，黃牛如故。」

首憾人心魂的鄉愁詩。全詩明白如話，且感情外露，卻能令讀者低回吟詠，受到感動。其主要原因就在於：首先，運用傳統慣用的意象，如前聯中的子規鳥與杜鵑花，均在聲與色方面，引發聯想，賦予感染力。其次，以數目字示意的新巧可喜，亦增添情懷意境的效果。如後聯：一叫、一回、一斷，以及三春、三月、三巴等[26]，遂形成一唱三嘆的節奏，巧妙地，彷彿將故鄉之思的柔腸寸斷傳達出來。

綜觀李白詩中以故鄉之思為內涵旨趣的作品，所以令人激賞，甚且成為中國鄉愁詩的代表作，其中最主要的原因，除了李白個人的才情顯著之外，值得當今讀者注意的，還有以下數點：

其一、善用傳統慣用的意象來營造氣氛，引發感情的聯想。諸如：明月、流水、笛音、楊柳、子規、杜鵑等，還有天候中變換明顯的春、秋季節，均屬令讀者在瞬間即能受到感染、喚起共鳴者。

其二、李白詩中的鄉愁，實均非針對某特定家中人物的懷思，也無故園家屬庭園中實際景象狀況的描述，或某年某節日事件的緬懷，只不過是，一分籠統的鄉愁。乃至於，即使詩中的蜀國常見的子規鳥、或杜鵑花，引發的並非只屬李白個人獨有的鄉愁，而是傳統的、普遍性的思歸情懷。

---

26 李白寫詩運用數字的名篇，還有晚年遭流放夜郎途中所寫〈上三峽〉：「巫山夾青天，巴水流若茲。巴水忽可盡，青天無到時。三朝上黃牛，三暮行太遲。三朝又三暮，不覺鬢成絲。」

其三、 不容忽視的是，李白筆下抒發的故鄉之思中的情懷，其間的專注與純潔。正巧妙地傳達，文學作品中的「鄉愁」情懷，最重要的一環：亦即令人緬懷的童年的天眞純樸。換言之，一個成年人，對已經永遠失去的童眞的緬懷之情與失落之感。

第八章
山水仙隱之慕

所謂「山水仙隱之慕」，其中包含對自然山水風景的賞愛，以及對遊仙、隱逸生活的嚮往。蓋自魏晉南朝以來，遊仙詩、隱逸詩、山水詩，已是一般文人士子經常抒寫的詩歌類型。這三類詩歌的產生，均淵源於道家思想體系中，對個人生命存在的珍惜，以及對精神超然無累的重視。同時也和作者對當前政治社會現象的不滿有關。按，中國詩人通常是對現實人生感到失望，或在個人生命中遭遇挫折，於是轉而怡情山水、嚮往神仙、思慕隱逸，以求得心靈的安頓、情懷的紓解。但是，由於三類詩歌的關係頗爲密切，如遊仙詩、隱逸詩中，通常會出現山水風景的描寫，而山水詩中又往往流露遊仙之趣，或隱逸之思，倘若要界定某首詩應該歸類於哪一種類型，則必須視作品本身的筆墨重點所在。

一般而言，遊仙詩與隱逸詩的界定，問題比較少。按，所謂「遊仙詩」，即是以描述仙境的美妙、神仙的逍遙，表達求仙之意願或對仙境之嚮往者。「隱逸詩」，則通常指描寫隱居生活，抒發隱逸情懷，流露對隱逸的嚮往或表示隱居之志者。這兩類詩歌的共同點，主要是源自一分對現實社會人生的疏離和厭倦。惟山水詩的界定，至今尚未取得學界的普遍共識。我個人的看法是：一首詩中出現山水風景的描寫，不一定即能視之爲山水詩。如果詩中的山水風景，塗抹上詩人的主觀情緒，諸如：遠山含笑、長河悲吟、愁雲慘霧、淒風苦雨等……，即使婉轉動人，其筆下的山水景物顯然已失去原本的自然面貌，不過是詩人藉以表達個人情緒的素材而已。因此，所謂「山水詩」，若是依據文學史上最著名的山水詩人謝靈運(三八五—四三三)的山水詩爲準，則須是以描寫耳目所及山水風景的狀貌聲色爲筆墨重點，流露的是詩人觀覽之際對自然山水的審美經驗與趣味。當然，一首山水詩中，也可以容納其他的輔助母題，諸如：遊仙之趣、隱逸之思等；但是其詩中呈現的山水風景，無論山光或水色，應當是未曾受到詩人主觀情緒的干擾者，也就是山水必須保持其原本的自然面貌。這三種詩歌類型，在李白筆下，有合流現象，也有各自獨立成篇的情形。以下分別例舉論述。

一、山水仙隱合流

李白一生雖然功名心切，卻曾經遭遇重創，乃至心懷怨忿之餘，嘗以遭讒受逐之臣自居；惟因其生命過程中，又深受道家與道教思想的影響，不僅當過逍遙世外的隱士，還曾於齊州紫極宮接受道籙，成爲道士，也經常藉登臨山水、求仙訪道，以圖獲得精神上的寄託，乃至在詩中抒情述懷之際，山水仙隱情懷往往會同時出現在一首詩中。

試舉其〈廬山謠寄盧侍御虛舟〉爲例：

我本楚狂人，鳳歌笑孔丘。
手持綠玉杖，朝別黃鶴樓。
五嶽尋仙不辭遠，一生好入名山遊。
廬山秀出南斗旁，屏風九疊雲錦張，影落明湖青黛光。
金闕前開二峰長，銀河倒掛三石梁。
香爐瀑布遙相望，迴崖沓嶂凌蒼蒼。
翠影紅霞映朝日，鳥飛不到吳天長。
登高壯觀天地間，大江茫茫去不還。
黃雲萬里動風色，白波九道流雪山。

好爲廬山謠，興因廬山發。
閒窺石鏡清我心，謝公行處蒼苔沒。
早服還丹無世情，琴心三疊道初成。
遙見仙人彩雲裡，手把芙蓉朝玉京。
先期汗漫九垓上，願接盧敖遊太清。

學界一般認爲，此詩或當作於肅宗上元元年（七六〇）。這時李白正是長流赴夜郎途中，忽然喜獲大赦消息，立即匆匆返回江夏，並來到尋陽，藉登廬山遊覽以紓鬱悶。詩題即明確點出，是以「廬山謠」寄贈「盧侍御虛舟」。按，盧侍御即盧虛舟，時任職朝廷爲侍御史[1]。李白以此詩「寄贈」，乃是在寄贈詩的架構下，報告近況，訴說心情，傳達他登遊廬山觀景之際，湧起的遊仙、隱逸情懷；並藉此相邀盧虛舟同遊太清，流露對仍然滯留世俗宦途的盧虛舟之關懷與思念。整體視之，當屬一首將遊仙、隱逸、山水融爲一體的詩作。

首聯：「我本楚狂人，鳳歌笑孔丘」，一發端即以「歌而過孔子」的楚狂接輿自居[2]，擺出其

1 李白另存〈和盧侍御通塘曲〉一首，可見二人曾互有詩歌來往，並非泛泛之交。

2 按，楚狂乃春秋時代的狂士，名陸通，字接輿。據《論語．微子》：「楚狂接輿歌而過孔子，曰：『鳳兮鳳兮，何如德之衰也！往者不可諫，來者猶可追。已而已而，今之從政者殆矣！』

傲岸不羈之態，同時亦因典故的運用，增添了言外之意。兩句似乎是在笑盧虛舟，就像當初孔子一樣不知變通，於世風日下之際，還繼續在朝廷爲官任職，並且委婉勸請盧虛舟，不如從危殆的世局中引身而退吧！那麼這首〈廬山謠〉，或許就是狂人李白所唱的「鳳歌」了。然而不能忽略的是，據傳說，「楚狂」陸通乃是一名隱士兼神仙之類的人物[3]。所以緊接著第二聯：「手持綠玉杖，朝別黃鶴樓」[4]，作者李白立即以神仙的姿態出現，同時交代自己的行蹤，亦即是從神仙停憩過的黃鶴樓來此。繼而自稱他這個隱士兼神仙的楚狂之興趣所在，乃是：「五嶽尋仙不辭遠，一生好入名山遊」。以上不過是全詩的序曲，表達身分態度。接著寫其遊廬山的經驗感受：自「廬山秀出南斗傍，屏風九疊雲錦張，影落明湖青黛光。翠影紅霞映朝日，鳥飛不到吳天長。」至「登高壯觀天地間，大江茫茫去不還。黃雲萬里動風色，白波九道留雪山。」情節結構上可視爲全詩第二部分，集中筆墨描寫此番登臨廬山所見其高峰、名瀑的壯麗，以及遠眺長江九派波濤洶湧如雪山奔流的雄奇。同時扣住詩題「廬山謠」，亦即廬山風景的吟詠。這十三句，筆觸客觀，沒有情緒的介入，詩人彷彿退居幕後，任物自陳，流露的僅只是面對廬山狀貌聲色的審美賞愛之趣。接著是「寄盧侍御

---

3 皇甫謐（二一五—二五二）《高士傳》卷上：「楚王聞陸通賢，遣使者持金百鎰，車馬二駟，往聘通，曰：『王請先生治江南。』通笑而不應。使者去。……於是夫負釜甑，妻戴紝器，變名異姓，遊諸名山。食桂櫨實，服黃精子，隱蜀峨眉山，壽數百年，俗以爲仙云。」

4 據《太平寰宇記》卷一一二「武昌府」：「（蜀）費文禕登仙，嘗乘鶴憩此。」

虛舟」的「寄語」，於是開始恢復以「我」的立場發言：「好爲廬山謠，興因廬山發」，遂將「我」之情懷與廬山之吟詠聯繫起來，傳達其登山覽景引發的遊仙之趣。繼而「閒窺石鏡清我心，謝公行處蒼苔沒」，則交代此番乃是追隨當初謝靈運，被貶至永嘉時期登廬山以慰胸懷的行蹤[5]。同樣亦心清如鏡，領悟到宦海浮沈，一切均是過往雲煙；就看當初謝公登山的足跡，已杳然無存，但見一片蒼苔而已。因此勸請盧虛舟，不如像他李白一樣「早服還丹無世情，琴心三疊道初成[6]。」何況這時還「遙見仙人彩雲裡，手把芙蓉朝玉京[7]。」眼見那些已經修道成仙者，正在彩雲間手持蓮花，紛紛飛向天上玉京宮去朝拜。而我，則「先期汗漫九垓上，願接盧敖遊太清[8]。」蓋此最後兩句，風趣幽默地表示，雖然傳說中那個怪異的神仙汗漫，不願攜帶盧敖去遊仙，可是我李白，卻願意迎接你盧虛舟，一起去遨遊太清，飄然仙往。

5　謝靈運當初貶爲永嘉太守之時，尋幽探勝，登臨山水，以解仕途受挫，懷才不遇的憂傷鬱悶。從其〈入彭蠡湖口〉、〈登廬山絕頂望諸嶠〉等詩可見。

6　按「還丹」，道家相信冶金煉丹乃是長生成仙之術。所煉成之丹，謂之「還丹」，即一般稱之爲「仙丹」。「琴心三疊」乃道教術語，指經過氣功修煉，呼吸吐納，可達成心和神怡之境。

7　「玉京」指「玉京山」，乃道教天神「元始天尊」所居之處。在天的中心之上。山中有宮殿，以金玉珠寶飾之。

8　有關盧敖與汗漫的故事，見《淮南子．道應訓》：「盧敖遊乎北海，經乎太陰，入乎玄闕……，見一士焉。深目而玄鬢，淚汪而鳶肩，豐上而殺下，軒軒然方迎風而舞。……盧敖與之語曰：『……敖幼而好遊仙，至長不渝，周行四極，惟北陰之未窺，今卒睹夫子於是，子殆可與敖爲友乎？』若士者……笑曰：『……吾與汗漫期於九垓之外，吾不可以久駐。』若士舉臂而聳身，遂入雲中。……」

回顧此詩內涵，既寫廬山風景之雄奇壯美，也流露遊仙隱逸之懷。整首詩顯得境界開闊，氣象恢宏，且虛實相間，想像縱橫變幻，氣派非凡，或可謂是唐人所稱「奇之又奇」的典型之例。惟引人注意的是：

首先，李白傲岸不羈的人格情性頗為明顯。不但以嘲笑孔丘的楚狂自居，表示其隱居之志，還以修道已成的神仙自詡[9]，勸請盧虛舟放棄世俗人間，隨他一起去遊仙，逍遙度日。

其次，從「詩言志，歌詠懷」的層面觀察。雖然在現實生活中，李白曾經求仙訪道，煉丹採藥，甚至成為受過道籙的道士，但是，以詩歌抒發仙隱情懷，畢竟是文學的創作，不能視為李白本身信奉道教以求長生的證據。就看其〈暮春江夏送張祖監丞之東都序〉中的自白：

每思欲遐登蓬萊，極目四海，手弄白日，頂摩青穹，揮斥幽憤，不可得也。

所言不但說明，李白求仙訪道以「遐登蓬萊」的眞正意圖，乃是「揮斥幽憤」，同時指出，其詩中往往以求仙訪道為旨趣的文學含意。李白的晚輩范傳正〈李公新墓碑〉即明察：

9　一般詩人寫遊仙詩，表達遊仙情懷，往往站在一定距離之外，表示對仙境的嚮往，對神仙自由逍遙生活的仰慕；可是此處李白卻以修道已成的神仙自詡。

好神仙非慕其輕舉，將不可求之事求之，欲耗壯心遺餘年也！

這首〈廬山謠寄盧侍御虛舟〉亦當如是視之。

再者，自詩中廬山風景的描寫觀察。儘管李白的自我意識強烈，情懷顯得激盪洶湧，惟當其沈浸在山水美景中時，還是可以暫時忘卻自我，任山水展現其自然之貌。就看其間「廬山謠」吟詠廬山的部分(行四—九)：從廬山狀貌整體的概括，到細節的刻劃，包括山峰、瀑布、朝霞、天幕，以及遠處的大江景色，筆墨重點僅是山水風景狀貌聲色的描寫，詩人的自我，隱藏在其視鏡之後，只是「任物自陳」。這正是謝靈運山水詩中山水風景描寫的特色，也是此詩在內涵上雖屬山水仙隱合流，卻仍然可歸類於「山水詩」的重要條件。

二、山水風景之美

李白現存山水詩中，觀覽風景的時空背景場合雖各有不同，有時其筆墨重點只是記錄耳目所及的山水風景之美，以及賞景之趣。如〈訪戴天山道士不遇〉：

犬吠水聲中，桃花帶露濃。

樹深時見鹿，溪午不聞鐘。
野竹分青靄，飛泉掛碧峰。
無人知所去，愁倚兩三松。

體制上這是一首頗爲工整合律的五言律詩，屬李白早期的作品。當今學界一般認爲是李白出蜀之前，或許十八、九歲左右，亦即開元六、七年間(七一八—七一九)，某春日造訪居戴天山(亦稱大匡山)之某道士不遇，有感而作。整首詩以時光的推移爲線索，造訪不遇的經過爲內涵，然而筆墨重點則在所覽山水風景的描繪，審美趣味的傳達，以及閒適心境的流露。或可歸類於，以觀覽山水之美感經驗爲筆墨重點的「山水詩」。首聯：「犬吠水聲中，桃花帶露濃」，立即展現宛如陶淵明〈桃花源記〉中所述某武陵漁人緣溪行，無意間進入世外桃源的情景。上句寫「聲」，強調聽覺印象，下句寫「色」，展現視覺效果，顯然是一個聲色共存的自然景象；同時又因「桃花」的出現，遂點出乃是早春季節，而桃花之「帶露濃」，則表示時間乃是清晨。另外不容忽略的是，既然在溪水潺湲中傳來犬吠聲，則附近已有人家，應該離道士的居處不遠了。再者，能夠看見桃花上的露水，一定是就近欣賞，則其心境的悠閒恬澹，已涵蘊其間。二聯：「樹深時見鹿，溪午不聞鐘」，寫其繼續緣溪行之際，但見溪岸樹林深處有麋鹿時而出現，既然自清晨至「溪午」還「不聞鐘」，則已經扣住詩題的「不遇」。兩句隨著時間的推移，同樣是「色」與「聲」對舉。由於麋鹿是很容易受驚的動物，時而出現於樹深之處，顯然已經進入一個不受俗世人間干擾之地。雖然已是「溪午」，尚不聞道院的鐘聲，畢竟還不能確定道士是否眞的已經外出，遂繼續前行，終於來至道士的居住所前。由於「不遇」道士，造訪者一時無聊，姑且就此遊目四顧，細覽周遭景色，但見：「野竹分青靄，飛泉掛碧峰。」兩句皆屬眼中所見山水狀貌形態的描繪，惟前句乃平遠之景，後句則是高仰之貌；高低起伏的風景全貌盡入眼簾。隨即原先隱身於山水美景背後的詩人，正式出現，且順筆把自己一併覽入道士居處的畫境中：「無人知所去，愁倚兩三松」。按，「愁」字雖表示因「不遇」道士而惆悵，但「倚」字卻是悠閒自在的姿態，兩句傳達的雖因造訪不遇而失望，惟美景當前，心境則是悠閒自在的。値得注意的是，整首詩沒有政治的失意，沒有人生的坎坷，亦無世情的冷暖，抒寫的就是一次單純的造訪道士不遇的經驗，包括一路上觀賞山水佳景的審美感受。詩人筆下描寫的耳聞目睹山水狀貌聲色之美，顯然是其筆墨重點，這正是可以歸類於「山水詩」的重要條件。

當然，一首以描寫山水美景爲筆墨重點的山水詩中，並不排除作者因景引情，繼而觸發對人生的某些感慨，惟其感慨並不會潑灑在山水風景的描繪中。

試看〈秋登宣城謝脁北樓〉：

江城如畫裡，山晚望晴空。

兩水夾明鏡，雙橋落彩虹。
人煙寒橘柚，秋色老梧桐。
誰念北樓上，臨風懷謝公！

此詩因寫景如畫，遂令歷代詩評家贊不絕口[10]。按，李白一生賞慕的前代詩人中，或當以寫山水詩見稱的南齊詩人謝脁(四六四—四九九)爲最[11]。謝脁曾於風景佳美的宣城(今安徽)任太守，時常流連山水，寫了不少山水詩，爲繼謝靈運之後，山水詩之茁長，貢獻匪淺。詩題中所稱的「北樓」，據說即謝脁任宣城太守期間所建。學界大致同意，此詩或寫於天寶十二載(七五三)秋天。但詩題雖言及「謝脁北樓」，卻並非詠懷古跡之作，筆墨重點乃在當前耳目所及山水風景之描繪，揭露的是

10　宋代曾季狸《艇齋詩話》(約成書於紹興二十年—一一五九前後)，舉出後人模擬此詩佳句之例：「李白云：『人煙寒橘柚，秋色老梧桐』。老杜(七一二—七一○)云：『荒庭垂橘柚，古屋畫龍蛇』。氣燄蓋相敵。陳無己(師道：一○五三—一一○一)云：『寒心生蟋蟀，秋色上梧桐』。蓋出於李白也。」明代編嚴羽評本《李太白詩集》集評(崇禎二年刻本)稱此詩：「入畫品中，極平淡，極絢爛，豈必王摩詰。」清代吳瑞榮《唐詩箋要》(乾隆刻本)則贊曰：「不捉著舊人舊事，乃得佳句。末才涉『北樓』、『謝公』，又用『誰念』字翻入空境。按，『煙寒』一聯，融洽入微。」

11　王士禛(一六三四—一七一一)，〈論詩絕句三十二首〉其三，嘗云：「青蓮才筆九州橫，六代淫哇總廢聲。白紵青山魂魄在，一生低首謝宣城。」當今學界即出現不少探討以李白與謝脁之間承傳關係的專文。見茆家培、李子龍主編《謝脁與李白研究》(北京：人民文學出版社，一九九五)。

登樓所見宣城一帶山水的審美趣味與感懷。首聯：「江城如畫裡，山晚望晴空」[12]，立即流露詩人對山水風景的賞愛情懷；並點出環境時空，乃是登臨宣城北樓之際，遊目觀覽如畫一般的景色，視點則投向雨晴之後遠處的山巒。中間兩聯則是細筆描寫北樓所「望」如畫之美景。其中：「兩水夾明鏡，雙橋落彩虹」，上句視點投向低矮處一片清澄寧靜，且晶瑩如明鏡的溪流；下句則將目光轉向橫跨溪流之上兩座拱形的橋樑。但見水中倒影在夕陽餘暉照耀下，光影交錯，煥發出璀璨的光彩，彷彿是天上兩道彩虹落入「明鏡」之中。繼而：「人煙寒橘柚，秋色老梧桐」，視點則從江景轉移向遠處的山巒，點出深秋的季節，呈現一片秋光漸老的寒氣。此處的「寒」字，乃從氣候著筆，「老」字，則點出時令，傳達出深秋清寒的感受，也就是一分「秋意」。按，秋色易寫，秋意則難傳，兩句看似平淡無奇，卻用筆靈巧，意味深長。也就是筆下這分「秋意」，把原先因沈浸在山水風景的審美趣味中，已經忘我的自我意識，引發出來了。於是從外觀轉而內省，對自己當前孤獨的處境和寂寞的心情發出感嘆：「誰念北樓上，臨風懷謝公！」換言之，無人了解我李白此刻在北樓上「臨風懷謝公」的心情。這是自覺孤單寂寞，世無知音之嘆，不是一般因北樓古跡而引發的懷古之情。至於其「懷謝公」的內涵，到底包括哪些方面？則留下大片空白，任讀者去想像，去填

12　按，宣城多河川，又位於由宛溪、句溪合流而成的水陽江畔，故習稱「江城」。此處的「山」，當指「敬亭山」，位宣城北方，宛溪就在敬亭山下流過。宣城正是處於山環水繞之中。

補了。

這首〈秋登宣城謝朓北樓〉，所以能歸類於「山水詩」，就因爲詩中描繪的山水風景，並無詩人個人情緒的介入，即使是深秋的季節，亦無悲秋之嘆。展現的只是宣城周遭山水之美，流露的則是沈浸於山水狀貌神態中的審美趣味。至於詩人心感寂寞的情緒，直到尾聯才流露出來，乃是觀景之後的感懷，並未干擾山水風景本身的自然狀貌。

再舉〈望天門山〉一首：

天門中斷楚江開，碧水東流至此迴[13]。
兩岸青山相對出，孤帆一片日邊來。

詩題所稱天門山，位於安徽的當塗縣與和縣交界處。其東南面有博望山(亦稱東梁山)，西北面則有一座西梁山，茲因兩座山正好夾著長江相對峙，形似天門，故而得名。此詩可能是李白出蜀之後不久，遊洞庭一帶，乘舟東下，初次過天門山的經驗感受。筆墨重點集中在經天門山附近一段長江景色的描繪。雖然是一首短短的七言絕句，卻頗能顯示詩人取景並不局限於某一固定角度，而是採取

13 此句中的「至此迴」，有的版本作「直北回」，惟學界大多以「至此迴」爲勝。

多重或迴旋的視點，以把握天門山一帶江景的全貌。換言之，詩人的視點，乃是或高或低，臨空流動、俯仰往還的。試看首聯，上句：「天門中斷楚江開」，破空而來，極寫長江水於此，彷彿沖開天門山的關隘，滾滾奔騰而下的雄偉氣勢。下句：「碧水東流至此迴」，則轉觀洶湧澎湃的長江水，因被兩座山相夾於狹窄的通道，受山崖阻擋，以致波濤洶湧湍急，迴旋起伏。值得注意的是，這兩句中運用的三個動詞：「斷」、「開」、「迴」，遂將自然山水的力量與氣勢展現出來。繼而後聯中的上句：「兩岸青山相對出」，展示兩岸青山相對峙之狀貌迎面而來的動感，視點在低處，是舉目仰觀之景。惟最後一句「孤帆一片日邊來」，則是平遠眺望江面所覽之景。此詩遣辭用語簡單明瞭，但有趣的是，卻一直引起當今學界解讀之際的爭執。爭執的重點乃是：李白所寫到底是在舟中或岸上所「望」天門山之景。

當然，全詩四句皆扣住詩題的「望」字，但詩人之「望」，顯然並不固定在同一定點。換言之，並非靜止的，立足於某一固定角度的「望」，而是從多重或迴旋視點「遊目」之「望」，所以才能「望見」天門山附近周遭山水風景的全貌，乃至水光山色、遠近高底之景，並存於詩中。整首詩中山水畫面的安排，其實與傳統中國山水畫相若，筆墨不是依據單向透視原理，而是來自作者俯仰往還，多重迴旋的視點，因此呈現的並非透視的寫實，而是藝術的創造，可以概括高遠、深遠、平遠，萬物共存的自然世界[14]。至於討論李白此詩，到底屬舟中或岸上所望天門山之景而爭執者，或許並未理會到，傳統中國詩人其實與山水畫家相若，均是以多重或迴環的視點，來把握自然山水的全貌。換言之，乃是「遊目騁懷」，「萬物皆備於我」的悠然態度，融身自然。中國詩人寫山水，不是寫實，而是寫意。即使精描細繪山水的狀貌聲色，甚至予人以「如印之印泥」（劉勰《文心雕龍．物色》語）的印象，也非山水實景的再現，而是山水意趣的再創造。無論南朝的謝靈運、謝朓，或唐代的王維、李白，寫山水詩均如此。

三、隱逸逍遙之樂

所謂「隱逸」，原是針對「仕宦」而引發的概念或行爲。自先秦以來即是中國傳統政治文化的一部分，也是文人士大夫在仕途受挫之餘，另一種生活方式的選擇與心靈的寄託。描寫隱居生活，抒發隱逸情懷的詩，一般通稱爲「隱逸詩」。按，文學史上隱逸詩的正式出現，主要是在政局混亂

14 沈括（一〇三一—一〇九五）《夢溪筆談》嘗譏評唐代畫家李成「仰畫飛簷」，只見一個角落，不見全體，若以這樣方式畫一座山，則「只合見一重山，豈可重重悉見？兼不應見其溪谷間事。」不過，著名的山水畫家郭熙（活躍於神宗時期：一〇六八—一〇八五）〈林泉高致．山川訓〉，提出畫山水的原理：「山有三遠。自山下而仰山嶺，謂之『高遠』；自山前而窺山後，謂之『深遠』；自近山而望遠山，謂之『平遠』。」

的東漢後期，爰及西晉太康詩人筆下，甚至還一時成爲詩壇的流行風尚。但是，這些著名的西晉詩人，在現實生活中並未眞正成爲隱士，直到東晉時期的詩人陶淵明(三六五—四二〇)，才是第一位以隱士身分[15]，不斷描寫其辭官之後的田居生活，抒發隱逸情懷，乃至這些詩篇，從此爲「隱逸詩」立下文學典範。鍾嶸(四六八?—五一九?)《詩品》即尊稱陶淵明爲「古今隱逸詩人之宗也!」後世詩人，特別是唐代以後，無論在現實人生中，是否具有辭官歸隱的行徑，大凡提筆抒發隱逸情懷，或描寫隱居生活，很少不受陶淵明的影響。李白當亦如此。

其實，隱逸對李白而言，不僅是一種詩歌創作題材，也是他曾經親身履行過的經驗行徑。但是在新、舊《唐書》中，李白卻並未列入「隱逸傳」[16]。或許因爲李白的隱逸，時斷時續，予人的印象，似乎並非眞心要跟現實政治社會劃清界線，而是一種不得已的姿態，甚至是一種藉此製造聲譽，以隱求仕的政治活動。當初唐玄宗下詔李白入京，就是聽聞奇人李白乃一隱士的聲名；此後永王李璘也是因其隱居廬山之名而召他入幕。惟值得注意的是，李白的隱逸詩，不僅是抒發個人的懷抱，同時亦會展現其自我，如何不拘常調、瀟灑自如，甚至風趣幽默的人格情性。

試看其〈山中答問〉(按，敦煌《唐詩殘卷》作〈山中答俗人問〉)：

15 《宋書》、《晉書》均將陶淵明列入〈隱逸傳〉。與其他同時代，因辭官或拒官者同列。

16 按，有關李白生平事跡，見《新唐書·藝文志》、《舊唐書·文苑傳》，均屬文人學士範圍。

問余何意棲碧山，笑而不答心自閒。
桃花流水窅然去，別有天地非人間。

此詩顯然乃是藉答人之問，寫其隱逸山中逍遙之趣，傳達的是其隱逸之志。就文辭表面視之，淺白易懂，惟因其意境深遠難測，引人矚目，乃至佳評如潮。前聯：「問余何意棲碧山，笑而不答心自閒」，上句設問臨空而來：爲何要棲隱碧山中？問者顯然是一凡夫俗子，所問也是一般俗世人間之問，其妙在下句中的「笑而不答」。按，此處的「笑」，立即與人以藐視問者之意，「不答」則更有高人一等的姿態。「心自閒」表示心境的悠閒自得，也正因爲心自閒，方能欣賞、領會當前美景。隨即後聯，轉筆以山中景色：「桃花流水窅然去，別有天地非人間」，作爲其不答之答。句中所展現桃花落英繽紛，隨水悠然遠去，超越人間的一片清幽景象，遂難免令讀者聯想到陶淵明〈桃花源記〉中，武陵漁人無意間發現與俗世人間隔絕，別有天地的「世外桃源」。蓋後世論者，對此詩的評語，往往以其自然天成，意趣深遠，只能意會卻難以言傳，爲品評重點[17]。或以詩人宛如「俯視塵俗」的高姿態得其奧妙，如朱諫輯注《李詩選注》（隆慶六年一五七二刻本）即云：

17　如明人李東陽（一四四七—一五一六）《麓堂詩話》：「詩貴意，意貴遠不貴近，貴淡不貴濃。濃而近者易識，淡而遠者難知。如……李太白『桃花流水窅然去，別有天地非人間』，王摩詰『返景入深林，復照青苔上』，皆淡而愈濃，近而愈遠，可與知者道，難與俗人言。」

「此〈山中答問〉之辭，氣象飄逸，高出物表，有如羽仙逍遙雲漢，而下視乎塵寰也。」又如徐增《而菴說唐詩》：「此詩純是化機。白作此詩，如世尊拈花，人讀此詩，當如迦葉微笑。不可說，亦不必說。故余獨不說。」意指李白此詩之魅力，就在於令讀者只能意會，所以才「不可說，亦不必說」。

再看一首風趣的〈山中與幽人對酌〉：

兩人對酌山花開，一杯一杯復一杯。
我醉欲眠卿可去，明朝有意帶琴來。

標題中所稱「幽人」，當指不與俗世往來的幽居之士，亦即避世隱居者也。既然詩稱「山中與幽人對酌」，則主人翁當然亦非俗世中人。按，李白在杜甫筆下，曾以「酒中八仙」之一見稱於世；而其尤善於藉酒發揮以寫詩作文，亦是不爭之實。惟值得注意的是，自魏晉以來，詩酒風流原屬傳統文人士大夫風雅文化的一部分；不過，文人在現實生活中的飲酒，與每每於詩歌中說自己如何飲酒，甚至嗜酒如癡，並不能等同視之。畢竟詩歌乃屬文學創作，是經過作者的想像構思，渲染潤色而成，不能視之爲作者現實生活的眞實記錄。就如蕭統（五〇一—五三〇）〈陶淵明集序〉的觀察：

「有疑陶淵明之詩，篇篇有酒，吾觀其意不在酒，亦寄酒爲跡也[18]。」的確，在文學史上，以酒入詩，且以飲酒爲隱居生活的一部分，顯然肇始於陶淵明。陶淵明即嘗稱酒爲「忘憂物」[19]，然而在陶詩中，無論與人共飲，或揮杯獨酌，均含有一分意欲忘懷得失，悠遊自在的意味。從此爲中國詩歌中隱者之飲，或隱士的酒趣，譜出基調。唐代以後的詩人，大凡描寫隱者飲酒，往往或化用陶詩句意，或援引陶淵明相關的傳說故事。李白此詩亦如是。

試看前聯的上句「兩人對酌山花開」，率先點出人物：幽人與我；事件：兩人對酌，並非獨飲；以及時空場景：春天山花開放的季節，正逢幽人來訪，於是就在山中設酒招待。隨即下句「一杯一杯復一杯」，則是與幽人在山花盛開之處對酌情景的特寫鏡頭。按，此處的「一杯」，在同句中竟然連續出現三次，單就詩歌的寫作而言，可謂「七字六犯」，乃屬詩家之大忌。可是，撫讀李白詩，卻不能依詩家常理來論，在同句中用字重複三次，是其慣用筆法[20]；倘若用得巧，讀者反而覺得其筆意超出尋常，顯得瀟灑自然，且風趣幽默。惟此處「一杯一杯……」句，看似平凡通俗，

18 蕭統〈陶淵明集序〉，收入北京大學、北京師範大學中文系編《陶淵明卷》（北京：中華書局，一九六五），上編，頁八—九。

19 陶淵明〈飲酒二十首〉其七嘗云：「秋菊有佳色，挹露掇其英。泛此忘憂物，遠我遺世情。……」

20 諸如：「抽刀斷水水更流，舉杯消愁愁更愁」（〈陪侍御叔華登樓歌〉）；「天姥連天向天橫」（〈夢遊天姥吟留別〉）；「一叫一回腸一斷，三春三月憶三巴」（〈宣城見杜鵑花〉）等

且有點囉唆，其容量卻頗爲深厚。當屬刻意渲染與幽人對酌之暢快，時間之久長，酒興之濃郁，以及相處之融洽。這樣一杯一杯復一杯的喝下去，當然難免會喝醉了。繼而後聯上句「我醉欲眠卿可去」，這是主人公在醉意中所言，顯然乃是藉用沈約(四四一—五一三)《宋書‧隱逸傳‧陶淵明傳》中：「潛若先醉，便語客：『我醉欲眠，卿可去。』其眞率如此。」之語[21]。李白於此，乃是直接套用，且不著痕跡，非常自然地，表現自己與幽人的率眞灑脫，如何不拘俗禮，不受世俗人爲禮節拘束的形跡。下句「明朝有意抱琴來」，則宕開一筆，且與幽人再訂明朝的約會。值得注意的是，「琴」，在傳統文人士大夫文化中，乃是彈奏給「知音者」所聽。對琴音的喜愛，與飲酒一樣，同屬隱士生活雅趣的重要部分。此處李白囑咐幽人「明朝有意抱琴來」，表示兩人明日的對酌，將以琴音助興。可是既然用了陶淵明的典故，遂令此句中的語意擴大了。配合陶淵明傳記中所云「每有酒適，則撫弄以寄其意」[22]，乃至李白此詩涵蘊的，不僅表示對琴音的喜愛，更重要的是，以琴寄意，宛如陶淵明那樣，撫琴以寄其遠離俗世塵纓的高情雅趣。整首詩抒寫的，就是隱居生活中的琴酒逍遙之樂。惟由於是與人共飲同樂，而非獨自揮杯獨酌，因此沒有一般隱逸詩的孤獨

21 據沈約《宋書‧隱逸傳‧陶潛傳》：「潛不解音聲，而蓄素琴一張，無絃，每有酒適，則撫弄以寄其意。貴賤造之者，有酒輒設，潛若先醉，便語客：『我醉欲眠，卿可去。』其眞率如此。」按，此段傳聞逸事，是否屬實，當然無法證明；不過卻勾勒出陶淵明在後人心目中自然率眞，不拘俗套的人格情性。

22 《宋書》、《晉書》，甚至蕭統〈陶淵明傳〉，均有類似的記載。

寂寞感，氣氛是輕鬆愉悅的，筆觸則是幽默風趣的。

綜觀現存李白筆下的山水、遊仙、隱逸諸詩，就其內涵旨意，基本上乃是沿襲前人傳統。其遊仙之趣或隱逸之懷，主要是表示其意欲超越或遠離人間俗世的意願；其山水覽景之作，則流露對耳聞目睹自然山水風景，悠遊賞愛的審美意趣。撫讀李白筆下有關山水仙隱之慕的詩篇，姑且從以下數點，或不難看出其繼承傳統之際，亦不乏創新之處：

一、遊仙隱逸的情懷

蓋李白之前的遊仙詩、隱逸詩，主要是抒發個人對神仙世界、隱逸生活之逍遙自在的嚮往；流露的往往是，與人間凡俗世界的疏離。李白亦難免如此。可是，李白於其同類詩中，不但以神仙、隱者自任，甚且還以居高臨下的姿態，俯視人間俗世，彷彿他是站在高於一般世俗人間的立場，睥睨芸芸眾生。明顯展示李白狂傲不羈的人格情性。乃至在傳統的繼承中，形成其遊仙、隱逸之詩，更趨個性化，並打上李白傲岸不羈、狂放自大的烙印。

二、山水審美的趣味

按，南朝以寫山水詩著名的謝靈運、謝朓，以及盛唐時期的孟浩然、王維等，均屬文學史上寫山水風景的名家。但是，在他們筆下，主要是以清麗優美的自然山水，為觀賞模描的對象。可是在李白筆下，浩闊動盪甚至險峻的山水，也頻頻入詩。就看上舉詩例，無論是廬山的高峻、瀑布的飛流、長江的浩蕩，都予人以雄偉壯闊、動盪跳躍的感覺。中國詩人對自然山水的審美趣味，由寧靜安詳之景，轉而描述浩闊動盪之景，李白之功，實不可忽視。

三、山水風景的描寫

其實現存李白山水詩中，對山水風景的描寫，基本上還是沿襲前人站在觀賞者的立場傳統。諸如：其一，筆墨下描述的山水風景，並無作者主觀情緒的介入，僅只是當前山水風景狀貌聲色的展示，流露的不過是其審美之趣而已。其次，詩歌中山水風景的描寫，主要是宛如劉勰《文心雕龍・物色》篇中所言，乃是「以少總多」，亦即以局部概括全體，在有限中創造無限。而且往往通過景物對比的技巧，換起讀者的聯想，遂令讀者心目中所見，並非詩句中指涉的景物個體或片段，而是一幅遠近併取、高低起伏、聲色共存、動靜具備的山水風景全貌。再者，作者取景的視點，並非局限於某一固定角度，而彷彿是臨空流動，俯仰往還，上下轉折的。換言之，乃是以多重迴旋的視點，來把握自然山水的全貌。從而流露的是詩人「遊目騁懷」，「萬物皆備於我」的悠遊態度。因此，詩人筆下山水風景的描寫，並非山水實景，並非如劉勰所稱：「如印之印泥」的再現，而是面臨山水意趣的再創造。李白詩中呈現的山水風景，並非刻板寫實，而是寫意耳！

四、風趣幽默的流露

蓋風趣幽默，乃是傳統中國詩歌中比較罕見的一種色調。當然，中國詩人並非全然沒有風趣幽默感，或許是寫詩之際，受到儒家「詩言志」這個傳統觀念的束縛影響，每提筆寫詩，往往難免嚴肅莊重起來，乃至在個人詩作中流露風趣幽默感的詩篇，寥寥可數。泛覽傳統中國詩歌，在宋、元之前，倘若要例舉，其中陶淵明是一位，杜甫則是另一位。惟李白詩的幽默風趣，卻較少受讀者的注意。不過，陶淵明或杜甫詩中流露的幽默，通常含有一份自嘲、一絲苦笑，甚至或幾許無奈；乃至閃耀出智慧的光輝，流露出仁厚的胸懷。基本上的態度，還是莊重嚴肅的。惟李白詩中的風趣幽默，則往往含有幾許玩世態度，浮現出幾分嘲笑人間俗世的俏皮意味。或許正猶如李白個人狂放不羈人格情性的展示。値得注意的是，李白詩中的風趣幽默，正是以後文學史中元代散曲的主調，就在李白詩中已經出現了。不但爲遊仙、隱逸詩，增添了幽默風趣，擴大了同類詩歌的情味意境，彷彿點出以後可能發展的方向。

第九章
覽古憶往之懷

此章所謂「覽古憶往之懷」，乃指詩人因回顧歷史人物、事件，或因造訪某歷史古跡，而引發的感懷。這就形成文學史中所稱的「詠史詩」與「懷古詩」兩種詩歌類型。當然，好古懷舊，原是傳統中國文化的重要部分，遠在《詩經》中就已經出現追述周民族如何立基建國，歌頌祖先功業之類的作品。又如孔老夫子，終其一生都藉古人、古事為訓，且主張恢復古禮古制。中國詩人或許就是在好古懷舊的傳統文化氛圍中，培育出「詠史」與「懷古」兩種詩歌類型。蓋所謂「詠史詩」，筆墨重點乃是吟詠歷史人物、事件、或狀況之詩，其作者的主要目的是，藉用某段歷史作為「鏡鑑」，且將過去歷史和當前的情況相互比照，並以此藉古諷今。換言之，筆墨表面上雖涉及過去的歷史，惟其創作的宗旨含意，卻暗諷當前的某些政治社會現況。「懷古詩」，則是詩人因造訪某處的歷史古跡之際，神遊於往古與現今之間，以至觸發了個人的感懷；流露的往往是在緬懷中，湧起一分古今之嘆，今昔之感。因此懷古詩通常揉雜著懷思、仰慕、或遺憾、嘆息等複雜的心緒。

值得注意的是，詠史詩和懷古詩，雖然均以過去的歷史故事爲題材背景，而且作者創作之目的也近似，或藉古鑑今，或弔古傷今，但是在內涵旨趣方面，仍然有明顯的區別，乃至形成不同的詩歌類型。按，懷古詩，主要是作者因憑弔歷史古跡而觸發了個人的感懷，故而詩篇中多少都會出現古跡所見周遭風景的描寫。乃至懷古詩中呈現的，往往是「情和景」的結合。惟詠史詩，則無須藉助古跡，只是單純的回顧過往，緬懷歷史人物或事件，並且表達對這段歷史的觀點或感慨。因此詠史詩重視的主要是「事和理」。現存李白詩集中，大概有三十多首可歸類爲詠史、懷古之作，在數量上並不算多，然而其中不乏傳誦不已的名篇。以下試分別論述。

一、詠史之章

現今所知最早以「詠史」爲標目之詩篇，當屬班固(三二—九二)的〈詠史詩〉無疑，其在內涵上主要是吟詠漢代孝女緹縈如何救父的故事。不過鍾嶸於其《詩品》，則譏之爲「質木無文」。換言之，認爲班固此詩顯得枯燥乏味，且無文采。當然，此後諸如左思的〈詠史詩〉，以及陶淵明的〈詠貧士〉、〈詠荊軻〉、〈詠二疏〉等，諸吟詠古代歷史人物事件之詩，則已經出現頗有韻味之作。爰及唐代詩人的詠史詩，其中當然也不乏佳篇，但李白的詠史之章，則更顯現出個人在詠史傳統中創新的風格特色。

試先以李白著名的〈烏棲曲〉爲例：

姑蘇臺上烏棲時，吳王宮裡醉西施。
吳歌楚舞歡未畢，青山猶銜半邊日。
銀箭金壺漏水多，起看秋月墜江波。
東方漸高奈若何！

這可能是李白〈蜀道難〉之外，另一首在盛唐時期即遠近聞名的作品。由於本詩已經收入殷璠《河嶽英靈集》，故而當作於天寶十二載(七五三)之前。關於此詩成名的背景，據中唐范傳正〈唐翰林李公新墓碑〉(作於元和十二年—八一七)：

在長安時，賀之章號公爲「謫仙人」，吟公〈烏棲曲〉，云：「此詩可以哭鬼神矣！」

這段記述很容易令人懷想起杜甫(七一二—七七〇)〈寄李十二白〉中兩句對李白詩的讚語：「筆落驚風雨，詩成泣鬼神！」換言之，在時人眼中，李白詩歌感染力之強，不僅撼動人心，就連鬼神都會爲之動容而流泣！惟不容忽略的是，〈烏棲曲〉原本屬南朝樂府舊題。「烏棲」，意指烏鴉棲息，亦即日落之際，黃昏時刻。現存南朝詩人所作〈烏棲曲〉，主要均屬王公貴族於君臣遊宴之際所作，嘆息時光流逝，好景無常的男女艷情詩，當屬「宮體詩」的範圍。諸如：梁簡文帝蕭綱（五〇三—五五一）〈烏棲曲四首〉、蕭子顯（四八九—五三七）〈烏棲曲應令三首〉，以及《玉臺新詠》的主編徐陵（五〇七—五八三）〈烏棲曲二首〉等……，這些詩篇中所敘寫的，均是與美女如何共度良宵，但恨時光流逝，歡樂苦短之憾[1]。李白此首顯然亦沿襲南朝舊樂府傳統。惟雖屬依循傳統舊題，模擬前人之作，卻在繼承傳統之餘，更有創新。此作主要乃是將詩中場景，遷移至過去的歷史，以春秋時代吳王夫差與美女西施如何長夜歡宴的歷史鏡頭，爲筆墨重點。乃至雖然「貌似」宮體艷情詩，卻已突破前人窠臼，成爲一首詠史的千古絕唱。以下試詳加評述：

按，首聯的上句：「姑蘇臺上烏棲時」，立即交代環境時空：意指就是在此姑蘇臺上，昏鴉棲息之際，逐漸幽暗的暮色裡。當然，所稱「姑蘇臺」，原是吳王夫差（？—前四七三）殫耗財力與人

---

1 姑舉數首〈烏棲曲〉爲例。如：梁簡文帝蕭綱（五〇三—五五一）〈烏棲曲四首〉其三：「青牛丹轂七香車，可憐今夜宿倡家。倡家高樹烏欲棲，羅帷翠被任君低。」梁蕭子顯（四八九—五三七）〈烏棲曲應令三首〉（亦作梁元帝蕭繹詩）其二：「濃黛輕紅點花色，還欲令人不相識。金壺夜永詎能多？莫待奢用比懸河。」其三：「芳樹歸飛聚儔匹，猶有殘光半山日。莫憚褰裳不相求，漢皋遊女習風流。」還有《玉臺新詠》主編徐陵（五〇七—五八三）〈烏棲曲二首〉其二：「繡帳羅帷隱燈燭，一夜千年猶不足．唯憎無賴汝南雞，天河未落猶爭啼。」

力所建造的豪華奢侈之所，亦是吳王與西施日夜遊宴歡聚之處[2]。然而，此時所見的姑蘇臺，在李白筆下，則靜靜地座落在烏鴉棲息的暮色中。遂令讀者隱約體味到時光無情飛逝，歡樂無多，好景無常的訊息。儘管詩句中並未明示，卻已含蓄委婉的，爲整首詩譜出「樂極而悲生」的基調。下句：「吳王宮裡醉西施」，則將鏡頭轉向過去，追憶歷史，且明確點出，在此姑蘇臺曾經出現的歷史人物事件。至於在歷史上，當年吳王夫差如何爲其父王闔閭的敗亡立志復仇，越王勾踐又如何獻美女西施與夫差，以瓦解其鬥志，而西施果然厲害等等……，則盡在不言中。重要的是，就在這特選的歷史場景中，吳王夫差之「醉」，既是酒醉，亦含有爲西施「心醉」之意。隨即次聯，繼續回顧這段歷史的鏡頭：「吳歌楚舞歡未畢，青山猶銜半邊日」。兩句展現的是，宮內的吳歌楚舞尚未盡興，宮外遠處的青山還銜著半個太陽。句中的「未畢」、「猶銜」二詞，兩相呼應，涵蘊彷彿是吳王沈醉在歡樂中的驚訝與惋惜，以及力圖抓住時光瞬息即逝的心情，卻也微妙的傳達出好景不長、歡樂無多的訊息。隨即第三聯：「銀箭金壺漏水多，起看秋月墜江波」。上句明確指出時光的無情流逝，下句則以「起看」秋月墜入江波的行爲舉止，設想當初吳王對歡樂何其短暫，時光必盡不可挽留的悵恨。其中「秋月墜江波」的淒清景象，與前面「日暮烏棲」之蕭瑟，亦兩相呼應，遂

2 據祖沖之（四二九—五〇〇）《述異記》：「吳王夫差築姑蘇臺，三年乃成。周旋詰屈，橫亙五里。崇飾土木，殫耗人力，宮妓數千人。上別立春宵宮，爲長夜之飲，造千石酒鍾。夫差作天池，池中造青龍舟，舟中盛陳妓樂，日與西施爲水嬉。……」

形成對歡宴中享樂熱鬧繁華氣氛的「反諷」，已經爲整首詩塗上悲涼的色調。此詩如果到此結束，表示在歡樂中對時光流逝的嘆惜，也可算是意境完整了。就看前人的〈烏棲曲〉，均以偶句作結，何況中國詩歌傳統上一般均習慣以兩句一聯爲基本單位，乃至結構上予人以整齊平穩的感覺。然而李白於此，即使沿襲舊題，卻突破前人的模式，另外增添了一意味深長的單句，作爲全詩之結尾：「東方漸高奈若何！」其格式之奇特，令人矚目[3]。彷佛話還沒說完，就嘎然而止，乃至予讀者以餘音未了，流動未止的印象，遂開放想像的空間，逗引讀者在品味之際，繼續參與、或塡補。

的確，從讀者角度，品味此詩之最後一句，既可以是吳王夫差的感嘆，亦彷佛是詩人李白的感嘆。其感嘆的內容，或可包括：其一、時光易逝，歡樂苦短，樂極之後繼而總會有悲哀。換言之，時光流逝無以抗拒阻擋，人生的歡樂乃是短暫無常的。面臨這樣的境況，最是無可奈何，眞不知該如何才能令時光停留，歡樂永駐。其二、另外一層，字面上雖未明說，但讀者撫讀之際，卻可能體味到的則是，語意間似乎涵蘊著對吳王的同情和憐憫。蓋吳王夫差如此通宵達旦追尋歡樂，如此迷戀西施的美豔，如此沈溺於聲色享樂不能自已，乃至才會一步步走向亡國的命運，既愚昧無知，復可憐可悲。因此在「東方漸高奈若何」的最後嘆息聲裡，彷佛是對吳王迷戀西施，沈溺歡樂的同情

3 沈德潛（一六七三—一七六九）《唐詩別裁集》嘗評此詩云：「末句爲樂難久也。綴一單句，格奇。」

與勸解，也可以是對此段歷史故事人物的諷諭[4]。正因爲「詠史詩」通常含有藉古諷今的傳統，遂難免有讀者解讀此詩之際，會認爲，此乃是一首爲「諷明皇與貴妃爲長夜飲」之作[5]。當然，李白於此詩中，除了在詩歌體制上創立了以奇句結尾的格式，其基本內涵與南朝詩人〈烏棲曲〉所寫「與美女共度良宵」則相承傳。但是李白卻進一步開拓了新的境界：

首先，將南朝〈烏棲曲〉的宮體艷情樂府，轉化爲一首令人玩味無盡的詠史詩。一方面對吳王夫差迷戀西施，沈溺酒色的不能自已，流露同情與憐憫，同時也難免引發讀者「以古鑑今」的聯想，甚至或許是針對當今唐玄宗如何溺愛楊貴妃，以至荒廢朝政的諷刺，遂增添了言外之意[6]。

其次，歷史題材的普遍化、典型化。按，關於春秋時代吳王夫差如何迷戀西施，日以繼夜縱情遊樂，沈溺酒色，主要乃是根據正史中相關歷史人物故事的記載[7]，符合一般詠史詩引述歷史的傳統。但是李白此作，在構思上則有其顯著的特點，如：以時光的流逝爲線索，勾畫成一幅「宮中行樂圖」，展現吳宮遊宴尋歡，如何由日至暮，又自暮達旦的過程。且又運用寒林棲鴉、落日銜山、

---

4 蕭士贇（一二一四—一二五二年間進士）《分類補注李太白詩》即認爲此詩：「盛言其樂，而樂不可長久之意自見，深得〈國風〉刺詩之體。」

5 如明代唐汝詢《唐詩解》即認爲：「此因明皇與貴妃爲長夜飲，故借吳宮事以諷之。」

6 王夫之（一六一九—一六九二）《薑齋詩話》即嘗指出：「艷詩有述歡好者，有述怨情者，《三百篇》亦所不廢。……至如太白〈烏棲曲〉諸篇，則又寓意高遠，尤爲雅奏。」

7 吳越兩國之間的爭戰，夫差與勾踐彼此的恩怨，事見《史記・吳太伯世家》以及《史記・越王勾踐世家》。

秋月墜江等，代表時光流逝不可擋的慣用意象，隱喻出樂極而悲生之無奈。實際上，整首詩已經不受吳王與西施歷史事件的局限，令原本是特定歷史人物的吟詠，變得普遍化、典型化了。

再者，將詠史詩轉而傾向個人抒情化。按，李白〈烏棲曲〉可歸類於「詠史詩」無疑，但是卻已經超越了一般詠史詩追述歷史人物事件的範疇。值得注意的是，現存大多數的詠史詩，其中作者對歷史人物事件的追述，均盡量保持客觀立場，詩人表達的意見也大致依循傳統，或以古鑑今，或今不如古。然而李白這首〈烏棲曲〉，對吳王夫差不單單是流露同情與憐憫，甚至他自己彷彿已投身其間，宛如站在吳王夫差的立場，成爲吳王的化身，乃至筆墨間流露的，包括對美人的無限沈醉，對豪華歡樂生活的留戀，還有對人生苦短的無奈。因此，在詠史的架構下，李白似乎是在吟詠自己的情懷，乃至展現「詠史」與「詠懷」合流的風貌，超越了一般詠史詩強調「事和理」的傳統，擴大了詠史詩的抒情功能。

二、覽古之懷

本章前言已點出，「懷古詩」乃屬詩人詠懷古跡之作。其中不僅包含歷史的回顧，更不乏當前所覽古跡風景的描寫，以及個人由此而引發的感懷，乃至詩中表現的主要是「情和景」的結合。按，李白一生，自出蜀之後，旋即浪跡大江南北，於四處漫遊之際，可以趁此造訪各地的歷史古跡，其間難免會引發懷古之幽情。由於這類詩篇，往往情懷蕩漾，與詠史之章相比照，即使同樣以歷史的回顧爲創作題材，惟作者個人的感情則更爲顯著、濃郁。李白之作，尤難免如此。

試看李白一首〈越中覽古〉：

越王勾踐破吳歸，義士還家盡錦衣。
宮女如花滿春殿，只今惟有鷓鴣飛。

就其中涉及的歷史演變過程視之，此詩或許可視爲前引〈烏棲曲〉的「續篇」。當今學界一般認爲，大約在開元十四、五年間（七二八—七二九），李白遊覽越州時期所寫。觀其詩題，即已明確點出，乃是一首「覽古」之作。所覽之古跡，雖未特指，僅以「越中」一辭概括，惟從詩意觀察，應當是古越王宮殿的遺址。詩題所稱「越中」，乃指會稽，亦即今浙江紹興縣一帶，於唐時則隸屬越州，春秋時期的越國即曾建都於此。按，歷史上的越王勾踐（？—前四六五），被吳王夫差擊敗之後，的確忍辱負重，臥薪嘗膽，且發憤圖強，立志要報仇雪恥。經過十年生聚、教訓，其間雖然也曾經幾度進軍攻伐吳國的首都姑蘇，卻未果，惟終於在戰敗二十年後（前四七五），大敗吳軍。遂導致吳王夫差自刎而死，吳國滅亡，越王勾踐終於能取而代之而稱霸中原。但是，勾踐本人，卻在擊敗吳王夫差的勝利光環中，很快地頹廢下去，不久越國遂亡。李白此詩所寫，就是在遊覽越中古跡之際，引發的感懷。

首句：「越王勾踐破吳歸」，率先點明所覽越中古跡背後的歷史事件，也就是在越王勾踐終於打敗吳王夫差之後，眾軍班師回國之際。其間凱旋隊伍的浩大歡騰……，不著筆墨，且留下空白，任讀者去想像、緬懷。次句：「義士還家盡錦衣」，則將鏡頭轉向那些曾經與越王同仇敵愾，爲復國而拼命沙場的將士。既然宿敵消滅了，報仇雪恥終於成功了，將士們皆凱旋歸來，而且均受到越王的賞賜，從此無須再身穿鐵甲赴戰場，大夥都換上了耀眼的錦衣。這時處處都是衣錦榮歸、還家團圓的將士，其場面的熱鬧溫馨，可以想像。繼而第三句：「宮女如花滿春殿」，則將歡悅的鏡頭轉至越王的宮殿內：但見如花一般美艷的宮女，擠滿洋溢著春天喜悅氣息的宮殿，簇擁著勝利者越王勾踐。以上三句合而觀之，展現的是：越軍破吳之後，都城中到處是凱旋歸來，身穿錦衣的將士；宮殿內則擠滿了花枝招展的美豔宮女，眞是舉國歡騰，人人興高采烈啊！其間越王的躊躇自滿，當然亦盡在不言中。可是，最後結尾一句：「只今惟有鷓鴣飛」，卻筆鋒突轉，將歷史帶回當前的現實景象，彷彿僅僅一瞬間，就把上面三句描述的，所有的美滿、熱鬧、歡樂場景，一筆勾消了。過去曾經存在的歷史鏡頭，諸如：越王與將士們凱旋歸來的神氣得意，宮殿裡擠滿美豔宮女的富麗堂皇，還有舉國歡騰的欣慰熱鬧…。然而，詩人當前所看到的，卻只剩下幾隻鷓鴣鳥，在越王宮殿的遺址上飛來飛去而已。這最後一句中，無限冷落淒涼的古跡景色，與前三句著力描述的熱鬧歡騰場面，形成何等強烈的對比，其震撼力也久久不去。蓋昔日的春殿如今已廢爲荒丘，越王、將士、美人，亦盡爲黃土。這樣的景象，無須明說，已足以引人唏嘘不已。流盪在字裡行間的是，作者因覽古而引發的今昔之感，盛衰興亡之嘆。換言之，人世滄桑，生命無常，即使曾經何等輝煌榮耀，也不過是繁華一夢而已！如此一首深得佳評的懷古之作，其所以不同凡響，令人矚目之處或許在於：

首先，就詩歌的體式格局而言，當屬一首七言絕句。可是一般七絕，大都遵循所謂「起承轉合」的慣有程序。換言之，詩意的轉折點，通常均安排在第三句，幾乎已形成傳統的固定模式：亦即在內涵意境上，前聯兩句形成一單元，後聯兩句則另爲一單元。可是，李白這首〈越中覽古〉，則將前三句連成一鼓作氣之勢，及至尾句，情節卻突然逆轉，單獨成爲與前面三句形成完全相反的意境，故而顯得格外有震撼力量。清代的評論者，即曾經以這樣的格局組織，乃是李白在傳統七絕形式格調上的「獨創」。如沈德潛（一六七三—一七六九）《唐詩別裁集》，即特別指出，李白此詩：「三句說盛，一句說衰，其格獨創。」

其次，就情懷的抒發視之。倘若與李白其他揮灑自如、情性無遮之作相比照，此詩用筆之含蓄節制，亦令人矚目。按，全詩無一語發自作者的評論，而評論自在其間；無一句抒情，而詩人的情懷流當不已。倘若就此詩中涵蘊的，諸如對富貴無常，繁華如夢的感慨，對過去曾經何等榮耀輝煌，當今則只剩得如此一片荒涼殘破的領悟，彷佛是在說明：人生在世，瞬息即逝，到頭來，一切的努力都是徒勞的，即使所有偉大的功業，顯赫的聲名，也都是虛幻的。短短一首七絕，能蘊涵如此深遠的旨趣，乃是此詩所以能令歷來讀者味之無盡的特點。

試再舉一首〈夜泊牛渚懷古〉（題下小注：此地即謝尚聞袁宏詠史處）：

牛渚西江夜，青天無片雲。
登舟望秋月，空憶謝將軍。
余亦能高詠，斯人不可聞。
明朝掛帆席，楓葉落紛紛。

此詩也屬李白的名篇。形式上乃是一首「古律」，換言之，表面上貌似近體律詩，惟嚴格視之，其中平仄、對仗並未依循律詩格律之嚴格要求。按，詩題中所稱「牛渚」，乃指牛渚山，在今安徽當塗縣境內。由於牛渚山的北邊，於其低斜之處突出且延伸於長江中，遂成爲一般江船的停泊之處，也就是津渡碼頭。其實，長江於此段，因江勢相當險峻，於軍事攻防之際易守難攻，乃至歷史上曾經爲兵家屯軍、爭奪之處。就如三國時代的東吳大將周瑜，爲防禦曹操大軍，即曾屯兵於此；此後東晉時期的鎭西將軍謝尚，爲提防北國之侵犯，亦曾鎭守於此。蓋上引詩題小注中所稱謝尚（三〇八—三五七），乃出身謝氏世家大族，是謝安的族兄，謝靈運的從叔。謝尚本人，既是將才，也以能詩見稱。惟袁宏（三二八—三七六），則出身寒庶，雖頗有才華，早年卻甚不得志，只得憑藉地方政府糧稅機關的雇傭以維生計，爲地方政府當局運送稅糧至京城爲業。根據歷史加上傳說的記載，袁宏乃是在一次運糧的任務中，夜泊牛渚之際，巧遇同時也因公務在牛渚夜泊的謝尙。謝尙因偶然聽聞袁宏在隔船中自吟其所作的詠史詩，遂賞識不已；並於此後即延攬袁宏入幕，擔任其參軍，袁宏終於能夠出人頭地。這段巧遇，成爲歷史傳聞中不斷傳述的佳話[8]。李白大約於開元二十七、八年（七三〇—七三一）左右，曾途經牛渚，且就在此處泊舟過夜；面臨牛渚的夜色，難免懷想起當初謝尙與袁宏之間，宛如君臣遇合的故事，於是寫下這首懷古詩，緬懷這段歷史佳話，同時抒發自己的感慨。

首聯：「牛渚西江夜，青天無片雲」，立即點題，交代環境時空[9]，同時描寫夜泊牛渚所見江天一片，碧空萬里的景色。兩句合而觀之，展現的是，牛渚山一帶碧水與青天，上下輝映，一片明淨澄澈，且是古今相同，永恆不變的自然景觀，應該是可以不受俗世干擾的寧靜世界。然而，對一個擁有雄心壯志，卻未能得意者，也是最容易觸動內心深處，難以清楚說明的情結。二聯：「登舟望秋月，空憶謝將軍」，不由得回顧起當初，就在此牛堵之處，歷史上謝尙如何巧遇袁宏吟詩的一

8 據劉義慶（四〇三—四四四）《世說新語．文學》所記：「袁虎（袁宏，小字虎）小貧，嘗爲人傭，載運租。謝鎮西（鎮西將軍謝尚）經船行，其夜清風朗月，聞江渚間估客船上，有詠詩聲，甚有情致；所詠五言，又其所未嘗聞。嘆美不能已。即遣委曲訊問，乃是袁自詠其所作詠史詩。因此相邀，大相賞得。」

9 按，從建康（今南京）以西到江西境內的一段長江，古稱「西江」。

段佳話。遂將自己登舟望月的情懷，婉轉地以「空憶」謝尚將軍的懷思，暗示出自己當前「不得意」的現況。第三聯遂將筆端直接轉向自己：「余亦能高詠，斯人不可聞」。此聯實際上乃是「空憶謝將軍」的解釋說明。按，月亮永恆，秋景未變，牛渚山的江水，正如同古時一樣東流，一切都與當初謝尚聽聞袁宏吟詩的場景相同，甚至「余亦能高詠」，也如同當年袁宏那樣具有詩才，同樣也在吟誦自己的詩篇；可是如今，卻「斯人不可聞」，再也沒有像謝尚那樣知人識才的人物了。乃至自己的才華，無人賞識，沒有知音，無人推薦，所以才難忍「空憶謝將軍，斯人不可聞」的慨嘆。既然舉世滔滔，並無知音者，還不如「明朝掛帆去，楓葉落紛紛」。值得注意的是，尾聯當屬設想之辭，虛擬之景，寫其明朝離開牛渚掛帆遠去之際，江岸楓葉如何在颯颯秋風中紛紛飄落，一片寂寞清冷的景象。整首詩就在秋色秋聲中，以牛渚一帶的江景，傳達其覽古之情，遂予人以意在筆墨之外的意味。至於筆墨之外的「意」何屬，則留下想像的空間，令讀者去玩味品嚐。到底「楓葉落紛紛」暗示的是失意惆悵？淒哀悲涼？寂寞孤單？愁悶煩亂？或許可以都包容在內。讀者可以「概括承受」。

且看王士禎（一六三四—一七一一）於《帶經堂詩話》對此詩的評語：

> 或問「不著一字，盡得風流」之說（引司空圖：八三七—九〇八《詩品．含蓄》語）。答曰：太白詩「牛渚西江月……楓葉落紛紛」……詩至此，色相俱空。正如「羚羊掛角，無

跡可求」（引嚴羽：一二〇〇前後在世《滄浪詩話．詩辯》語）。畫家所謂逸品也。

王士禎評此詩，引司空圖《詩品》中論「含蓄」特色，所稱「不著一字，盡得風流」，正好點出，整首詩用語自然清新，且寫景如畫，抒情含蓄蘊藉，其妙處即在不道破、不言盡。讀者尤其不容忽略的是，李白於此，以景作結，寓情於景的筆法，更有助於表現一份在語言之外，悠悠無盡的情韻，宛如嚴羽所謂「不著一字，盡得風流」。何況再加上，此詩中全無對句，吟誦之際，顯得行文流暢如行雲流水，遂構成一種蕭散自然，風流自賞的意趣，這與李白詩中一再表現的飄逸不群，頗相契合。

就本章主題視之，覽古憶往之懷，原本是傳統中國詩歌中經常出現，且不斷吟詠的情懷。無論是詠史之作，或懷古之章，有關過去的歷史人物、事件，都是引發詩人吟詠、緬懷的題材對象。但是，中國詩人對歷史的態度，畢竟與記錄史實爲任務的歷史學家，甚至轉述歷史以發揮想像的小說家，均有所不同。

按，中國詩人其實並非對過去的歷史本身，懷有很大的興趣，而通常是把過去的歷史人物或事件，作爲一面鏡子，來映照當前。其中可包括：對當前政治社會的某些現象，以及個人生命存在的某種狀況；甚或以不斷變遷的歷史，來映照人生的短暫無常，以及自然宇宙的永恆。因此，中國詩人往往就在「個人／歷史／自然」的三重時空關係中，抒發其對個人生命的體認與感懷。茲由於歷史不斷地在演變，而且總好像越來越不如從前，乃至詩人對自己沒能趕上過去歷史的輝煌時代，會油然深感遺憾；卻又因爲清楚認知，歷史畢竟已經成爲過去，已經永遠消失在時光的永恆流逝中，可是偏偏景物依舊，古跡猶存，詩人面對一片舊苑荒臺，一座殘缺的宮殿，或一個古老的渡口⋯⋯，均免不了會引發起一分今昔之感，古今之嘆，以及人世變幻無常之悲。因此，無論是詠史之章或懷古之作，多少都會出現藉史事詠成敗，並抒當前懷抱的意涵。李白的詠史、懷古之篇，亦不免如此。但是，綜觀李白現存的詠史、懷古之章，畢竟表現出其個人的特色。

如果將李白的詠史、懷古的詩篇，與其他詩人撰寫同類主題之作相比照，不難發現，李白的詠史、懷古之篇的筆觸，相當節制，情懷也頗爲含蓄。不但證明李白詩歌風格之多樣化，並非僅只寫其一己之豪情壯志，展示個人狂放自大外露而已。實際上，就其所存覽古憶往之作視之，倘若將李白之前，甚或其同時代詩人的詠史、懷古之作相比照，讀者難免會發現：大凡李白覽古憶往之作，雖然不免繼前人之處，然而已明顯有將同類主題普遍化、典型化的傾向；而且就其內涵意境味之，其間議論、說理之處銳減，乃至展現個人抒情化的現象。這正是中國詩歌的抒情傳統，在李白筆下，無論是回述歷史人物事件，或造訪歷史古跡的感懷，均以其個人抒情述懷爲宗旨的明確表現。

第十章
思婦深閨之怨

所謂「思婦深閨之怨」，乃指女子遭受夫君或情郎冷落或遺棄的悲哀愁怨。這類詩歌有其長遠的傳統，通常以女子的經驗感受爲筆墨重點，一般稱「閨怨詩」、「思婦詩」或「棄婦詩」，如果女主角屬后妃宮女，則稱「宮怨詩」。當然，受冷落、遭遺棄的原因背景不一。有的是夫君或情郎成了征夫戍士，遠赴大漠邊塞，不能回家；有的或是男方外出經商，無法按時歸來；因此在心情感覺上，覺得受冷落、遭遺棄了。有的則是夫君或情郎薄倖寡義，移情別戀，不會回來了；有的則是因君王喜新厭舊，已經另結新寵，只得獨處冷宮淒涼度日……。這些均是在實際生活中被遺棄了。當然，抒寫思婦深閨之怨的作品，早在《詩經》中即已出現。按，《詩經》中的思婦閨怨詩，主要即是從女子角度，訴說在愛情或婚姻中受冷落、遭遺棄的處境和感受，並哀悼自己遭遇不幸，埋怨男方的負情背信，甚至還癡癡期盼對方能回心轉意……。這些內涵情境，從此爲後世同類詩歌譜出悲哀愁怨的基調。

惟不容忽略的是，經過屈原於〈離騷〉中曾經以男女喻君臣，以棄婦擬逐臣的啓發，加上漢儒又多從政治教化立場解說《詩經》的影響，漢魏以後的詩人，有意或無意間，會將思婦深閨之怨，作爲個人政治受挫，懷才不遇的寄託，乃至豐富了此類詩歌的內涵，增添了言外之意。然而，由於中國古代婦女的社會地位不高，生活範圍狹窄，詩歌中訴說思婦哀怨作品中的女性角色幾乎定型，其哀傷幽怨往往顯得單調重複，遂形成思婦深閨之怨，有其難以避免的局限。換言之，詩中表達的，大多是一些典型的失戀者或斷腸人的情思意念，諸如：孤單、寂寞、淒哀、幽怨等……，乃至會出現「共性多於特性」的色調。若要寫得好，要超越前人之窠臼，引人入勝，並不容易。李白卻是個中能手。

李白現存詩作中，有不少是以婦女生活情懷爲中心題材的作品。或許因爲其間也曾經出現一些與歌妓舞孃如何同遊共樂之章，乃至曾經引起一些衛道之士的不滿[1]。當然，李白筆下的思婦深閨之怨，基本上還是繼承前人，尤其是樂府舊題的傳統，其取材包括歷史上著名的后妃，還有民間庶族的無名女子，如征夫戍士之妻、商人之婦等。但是在繼承中卻頗見創意。以下試分別論述：

1 據釋惠洪（一〇七一—一一二八）《冷齋詩話》記王安石編《四家詩選》事，云：「舒王以李太白、杜少陵、韓退之、歐陽永叔詩，編爲《四家詩集》，而以歐公居太白之上，世莫曉其意。舒王曰：『太白辭語迅快，無疏脫處；然其識汚下，詩辭十句九句言婦人、酒耳。……』」。

一、后妃宮女之怨

傳統中國君王，不但必須主理萬般朝政，還得應付「後宮三千」的爭寵，的確不容易。當然，君王畢竟是天之驕子，對於後宮諸女，可以隨興寵幸，乃至身處內廷中的后妃宮女，難免會有面臨失寵命運，甚至打入冷宮，獨守空閨的凄哀局面。就現存唐詩中，即出現不少的例子[2]。李白的〈玉階怨〉即是一首寫「宮怨」的名篇，且看：

玉階生白露，夜久侵羅襪。
卻下水精簾，玲瓏望秋月。

按，〈玉階怨〉原屬樂府舊題，主旨就是吟嘆失寵后妃宮女的幽怨。當然，現存最早抒發失寵后妃之怨的作品，並非樂府詩，而是辭賦。諸如司馬相如(前一七九—前一一七)爲漢武帝的陳皇后所作

2 有關唐代宮怨詩的一般特色，見Kuo-ying Wang（王國瓔）"Poetry of Palace Plaint of the Tang: Its Potential and Limitations," in David Knechtges & Eugene Vance (ed.), *Rhetoric and the Discourses of Power in Court Culture – China, Europe and Japan* (Seattle and London: University of Washington Press, 2005), pp. 160- 176.

的〈長門賦〉，繼而還有漢成帝的妃子班婕妤(前四八?—前六?)在自知失寵後所寫的〈自悼賦〉。學界一般認為，李白此詩乃是模擬南齊詩人謝朓(四六四—四九九)的樂府詩〈玉階怨〉，且同樣以第三人稱，旁觀角度抒寫。試論析李白此詩之要點，並與謝朓之作相比照：

前聯上句「玉階生白露」，純粹是客觀景象的描繪，率先點出節令、時間：是正當秋天的季節，露水凝聚的夜晚。其中「玉階」，已展現居此處者身分的高貴，環境的考究[3]。緊接著下句「夜久侵羅襪」，夜更深了，露水已經浸溼了羅襪。顯然久久佇立在玉階上的，是一個衣著考究的女子，至於她的相貌容姿，則不著筆墨，留在讀者的想像中。兩句合而觀之，「階」乃是迎人之處，佇立在玉階上的女子，應該正在等待盼望甚麼人的造訪。可是，夜已深了，就連羅襪都讓露水浸溼了，然而等待盼望的人，卻始終沒有出現，僅只她孤另另的身影而已。久等無望之餘，終於決定，還是轉回室內。後聯「卻下水精簾，玲瓏望秋月」，即寫此女在室內的情景。上句「卻下水精簾」，展示她在無奈中姑且還是放下了水精簾。不容忽略的是，顯然這水精簾原先應該是捲起來的，以方便訪客的進出，如今卻將水精簾放了下來，表示已經不再期待有訪客了。換言之，不再等待了，反正他不會來了。可是，就在放下水精簾之後，卻還是忍不住，隔著簾子「玲瓏望秋月」。

3 按，「玉階」即已出現在班婕妤〈自悼賦〉：「潛玄宮兮幽以清，應門閉兮禁闥扃。華殿塵兮玉階苔，中庭萋兮綠草生。……」

這「玲瓏」二字，頗堪玩味。似乎指盈盈圓月的晶瑩亮麗，也彷彿是此女的玲瓏美麗。兩句合而觀之，水精簾是放下來了，可是盼望之心，卻並沒能放下來，還是隔著水精簾，獨自朝簾外瞭望；偏偏她望見的，不是等待盼望的意中人，而是遠在天邊，可望不可及，象徵團圓美滿的盈盈圓月。

這首詩，在許多後世評論者的稱頌中，頗能以寥寥數語即點出其特色，且引人深味者，或當屬蕭士贇（一二四一—一二五二間進士）於《分類補注李太白詩》所云：

> 太白此篇，無一字言怨，而隱然幽怨之意，見於言外。

的確，整首詩在內涵旨趣上「無一字言怨」，只不過僅僅呈現幾個無聲的鏡頭，幾個輕微的動作而已，諸如：立階、下簾、望月，卻在字裡行間流盪著這個女子無限的癡情和幽怨。雖然聞一多先生於其《唐詩雜論．英譯李太白詩》一文中，曾針對此詩之英譯，風趣地認爲，此首〈玉階怨〉，「美」得不能碰，一碰就可能將其毀了。惟當今研讀李白詩的讀者，卻又不能不碰，更不能不嘗試論析此詩所以引人入勝，尤其在藝術風貌方面的精彩表現。

首先，即是此詩中展現的「任物自陳」的風貌。換言之，作者的筆墨，主要是「展現」而非「敘述」（showing, not telling）。整首詩傳達的就是一分「怨情」，卻不著一個「怨」字。其間沒有任何情緒字眼的介入，亦無心理狀況的說明，詩人始終隱藏在鏡頭的幕後，讓這個女子在讀者面前自然演出。讀者可以不受作者主觀立場或其個人感情語氣的干擾，可以直接去觀賞、體味詩中女主人公的幽怨。這與我們向來熟習的李白詩歌所表現的，狂放自大，情懷澎湃起伏，往往情不自禁，會把自己的人格形象與情緒潑灑在作品中，何其不同！倘若將此詩與謝眺〈玉階怨〉比照觀之：

夕殿下珠簾，流螢飛復息。
長夜縫羅衣，思君此何極！

謝眺之作雖亦屬佳篇，可是最後一句「思君此何極」，則將女主人公的情緒，無遮地瀉出，雖有助於讀者對此女幽思情懷的同情，卻減低了令讀者深思的餘味。李白的〈玉階怨〉則足以證明，即使是模擬前人之作，其筆墨之含蓄節制，猶如司空圖針對「含蓄」品所云：「不著一字，盡得風流」，也是李白詩歌的一種不容忽略的重要品質。

其次，則是詩中「意象」運用的效果。蓋李白於此詩中，雖無一字言怨，卻通過幾個晶瑩亮麗，且帶有清寒意味的意象，把女主人公的幽怨情懷，隱隱傳達出來。例如：已經生起一層「白露」的「玉階」，令人聯想到時光推移中的期盼與等待，而其潔白清冷，彷彿是在期盼等待中沒有一絲雜念的專注入神。再者，「露」通常呈顆粒狀，宛如顆顆淚珠，引發的聯想是淚珠背後的淒苦與悲哀。又如，讓露水浸溼了的「羅襪」，不僅顯示此女並非尋常民間庶女，更重要的是，反映女主人公在專注入神的期盼等待中，對時光推移、自然運轉的漠視。再看「卻下」的「水精簾」。蓋「水精簾」原本代表富貴華美的閨房，然而「卻下」的動作，則暗示出內心經過掙扎之後，姑且不再繼續等待的抉擇；揭露的是一分極端的無奈，無比的失望。再進一步體味，已經卻下的「水精簾」，一顆一顆、成串成串的，會令人聯想到成串流下來的淚珠；女主人公的委屈、哀傷，盡在不言中。還有「玲瓏秋月」，展現盈盈圓月的晶瑩明亮，象徵團圓美滿。但是此玲瓏秋月卻高掛在遙遠的夜空，我們的女主人公，則是獨自在遙「望」，而且還是隔著水精簾而望，其深情款款，已不言而喻。再進一步體味，秋月的圓滿，與女主人公獨自盼人的孤單形影，正形成一種「反諷」：月圓人卻未圓，更顯得她形單影隻的孤寂。何況「玲瓏秋月」遠在天邊，可望卻不可即，那麼她殷切盼望的美滿團圓，似乎也遙不可期了。當然，這一切在詩中均未明言，只是通過意象的運用，可以引發讀者品味之際的聯想而已。

再看同樣屬樂府舊題的〈長門怨〉二首：

天迴北斗掛西樓，金屋無人螢火流。
月光欲到長門殿，別作深宮一段愁。（其一）

桂殿長愁不記春，黃金四屋起秋塵。

夜懸明鏡青天上，獨照長門宮裡人。（其二）

歷來論者一般均認為，李白的〈長門怨〉，乃是從司馬相如〈長門賦〉衍生而出的樂府詩[4]。詩中的女主人公，當即是漢武帝移愛衛子夫（名將衛青之姐）之後的失寵妻子陳皇后，亦即小名「阿嬌」者[5]。失去了君王寵愛的阿嬌，從此在文學作品中成為失寵后妃的典型，其幽居的長門宮，則從此成為冷宮的代表。李白的〈長門怨〉二首，雖亦沿用樂府舊題，且可各自成篇，惟以其內涵意境相連，當以聯章視之。

第一首，通篇寫景，惟景中有情；且浮現在字裡行間的景外之人，呼之欲出。首聯：「天迴北斗掛西樓，金屋無人螢火流」。點出是秋天的季節，夜深時刻；金屋藏嬌處，空蕩無人，但見螢火在夜色中流動而已。則此金屋之荒廢已久，可以想見；原先的女主人，早已失寵，且貶入冷宮的境遇，亦暗含其間。接著後聯：「月光欲到長門殿，別作深宮一段愁」。值得注意的是，這兩句的主

4　據吳兢（六七〇——七四九）《樂府古題要解》：「〈長門怨〉，為漢武帝陳皇后作也。后，長公主嫖女，字阿嬌，及衛子夫（大將衛青之姐）得幸，后退居長門宮。聞司馬相如工文章，奉黃金百斤，令為解愁之辭。相如作〈長門賦〉，帝見而傷之，復得親幸者數年。後人因其賦為〈長門怨〉焉。」

5　據《漢武故事》（魏晉時人撰）：「帝為膠東王數歲，長公主抱置膝上，問曰：『兒欲得婦否？』曰：『欲得。』長公主指左右長卿百餘人，皆云不用。指其女：『阿嬌好否？』笑對曰：『好。若得阿嬌作婦，當作金屋貯之。』」按，此當即「金屋藏嬌」典故的來源。

詞乃是「月光」。意指隨著時間的推移，月光已流轉到長門殿來了，何況「見月思人」，彷彿有意爲這座冷落的深宮，更惹出「一段愁」來。按，整首詩展現的，彷彿是一幅「月夜深宮圖」，境界清冷寂寥，且不見一個人影，只有螢火的流動，月光的流轉，以及冷落淒涼的長門深宮。乃至身居此冷宮中之人，在月光的招惹之下，其情之苦、愁之深，已盡在不言中。

第二首，則集中筆墨抒寫因月光的招惹，更增添的一分「愁」。主要還是景的展露，且直到最後一句，方隱約浮現深居長門宮中的人影。前聯：「桂殿長愁不記春，黃金四屋起秋塵」，上句中的「桂殿」，乃藉指長門殿之類的冷宮[6]。而「長愁不記春」，則暗指深居長門冷宮者，在漫長歲月的愁怨中，已經不記得還曾經出現過，宛如春天一般的歡悅。下句言歸正傳，且回應前面一首的「金屋無人」，進一步展現「黃金屋」內到處佈滿灰塵的荒涼景象。女主人公失寵之後，搬離黃金屋之久，已盡在不言中。至於女主人公目前的境況如何呢，則見後聯：「夜懸明鏡青天上，獨照長門宮裡人」，就在如明鏡般亮麗的盈盈圓月輝照之下，一個朦朧的孤獨身影，浮現在讀者面前。蓋亮麗的盈盈圓月彷彿有情，或許是來陪伴長門宮裡人吧？但是，盈盈圓月，如此圓滿美好，反而更引起深居長門宮裡人的孤獨寂寞，更增添了哀愁，更加深了幽怨。如此情景，正回應第一首的最後一句，月光流轉至此，卻「別作深宮一段愁」。

6　按，「桂殿」即「桂宮」，乃漢代宮殿名稱。此處乃借指長門宮。

回顧李白〈長門怨〉二首，雖然有陳皇后阿嬌失寵，幽居長門冷宮的歷史故事爲背景，出現「黃金屋」、「長門宮」這些明確的歷史時空環境，但是，兩首詩中的女主人公，則與前舉〈玉階怨〉詩中的女子一樣，並無個人肖像或人格情性的描寫。實際上，〈長門怨〉中的女主人，直到第二首最後一句才出場，也只是在月光下一個朦朧的身影而已。可見詩人的筆墨興趣，並非爲某一特定女子發言，而是傳達一分，大凡失去君王恩寵者，在受冷落、遭遺棄的境況中，普遍性的經驗感受。乃至留下空白，容許讀者去品味、塡補，遂引發了不同的聯想與解讀。如蕭士贇就認爲，李白此詩乃是影射「玄宗王皇后事」[7]。當然，由於解讀紛歧，也有持不同看法者，如明人梅鼎祚(一五五三—一六一九)《李詩鈔》則認爲：

> 二者蕭注以感明皇廢王后之作，然此詩或自況耳。古宮怨詩大都自況。

梅鼎祚顯然在此詩的女主人公身上，聯想到作者李白的遭遇：當初在翰林院曾經何等風光，不久卻失去了玄宗的恩寵，遂導致其被玄宗「賜金放還，逐出宮門」之後的愁怨心情。何況自屈原〈離

7　蕭士贇《分類補注李太白詩》論〈長門怨〉，認爲：「二詩皆隱括漢武帝陳皇后事，以比玄宗王后，其意微而婉矣。」按，唐玄宗元配王皇后，因年長色衰，且無生育，暗中聽信巫術念咒求子，經人告發，玄宗大怒，開元十二年(七二四)下詔廢王皇后，趕出中宮，別室安置。王皇后在冷宮中，既悔且怨，憂鬱成疾，不久即去世。

騷〉，已經爲後世詩人開啓了以男女喻君臣、棄婦擬逐臣的傳統。

當然，李白此詩是否在有意或無意間以怨婦或棄婦「自況」，實無法證明；惟讀者所以會有這樣的聯想而解讀，卻也難以推翻。正由於如此，才顯得李白的「宮怨詩」，在情懷旨趣方面的開放性與包容性，可以令讀者在吟味之際，共同參與創作。惟不容忽略的是，在李白筆下受冷落、遭遺棄的女子，並不局限於宮廷王室的后妃，即使一般普通庶族平民百姓人家的女子，也會因爲夫君或情郎滯久未歸，同樣會面臨受冷落、遭遺棄，乃至獨守空閨，遍嘗孤寂的命運。

二、民間庶女之思

倘若將「民間庶女之思」與「后妃宮女之怨」比照視之，顯然即使是尋常人家，民間庶女，同樣也會遭遇獨守空閨的命運。然而，有趣的是，宮怨詩中的女子，通常比較沈默含蓄，除了流淚之外，幾乎從不出聲，而且舉止輕盈優雅，彷彿終日無所事事，只是專心專意的相思、自憐，乃至令這類詩歌的意境氣氛，雖能予人以美感，卻往往顯得比較寂寥，甚至有些鬱悶。如果詩中女子乃是民間庶女，則情境有明顯的不同。蓋民間庶女，通常會在日常生活中忙碌，爲夫君或情郎織布或搗衣，流露她對遠人的相思之情；甚至偶而還會在孤獨寂寥中自言自語，訴說她心中的相思情意。因此，這類詩中的氣氛，雖然也不免涵蘊著女主人公的哀愁、幽怨，但卻顯得比較生動活潑，且充滿日常生活氣息。

茲以李白〈子夜吳歌·秋歌〉爲例：

長安一片月，萬户擣衣聲。

秋風吹不盡，總是玉關情。

何日平胡虜？良人罷遠征。

按，現存六朝樂府「吳聲歌曲」中，即有一類名稱〈子夜歌〉者。依據宋人郭茂倩《樂府詩集》，「子夜」原是晉代某一著名歌女之藝名，惟因其歌流行江南[8]，尤其是長江中下游一帶的「吳」地，遂成爲樂府歌詩中「吳聲歌曲」的代表。今存晉、宋、齊三代的〈子夜歌〉共有四十多首，均以女子第一人稱口吻，抒發男女之情，訴說愛情生活中的悲歡離合。以後則又衍化成〈子夜四時歌〉，其間歌辭內容與春夏秋冬四季的時序相結合，遂帶有組歌的性質。李白名稱的〈子夜吳歌〉，在《樂府詩集》中即作〈子夜四時歌〉四首，且將四首分別以「春歌」、「夏歌」、「秋歌」、「冬歌」爲副標題。其中第一、二首，分別寫秦女採桑、越女採蓮，第三、四首，則寫長安城中的女子，如何預備爲遠在邊塞服役的夫君或情郎縫製征衣。上引詩例即屬此組詩中的第三首

8　宋人郭茂倩《樂府詩集》引《唐書·樂志》：「〈子夜歌〉者，晉曲也。晉有女子名子夜，造此聲，聲過哀苦……。」

「秋歌」。以下試詳加論析：

首聯發端句：「長安一片月」，立即展現，長安是在秋月輝照下，一片清輝萬里之夜色裡。讀者可以想見，舉凡長安地區的房舍、樹木、大街、小巷，均籠罩在一片月色中，應該是一個寧靜清幽且美麗的月夜。但是，月光往往會引發懷人之思，撩起相思之情；於是下句：「萬戶搗衣聲」，立即讓讀者彷彿聽到流盪在長安一片月夜中的「秋聲」。原來是長安城內千家萬戶的婦女，尚未安睡，還正在忙著搗捶布帛，使其平貼柔軟，以備為出征邊塞的夫君裁製秋涼後的冬衣[9]。乃至家家戶戶的搗衣聲，就流盪在長安月色的一片濃濃相思情意中。隨即第二聯：「秋風吹不停，總是玉關情」，筆端開始探入搗衣女子的內心深處。其間吹襲不停的秋風，為整首詩的畫面增添了蕭瑟淒寒的氣氛，對遠在玉門關邊塞地區的夫君關愛思念之情，也綿綿無盡，無處不在了。詩筆寫至此，情思也夠完整了。可是，李白大筆一揮，另外增添了一聯作結[10]：「何日平胡虜？良人罷遠征！」兩句或當屬思婦之情，直接道出思婦內心的期盼，同時委婉點出，對邊患不斷，戰爭持續不止的埋怨。過去的論者，單就從這兩句中，已經感受到其間流露對朝廷黷武政策的不滿。並贊其言溫柔敦

---

9 按，唐代征夫戍士身穿的四季衣服，均須民間家中供給，與宋代以後由朝廷統一發放征衣不同。因此，每到秋寒之際，征人家中的婦女，包括妻子或母親，就要趕製冬衣，以便及時送到征人手中，免得受寒挨凍。搗布帛衣料，就是為了趕製冬衣。

10 前人所寫〈子夜歌〉或〈子夜四時歌〉，每首均屬五言四句體，惟李白於此卻增為六句，或當屬創格。

厚，頗得《詩經．國風》「怨而不怒」的詩教之旨[11]。

回顧整首詩，主要乃是以皓潔的月光，搗衣的聲響，秋風的吹襲，還有女子的綿綿相思，構成一幅情景交融的相思意境。其中「一片月」、「萬戶聲」，加上思婦的情思蕩漾，由長安而遠及萬里之外的邊塞，遂令詩意的空間浩大，境界開闊，正巧展現李白詩歌的一般特色。不過，對於此詩以三聯六句的格式結構，曾引起不少議論。或認爲「結二句，似乎可去。得解其妙乃出[12]。」又或明確指出「李太白〈子夜吳歌〉……余竊謂刪去末二句作絕句，更覺渾含無盡[13]。」當然，如果刪去後二句，成爲一首五言的古體絕句，的確可以自成一個情景交融的意境，而且頗得含蓄之妙，符合一般詩論者的審美趣味，同時亦與傳統〈子夜歌〉每首四句的格式相承。不過，從另一角度視之，李白在其〈子夜歌〉中的變化，不單單是在格式體例上將四句擴展爲六句而已。首先，「何日平胡虜，良人罷遠征」，直接吐露出女子的心聲，增添了民歌本色，也正符合搗衣女子的平民身分。其次，將兒女私情與家國命運的關懷，並朝廷戍邊政策的不滿，聯繫起來，乃至擴大了以往〈子夜歌〉傳統的內涵意境。這正是李白詩歌不容忽略的創新之處。

---

11 如明代唐汝詢，《唐詩解》：「此或戍婦之辭，以譏當時戰戍之苦也。……不恨朝廷之黷武，但言胡虜之未平，深得風人之旨。」又如清代沈德潛，《唐詩別裁集》：「不言朝家之黷武，而言胡虜之未平，立言溫厚。」

12 引文見清人吳昌祺，《刪定唐詩解》卷二。

13 引文取自田同之（康熙時舉人）《西圃詩說》。

再舉李白著名的〈烏夜啼〉一首：

黃雲城邊烏欲棲，歸飛啞啞枝上啼。
機中織錦秦川女，碧紗如煙隔窗語。
停梭悵然憶遠人，獨宿孤房淚如雨。

蓋〈烏夜啼〉原屬南朝樂府舊題，多寫男女離別相思之情。李白此作雖亦沿用傳統題旨，惟篇幅則增爲六句。根據一些筆記傳說，此詩或與李白另一首〈烏棲曲〉，即是曾令賀知章（六五九—七四四）驚爲「可以泣鬼神」詩作之一[14]。實際情形雖已不清楚，或許可視爲李白較早期之作。

首聯：「黃雲城邊烏欲棲，歸飛啞啞枝上啼」[15]，立即點明環境時空：正是黃土飛揚，秋風吹襲的季節；並交代地點：就是在城市邊遠地區，亦即一般尋常百姓人家的居處。時間：則是黃昏時刻，群鴉歸飛，盤旋樹枝，選擇棲息所之際，亦即群鴉啼聲啞啞，最惹人心煩不安之時。接著次

14　據孟棨（約八四〇—八八六），《本事詩》卷三〈高逸〉：「李白初自蜀至京師……賀之章……又見其〈烏棲曲〉，歎賞苦吟曰：『此詩可以泣鬼神矣！』故杜子美贈詩及焉……。或言是〈烏夜啼〉二篇，未知孰是，故兩錄之。」

15　或以此處乃化用初唐詩人楊巨源〈烏夜啼〉句：「烏棲不定枝條弱，城頭夜半枝啞啞。」

聯：「機中織錦秦川女，碧紗如煙隔窗語」[16]，女主人公出場，原來是一個正在織布機上編織「錦書」以寄相思的秦川女子。雖然詩中對此女之像貌容姿服飾，均不著筆墨，接著卻讓讀者與他一起在暮色朦朧中，透過如煙雲般的碧紗窗，依稀窺見一個倩影，且隱約聽見她自言自語的低微聲音。隨即第三聯：「停梭悵然憶遠人，獨宿孤房淚如雨！」遂令讀者彷彿隨著作者的導引，也湊近碧紗窗，窺見此女由日至夜，獨自在濃濃相思之中淚下如雨的情懷舉止。

整首詩表面上乃是沿襲前人作品，寫思婦懷人情景。惟因清楚點出此女主人公乃是「秦川女」，何況又能「織錦書」，遂令讀者很容易聯想到西晉時期竇滔之妻蘇蕙寫「迴文書」以寄相思的故事[17]。但是，詩中卻又並無其他具體線索，何況秦川乃是一個頗爲寬廣的地區。顯然作者筆下的人物，當非確指，並不「拘於陳跡」[18]，乃至整首詩不受確定歷史人物事件的局限，並非吟詠特定某人物的事跡，而成爲一首藉古人古事，具有普遍性的抒情曲，容許讀者撫讀之際，可以憑想像、依己意，去體味。故而遂出現以此詩乃爲「似譏明皇開邊」之作的觀點[19]。惟值得注意的是，

---

16 此處可能乃化用庾信（五一三—五八一）〈烏夜啼〉句：「彈琴蜀郡卓家女，織錦秦川竇氏妻。」按，「秦川竇氏妻」，當指苻秦時竇滔之妻蘇蕙。據《晉書·列女傳》：「竇滔妻蘇氏，始平人也。名蕙，字若蘭，善屬文。滔，苻堅時爲秦川刺史，被徙流沙。蘇氏思之，織錦爲『迴文旋圖書』以贈滔。婉轉循環以讀之，辭甚悽惋，凡八百四十字。」

17 事見《晉書·列女傳》。

18 明人朱諫《李詩選註》即認爲：「白作〈鳴夜啼〉之曲，不蹈舊事而出新意，蓋爲樂府之新聲而不拘於陳跡也。」

19 高步瀛，《唐宋詩舉要》卷二，即以「此詩似譏明皇開邊也。」

李白於此詩中，並無女主人公肖像的展示，亦無個人獨特情性的描寫，乃至與宮怨詩以及其他類似詩作中民間思婦的傳統形象雷同。換言之，詩中人物主角均無特指的個性，只有共性。作者筆下傳達的，只不過是一種大凡受冷落、遭遺棄者的「典型」，其中包括：幽閉於室內，消極的等待，眼看時光流逝，青春虛度，年華老去，卻又無法自我救贖，只能獨自傷心流淚……。這些顯然亦屬，大凡受冷落、遭遺棄者的普遍經驗，並非只有某特定人物的感受。因此，很容易喚起讀者撫讀之際的聯想，或許，作者於詩中還另外含有某些言外之意、弦外之音。

試再舉一首〈長相思〉爲例：

長相思，在長安。
絡緯秋啼金井欄，微霜淒淒簟色寒。
孤燈不明思欲絕，捲帷望月空長嘆。
美人如花隔雲端。
上有青冥之高天，下有淥水之波瀾。
天長路遠魂飛苦，夢魂不到關山難。
長相思，摧心肝！

李白此詩，顯然亦屬沿用南朝樂府〈長相思〉舊題，故而以男女相思之情爲筆墨重點。其發端二句：「長相思，在長安」，立即扣題，並點出，長安即是引發長相思之處。以下兩聯即順勢寫「長相思」之苦：「絡緯秋啼金井欄，微霜淒淒簟色寒」，乃是進一步，以當前景色引發的聽覺與觸覺感受，指出所以引發「長相思」之情的確切時間、地點，與季節：是深秋季節，露涼風冷的夜晚，且就在庭院的井邊欄杆下，傳來絡緯(俗稱紡織娘，今稱蟋蟀)不住哀啼，正是令人但感枕席寒冷之時。隨即將鏡頭移入室內，讓讀者目睹女主人公如何深夜難眠的情景：「孤燈不明思欲絕，捲帷望月空長嘆」。蓋夜已深了，就在一盞即將燃盡的孤燈下，就因爲相思懷人之情所苦，於是按耐不住，捲起了帷幕，遙望天上明月，徒自長歎。詩意至此，彷彿始終依循前人〈長相思〉的本意。可是，接著李白卻增添一獨立的單句：「美人如花隔雲端」。遂令整首詩的旨趣，變得複雜起來。

問題是，此遠隔雲端，可望不可即的「美人」何指？由於「美」字，並不局限於形容相貌之美，通常亦含有「善」的意思。乃至「美人」一詞，既可單純指「美女」，如上舉〈怨情〉中「美人捲珠簾」。可是，在《詩經》或《楚辭》中，「美人」又往往指賢能之士或理想的人君[20]。目前

20　諸如：《詩經．邶風．簡兮》：「簡兮簡兮，方將萬舞。……云誰之思？西方美人。彼美人兮，西方之人兮！」亦見《詩經．陳風．澤陂》：「彼澤之陂，有蒲與荷。有美一人，傷如之何。寤寐無爲，涕泗滂沱。」爰及《楚辭．離騷》：「惟草木之零落兮，恐美人之遲暮」，美人或爲賢士君子的代稱；如《楚辭．九章．思美人》：「思美人兮，攬涕而佇眙。媒絕路阻兮，言不可結而貽。」

姑且順其詩意撫讀下去，繼而以下兩聯：「上有青冥之高天，下有淥水之波瀾」，表示無論上至青天，下赴淥水，但感「天長路遠魂飛苦，夢魂不到關山難。」換言之，美人終究未能尋獲。按，這四句中展示的靈魂之旅，夢遊的追尋，很容易令讀者聯想到屈原於其〈離騷〉中，上下求女的情節，而且結果同樣是求索無望的怨悱。所以說：「長相思，摧心肝！」於是爲整首詩增添一分悲慟，一分肝腸寸斷的悲慟。然而，前人對此詩領會的觀點，卻並不完全一致：或讚其詩乃屬歎爲觀止的佳作[21]；或指此詩乃是「賢者窮於不遇，而不敢忘君，斯忠厚之旨也」[22]。換言之，論者均認爲，李白此〈長相思〉之作，含意並不單純，其中必然另含寓意，別有寄託。

的確，李白之詩，即使沿襲舊題，亦往往不受舊題的拘束，甚至流露其出人意外的表現。而李白的表現，並不局限於體式或題旨的創新，更在於情味意念的翻新。以下且再舉李白的〈春怨〉（亦作：春怨情），或許可視爲一首代表：

白馬金羈遼海東，羅帷繡被臥春風。

---

21 如清人王夫之，《唐詩評選》卷一：「題中偏不欲顯，象外偏令有餘，一以爲風度，一以爲淋漓。嗚呼！觀止矣！」

22 據《唐宋詩醇》（乾隆一五年御定）卷二：「絡緯秋啼，時將晚矣。曹植（〈美女篇〉）云：『盛年處房室，中夜起長歎。』其寓寫則同。然植意以禮義自手，此則不勝淪落之感。〈衛風〉（當作〈邶風．簡兮〉）曰：『云誰之思，西方美人。』《楚辭》曰：『恐美人之遲暮。』賢者窮於不遇，而不敢忘君，斯忠厚之旨也。辭清意婉，妙於言情。」

落月低軒窺燭盡，飛花入户笑床空。

蓋標題「春怨」之「春」字，即耐人尋味。按，春天原是生命茁長的季節，是自然界春光明媚、絢麗燦爛之時，亦是人世間充滿青春歡悅之際，卻也是最容易引起春心蕩漾的時節。此詩寫的就是一個青春少婦面臨春臨大地，卻無人陪伴的幽怨。前聯：「白馬金羈遼海東，羅帷繡被臥春風」，介紹人物，點出季節、狀況。首句先展示，當初夫君或情郎正要出征遠至遼海東之際，何等的威武英挺形象，次句則立即將鏡頭回轉到閨房裡，展示此少婦在春風飄拂中，卻獨臥繡被的孤單情景。偏偏隨著月光的流轉，月落低軒，燭光已盡，但見飛花飄舞，而隨風而舞的花瓣，竟然又飛入户內，且落在床上，彷彿是在調侃嘲笑她：哎唷喂！怎麼床上身旁空空，無人陪伴啊！

這樣一首詩，的確清新可喜。尤其是其間筆墨，擺脫了傳統閨怨詩的淒哀愁怨，乃至令人悲傷苦悶的基調亦明顯改變。蓋李白於此，顯然是以同情憐憫的態度，輕鬆溫柔的語氣，嘴角彷彿含著微笑，讓讀者和他一起觀賞，一個年輕美貌的少婦，如何初次嚐到與情郎或夫君別離的滋味，但感形單影隻的委屈。同時亦引發讀者，對詩中這個孤獨女子的同情與憐惜。這樣一首詩，應該不會有甚麼「比興寄託」，或許只不過是一首模擬之際的「戲作」。可是，畢竟增添了閨怨詩的趣味，且指出盛唐時期的閨怨詩，在意境方面的發展方向。諸如金昌緒〈春怨〉、王昌齡〈閨怨〉均可證[23]。

綜觀李白筆下的思婦深閨之怨，當然主要還是繼承前人傳統，多從思婦的立場角度，抒發獨守空閨，受冷落、遭遺棄的幽怨。但李白畢竟是大家，不時展露其創新之處。以下茲從繼承與創新兩方面作爲此章的小結。

一、傳統的繼承：

1. 思婦形象的典型

李白筆下大凡涉及思婦深閨之怨的詩篇，依其女主人公的出身背景，包括宮女后妃與民間庶女。其中有歷史上的知名女子，亦有無名氏者。惟其間的共同特色是，均無個別人物肖像的描寫，思婦的形象主要是通過行爲表現、心理活動而構成。倘若屬民間庶女，往往將她放在日常生活的活動中，諸如：搗衣、織布等，因此流露一分日常生活氣息。如果是后妃宮女，則通常是百無聊賴地無所事事，僅是單純的相思，乃至與人以鬱悶之感。惟值得注意的是，詩中女主人公的身分地位，

---

23 如金昌緒〈春怨〉：「打起黃鶯兒，莫教枝上啼。啼時驚妾夢，不得到遼西。」又如王昌齡〈閨怨〉：「閨中少婦不知愁，春日擬妝上翠樓。忽見陌頭楊柳色，悔教夫婿覓封侯。」亦同樣以輕鬆、溫柔的語氣，道出閨中思婦的幽怨。

無論貴賤，均缺少個人獨特的個性，沒有獨立的人格，對於自己受冷落、遭遺棄的命運，均逆來順受，不作反彈，只是困守幽閉的宮中或室內，在明月下、孤燈旁，無望地期盼等待，且眼看著時光流逝，青春浪費，容顏老去……。故而以其怨而不怒的溫柔敦厚，棄而猶忠的款款深情，打動人心。正由於這些思婦形象的共性遠多於個性，乃至詩中展現的，並非現實社會某個角落的個別女子，而是作者心目中的一種「典型」。因此，女主人公受冷落、遭遺棄的經驗感受，加上對《楚辭》中屈原往往以男女喻君臣、棄婦擬逐臣傳統之認知，乃至讀者在思婦深閨之怨的情景中，很容易聯想到人臣賢士見棄君王、懷才不遇的悲哀。

2. 幽怨情境的局限

從李白筆下的思婦深閨之怨，即可看出，傳統閨怨詩的內涵，變化不多。雖然詩中思婦面臨的生活境況，可能令人聯想到見疏受逐之人臣，但是，思婦的幽怨情境，畢竟格局狹小且固定，有相當的局限。其中包括：

(1) 生活境遇之幽

傳統閨怨詩的內涵，大多鮮少變化。儘管其中思婦的境遇，會令人聯想到見疏受逐之人臣，二者的經驗感受，的確亦有類似之處；但是，思婦似乎永遠幽閉在室內，默默認命：或織布、搗衣以示相思，或無所事事，只顧呆坐孤燈旁，獨立月光下，害相思。女主人公如此狹窄的生活境遇，格局固定而狹小，畢竟有其相當的局限，乃至難以「昇華」。

(2) 形單影隻之怨

以思婦作爲深閨之怨的女主人公，寫其悲哀愁怨之際，似乎總是圍繞在男女愛情或婚姻的關係上。這當然受限於傳統社會中女性的身分、地位，以及胸襟、視野的局限。按，傳統社會中的女性，能允其讀詩書者，實屬鳳毛麟角，乃至除了居家之外，不但均無以擁有自己的職位事業，且難以和國朝社稷有任何直接的瓜革，當然不可能期望對君王朝廷有所用，更不可能懷有治國平天下的偉大理想抱負。因此，遂導致閨怨或宮怨詩中流露的思婦情懷，往往只能圍繞在男女關係間的形單影隻的層面上，表現的主要僅只是「女無悅己者之怨」，而非「士無知己者之怨」。按，一般人臣文士，倘若見疏受棄於君王，則通常可以超越形單影隻的孤寂，而凝於一種人格的孤單、心靈的寂寞。猶如屈原〈離騷〉所云：

已矣哉！國無人莫我知兮，又何懷乎故都！

又見〈九章．涉江〉：

世溷濁而莫余知兮，吾方高馳而不顧。

或〈九章．抽思〉：

何靈魂之信直兮，人之心不與吾心同。

再看〈漁父〉：

舉世皆濁我獨清，眾人皆醉我獨醒。

上舉《楚辭》引文諸例，均屬訴說人臣見棄君王，但感孤寂的情懷，源自士無知音之嘆，同時亦流露對自我人格與生命態度之絕對肯定，乃至與整個政治社會環境產生疏離感。其間涵蘊一分人性的自覺，生命意義的反思。可是，傳統閨怨詩中思婦的孤寂，卻與人格的孤單、心靈的寂寞無關。換言之，李白繼承前人所寫思婦深閨之怨的作品，同樣並未觸及人性的自覺，當然更無女性的自覺，甚至沒有個人生命意義的反思。但是，李白在繼承傳統之際，其展現在意境方面的創新，畢竟亦不容忽視。

二、意境的擴大

首先，李白每每繼舊題樂府歌詩傳統，寫男女愛情相思，如前舉〈子夜歌〉、〈烏夜啼〉諸篇，雖然在語辭表面上，彷彿並未脫離傳統舊題主旨，卻注入了對家國命運的關懷，甚至對當局戍邊政策的不滿，流露一介文人士子對朝廷官方的委婉批評。這是最令傳統詩論者，甚至今天的知識分子心儀、欣賞的重點。

其次，則是將幽默風趣注入思婦的幽怨情境中。儘管閨怨詩中女子，仍然幽閉於深閨室內，仍然形單影隻，獨嘗寂寞，虛度歲月，可是，如上舉〈春怨〉詩中，李白卻能擺脫傳統，將思婦的悲哀愁怨，剔除了令人愁苦的壓抑，轉換爲輕鬆愉悅的調侃，遂令傳統的思婦閨怨之作，通過作者的幽默感，顯得生動活潑起來，爲向來嚴肅愼重的中國詩歌，爲讀者增添了吟詠的趣味。

後記

本書《詩酒風流話太白——李白詩歌探勝》之所以能成形，主要乃是奠基於一九九四年秋天返台之後，開始在台灣大學中文系任教，曾爲大學部同學開設了一門「李白詩文選講」課程。猶記得班上選課同學之熱絡，幾乎每堂課上，甚至下課之後，都會有同學興沖沖地，向我提出一些問題，遂引發進一步討論、深一層思索。再加上另外還有十幾位旁聽人士的欣賞鼓勵，其中包括現任或已退休的中學老師、公務人員，以及企業界、醫護界的主管，甚至還有一位數十年前與我在台北龍安國小讀書時期的同班同學……。這樣的際遇，遂令我在東西遊走之餘，頗有欣逢知音之感，乃至每堂課，都恨不得掏心掏肺，將全副心力貢獻出來。

其實，我對李白詩歌的最早接觸，當屬先母 楊尚淑早年的引導。記得大概才三、四歲左右吧，母親會當面口誦：「床前明月光，疑是地上霜……」，隨即要我跟著背誦。倘若下次考我，卻不記得了，只會傻笑著直搖頭，母親就會一句句提醒，先則暗示「床前呢」，或「疑是呢」……隨後我才能繼續接著背誦下去。當然，母女二人相處的開心情景，只能深留在我的無限懷思中了。小學畢業後的中學六年，課業繁雜，成績欠佳；除了國文課的分數還不錯之外，數學課幾乎很難出現考試及格現象。幸好在坊間補習班「惡補」數學之後，終於考進了台大中文系。從此無須爲數學所苦，可以倘佯於中國傳統學術或文學的領域，方正式開始培養了對中國古典詩歌的體認與興趣。尤其是在先父　王叔岷致力校勘古書之餘的詩情薰陶感染之下，決定以中國古典詩歌的研究爲志業。惟大學畢業之後，隨著時下年輕人「來來來，來台大；去去去，去美國」的留學熱潮，也立即出國留學，而且「一去三十年」！儘管如此，即使遠居國外的求學或教學期間，李白詩歌則始終在我腦海中流盪不去。這或許是爲何，兩年多前，在台大任教已屬半退休的年歲，又會應許世新大學中文系兼課之邀，再度又講授了兩年「李白詩文」課程。

講課的確是「教學相長」。除了講授者自己在研究方面的努力不懈，更須學習者的求知意念。願將本書提供給有心者共享。

王國瓔 謹記
二〇〇九年歲末
時寓居台北

主要參考書目

（以書刊著作者姓氏筆劃爲序，大凡註腳中引用之單篇論文則從略）

李白詩文集箋證／校注／賞析

牛寶彤，《李白文選》（北京：學苑出版社，一九八九）
安旗主編，《李白全集編年注釋》三冊（成都：巴蜀書社，一九九〇）
安旗、閻琦，《李白詩集導讀》（成都：巴蜀書社，一九九八）
郁賢皓選注，《李白選集》（上海：上海古籍出版社，一九九〇）
詹鍈主編，《李白全集校注彙釋集評》八冊（天津：百花文藝出版社，一九九九）
裴斐主編，《李白詩歌賞析集》（成都：巴蜀書社，一九九六）

瞿蛻園、朱金城，《李白集校注》四冊（上海：上海古籍出版社，一九八〇）

李白研究論著

王輝斌，《李白求是錄》（南昌：江西人民出版社，二〇〇〇）
安　旗，《李白詩秘要》（西安：三秦出版社，二〇〇一）
——，《李白研究》（西安：西北大學出版社，一九八七）
——，《李白傳》（北京：文化藝術出版社，一九八四）
——，《李白縱橫談》（西安：陝西人民出版社，一九八一）
朱金城、朱易安，《李白的價值重詁》（台北：文史哲出版社，一九九五）
李長之，《詩人李白及其痛苦》（台北：大漢出版社，一九七七）
何念龍，《李白文化現象論》（武漢：湖北人民出版社，二〇〇九）
林　庚，《詩人李白》（上海：上海古籍出版社，二〇〇〇）
林東海，《太白遊蹤探勝》（臨沂：人民美術出版社，一九九三）
松浦友久，《李白－詩歌及其內在心象》中譯本（西安：陝西人民出版社，一九八三）
——，《李白的客寓意識－李白評傳》中譯本（北京：中華書局，二〇〇一）

——，《李白詩歌抒情藝術研究》中譯本（上海：上海古籍出版社，一九九六）
周勛初編，《李白研究》（武漢：湖北教育出版社，二〇〇三）
郁賢皓，《李白叢考》（西安：陝西人民出版社，一九八二）
——，《謫仙詩人李白》（上海：上海人民出版社，一九八六）
茆家培、李子龍主編，《謝朓與李白研究》（北京：人民文學出版社，一九九五）
俞平伯等，《李白詩論叢》（香港：文苑書屋，一九六二）
郭沫若，《李白與杜甫》（北京：人民文學出版社，一九七二）
胥樹人，《李白和他的詩歌》（上海：上海古籍出版社，一九八四）
施逢雨，《李白詩的藝術成就》（台北：大安出版社，一九九二）
——，《李白生平新探》（台北：台灣學生書局，一九九九）
許東海，《詩情賦筆話謫仙－李白詩賦交融的多面向考察》（台北：文津出版社，二〇〇〇）
黃玉峰，《說李白》（上海：上海辭書出版社，二〇〇七）
陶新民，《李白與魏晉風度》（北京：中國廣播電視出版社，一九九六）
張書城，《李白家世之謎》（蘭州：蘭州大學出版社，一九九四）
康懷遠，《李白批評論》（成都：巴蜀書社，二〇〇四）
葛景春，《李白與唐代文化》（鄭州：中州古籍出版社，一九九四）

——，《李白思想藝術探驪》（鄭州：中州古籍出版社，一九九一）
楊栩生，《李白生平研究匡補》（成都：巴蜀書社，二〇〇〇）
楊海波，《李白思想研究》（上海：學林出版社，一九九七）
楊慧傑，《詩中的李白》（台北：東大圖書出版社，一九八八）
詹　鍈，《李白詩文繫年》（北京：人民文學出版社，一九八四）
——，《李白詩論叢》（北京：人民文學出版社，一九八二）
羅宗強，《李杜論略》（呼和浩特：內蒙古人民出版社，一九八二）

資料彙編

金濤聲、朱文彩編，《李白資料彙編—唐宋之部》（北京：中華書局，二〇〇七）
裴斐、劉善良編，《李白資料彙編—金元明清之部》（北京：中華書局，一九九四）

文化叢刊

詩酒風流話太白：李白詩歌探勝

2010年7月初版　　定價：新臺幣260元

著　　著　王國瓔
發行人　林載爵

出版者	聯經出版事業股份有限公司
地址	台北市忠孝東路四段561號4樓
編輯部地址	台北市忠孝東路四段561號4樓
叢書主編電話	(02)87876242轉212
台北忠孝門市：	台北市忠孝東路四段561號1樓
電話：	(02)27683708
台北新生門市：	台北市新生南路三段94號
電話：	(02)23620308
台中分公司：	台中市健行路321號
暨門市電話：	(04)22371234ext.5
高雄辦事處：	高雄市成功一路363號2樓
電話：	(07)2211234ext.5
郵政劃撥帳戶第	0100559-3號
郵撥電話：	27683708
印刷者	世和印製企業有限公司
總經銷	聯合發行股份有限公司
發行所：	台北縣新店市寶橋路235巷6弄6號2樓
電話：	(02)29178022

叢書主編　沙淑芬
校　　對　王允河
封面設計　蔡婕岑

行政院新聞局出版事業登記證局版臺業字第0130號

本書如有缺頁，破損，倒裝請寄回聯經忠孝門市更換。　ISBN 978-957-08-3644-3 (平裝)
聯經網址：www.linkingbooks.com.tw
電子信箱：linking@udngroup.com

國家圖書館出版品預行編目資料

詩酒風流話太白：李白詩歌探勝/
王國瓔著．初版．臺北市．聯經．2010年5
月（民99年）．288面．14.8×21公分．
（文化叢刊）
ISBN 978-957-08-3644-8（平裝）

1.（唐）李白 2.唐詩 3.詩平

851.4415 99011641

聯經出版事業公司

信用卡訂購單

信　用　卡　號：□VISA CARD　□MASTER CARD　□聯合信用卡
訂購人姓名：______________________
訂　購　日　期:__________年________月__________日　　(卡片後三碼)
信　用　卡　號：________　________　________　________　________
信用卡簽名：______________(與信用卡上簽名同)
信用卡有效期限：________年________月
聯　絡　電　話：日(O)：____________夜(H)：____________
聯　絡　地　址：□□□　______________________

____

訂　購　金　額：新台幣　______________________元整
（訂購金額 500 元以下,請加付掛號郵資 50 元）
資　訊　來　源：□網路　□報紙　□電台　□DM　□朋友介紹
□其他　______________________
發　　　　　票：□二聯式　□三聯式
發　票　抬　頭：______________________
統　一　編　號：______________________
※ 如收件人或收件地址不同時，請填：
收件人姓名：______________________　□先生　□小姐
收件人地址：______________________
收件人電話：日(O)____________　夜(H)　____________
※茲訂購下列書種,帳款由本人信用卡帳戶支付

書　名	數量	單價	合　計
		總　計	

訂購辦法填妥後

1. 直接傳真 FAX(02)27493734
2. 寄台北市忠孝東路四段 561 號 1 樓
3. 本人親筆簽名並附上卡片後三碼(95 年 8 月 1 日正式實施)

電 話：(02)27683708
聯絡人:王淑蕙小姐(約需 7 個工作天)